明清、现代家族小说流变研究

在中国悠悠历史的几千年中，家族已经形成了它自身的社会法则和伦理体系。家族在各个不同的时间和空间中往往表现出了不同的文化内涵，对于中国人来说，「家的意义又比别的民族更大了，中国人几乎可以说是『家的动物』，而中国文化也无妨称为『家的文化』。」李大钊则在其《万恶之原》中认为：「中国现代的社会，万恶之原，都在家庭制度」；傅斯年也认为中国的家庭是破坏个性最大的势力，是「万恶之原」；鲁迅的《狂人日记》则用惊心动魄的笔触展示中国传统血脉中的吃人传统，这种可怕的带有遗传性的吃人传统表现在家庭的父子关系中时便是：「前者做了更前者的牺牲，自己无力生存，却苛求后来者专来做他的牺牲，毁灭了一切发展的可能」。

◎夏雪飞 著

中国出版集团
東方出版中心

前　言

一、“家庭”、“家族”二概念的探讨

“家庭”和“家族”，这两者有着千丝万缕的联系，同时也有着很多的区别。按照上海辞书出版社 1999 年版的《辞海》的定义，“家庭是指由于婚姻、血缘或收养而产生的亲属间的共同生活组织，而家族则是以婚姻和血缘关系结成的社会单位”。显然，这两者的概念有着很多的交叉之处，《辞海》给出的定义也显得不够明晰。目前学术界对这两个概念还尚未形成统一的认识，但总的来说，家族这一概念趋向于多个有着血缘关系的家庭的组合，是这些家庭在一定的规范和准则下共同生活的一种形式，从结构上看，“家庭”和“家族”可以看作是单个和集体的关系。在中国古代的语境中，这二者之间也同样有着一定的区别，据《说文解字》：“庭，宫中也，从广廷声”，段玉裁注：“宫者，室也，室之中曰庭”。另据朱骏声《说文通训定声》：“庭，今俗谓之厅。按：堂、寝、正室皆曰庭”。《礼记·檀弓上》中记载子路去世后：“孔子哭子路于中庭”，郑玄注：“寝中庭也”。① “族”，在甲骨文中是一个飘扬的旗帜下有一个箭头，指

① 《礼记·檀弓上》，李学勤主编《礼记正义》（上），北京大学出版社 1999 年版，第 174 页。

代古代打仗时用的箭头，在《说文解字》中："族，矢锋也。束之族族也"，段玉裁注："今字用镞，古字用族"，束成一把的箭头称为族，由此引申开来，便出现了与血缘相关的定义，据《白虎通·宗族》："族者何也？族者，凑也，聚也。谓恩爱相流凑也。生相亲爱，死相哀痛，有会聚之道。故谓之族。"①《书·尧典》："克明俊德，以亲九族"，陆明德释文："九族，上至高祖，下至玄孙，凡九族"，②在《大戴礼记·保传》中有："则其子孙慈孝，不敢淫暴，党无不善，三族辅之"，卢辩注："三族，父族、母族、妻族"。③ 由此可见，在中国的传统中，"庭"是一个相对来说比较内部和私人的地方，在空间上是相对隐蔽，也比较小的，而"族"，则强调的是一种如同箭头被束在一起的群体之间的关系。

从人类学上说，现代意义上的核心家庭是由夫妻双方所构成的生育社群，生育是它的主要功能，因此，在很大程度上，它应该是一种以夫妻为轴心的群体结构。中国古代的史传中也常常提到这样的家庭方式，如汉高祖刘邦在身份卑微之时就是与父亲和哥哥分居异财，而单独与其妻吕雉住在一起的，《史记·楚元王世家》中就记载："始高祖微时，尝辟事，时时与宾客过巨嫂食。嫂厌叔，叔与客来，嫂详为羹尽，栎釜，宾客以故去"，④这段话记载了刘邦之嫂的势利和小气，以及刘邦未发迹时的生活，但同时也形象地描写了一个兄弟父子分居异财的故事。客观上说，在中国古代社会中，

① （汉）班固：《白虎通·宗族》，《白虎通义》，上海古籍出版社 1992 年版，第 54 页。

② 《书·尧典》，李学勤主编《尚书正义》，北京大学出版社 1999 年版，第 27 页。

③ 《大戴礼记·保传》，高明注译《大戴礼记》，台湾"商务印书馆"1975 年版，第 123 页。

④ （汉）司马迁撰：《史记·楚元王世家》，中华书局 1994 年版，第1987 页。

这种带有现代核心家庭意味的家庭方式在一定程度上是存在的。但是，在中国古代的文化传统中，家的主轴是父子而非夫妇，夫妻之间的结合不是缘于爱或者性，也不主要是为了生育，而主要是为了“义”，“夫妇以义合，义绝则离之”，①“义”在这里具有明显的功利色彩，是为了“合二姓之好，上以事宗庙，而下以继后世也”，这种婚姻是为了某种社会目的而进行的，即便是夫妻关系中的生育行为从伦常上说也只是为了“义”而存在的。而且，“昏礼者，礼之本也”的原因是“夫妇有义，而后父子有亲；父子有亲，而后君臣有正”，②从此也可以看出来，夫妇之间的带有功利色彩的“义”是为了“父子有亲”继而“君臣有正”而存在的，传统文化中对于夫妇之间关系的种种规范，本质上是在“家国同构”的框架下，通过家庭伦理的实施，继而达到维护整个国家秩序的目的。其次，在传统文化中，五伦是指父子、君臣、夫妇、兄弟、朋友这五种关系，在处理这些关系之间的冲突时，夫妇关系通常是排列在父子关系和兄弟关系之后的，如宋代的张存说的：“兄弟，手足也；妻妾，外舍人耳。奈何先外人而后手足乎。”③因此，在这些意义上说，中国传统中这种带有功利性的、不以夫妻关系为主线、不完全带有性爱和生育意义的婚姻，在一定程度上并不能完全等同于一个现代意义上的核心家庭的诞生，而在某种意义上属于更带有社会关系性的家族的意义范畴。

---

① （宋）司马光撰：《温公家范》卷七，《中国古代家训四书》，山东友谊出版社2000版，第282页。

② 《礼记·昏义》，陈戍国校注《四书五经》第一卷，岳麓书社2006年版，第784页。

③ （元）脱脱等撰：《宋史·张存传》，《宋史》第三十卷，中华书局1977年版，第10415页。

而作为家庭之集合体的家族，据韩海浪的解释，“是由两个或两个以上有共同男性祖先的家庭组成。有些家庭在其发展过程中，有可能裂变成家族。比如：父母与其两个未婚的儿子所组成的家庭。当他们的两个儿子结婚生子，并与父母分家析产、成立自己的小家庭之后，原来的一个家庭就变成了两个小家庭。这两个小家庭也就形成了一个最小型的家族”。“家族是指由九族内的所有亲属(户及户内成员)所形成的群体。群体内部成员之间有亲疏远近之别”。“家族的含义：(1) 由所有类型的成员(包括己身的女儿、孙女、曾孙女及玄孙女)及成员的户所形成的群体即是家族；(2) 家族是一亲属团体，团体成员之间有亲疏远近之别。这一差别由‘五服’制度标明；(3) 家族中包含女性后裔”。① 从这一概念出发也可以发现，家族作为一个高于家庭的组织单位，比家庭更具有稳定性，“族”所表示的社会关系的空间距离扩大，关系链在无限可能之下延长，因而也就更易于倾向于社会性。而且，因为其中涉及了更多的成员，所以在其内部往往形成了比家庭更为复杂的组织方式，封建社会中的各种礼教规范也更多地在其中得以展示。因之而形成的中国传统的伦理文化便是“以血缘为本位将伦理问题泛化与政治化，以人的社会伦理血缘代替自然生物血缘，并将其扩展至家族以及社会的方方面面，构成了中国人以情境为中心的生活方式和处世态度”。② 但是，“家庭”和“家族”这两个概念之间有着诸多交叉和模糊之处，关于二者的区别和联系有着很多种说法，学者见仁见智，至今也未形成定论。本书所涉及的小说虽然有

① 韩海浪：《家族研究中的几个概念问题》，《学海》2001 年第 3 期。
② 梁晓萍：《明清家族小说的文化与叙事》，南开大学出版社 2008 年版，第21 页。

一些着重展示小家庭的故事,但是,由于中国传统文化中对于家族这一"族"所代表的社会性的重视,而且,这些小说也大多是有关几代家族成员之间的故事,他们之间的关系又往往构成了一个庞大的社会系统,展示了当时社会中的种种现象,使之成为我们研究当时社会世情的一个可靠通道,因此本书主要用家族小说来对其加以类型的区分,但在碰到具体的对象时也会根据实际称之为家庭小说。在选择研究对象的时候,本论文因为侧重点在现代家族小说和古代家族小说的几个主题的演变上,为了更清晰地透过这些主题的演变,考察五四新文化运动和传统的关系,所以,本书所考察的对象主要是一些具有代表性的典型的长篇家族小说。在古代家族小说部分,主要选取了《金瓶梅》、《醒世姻缘传》、《歧路灯》、《林兰香》、《红楼梦》等几部小说作为研究对象,作为长篇小说,它们除了可以在很大程度上和范围内对传统的家族文化进行展示外,还各自具有代表性。《金瓶梅》代表明代商品社会萌芽时期,一个发迹的商人在社会中的成功史,以及这种成功所带来的以纵欲为表征的恶果,家反宅乱同样也是社会混乱的最佳隐喻,通过西门庆发迹道路上的种种社会关系的展示,晚明社会的声光色相跃然纸上。恶妇的存在同样也是家无宁日的一个重要原因,《醒世姻缘传》中的素姐便成为她们的代表,作者用前生后世的因果解释了家有恶妇的原因,同时也用宗教的救赎解决了这一难题。《歧路灯》描述了子弟堕落及回归的故事,从子弟堕落的原因到如何成功地挽救他们,小说都以一个颇有经验的治家者的身份给出了药方。《林兰香》虽然在丈夫和妻妾们关系的描写上类似于一部缩小本的《金瓶梅》,其现实意义也远远不及《金瓶梅》,但是,在其中出现了几个完全符合封建社会伦理标准的贤妇,她们的完全忘我和奉献使得她们成为封建家庭伦理的最佳例证，但她们的遭遇也在一定程度上展示了恪守规范的女性在现实生活中的困境。作为古代家族小说的巅峰之作，《红楼梦》无论在思想内涵还是艺术成就上，都理所当然地成为集大成之作，其作品中所包含的种种具有现代性的东西，也同样使得它拥有了承上启下的过渡意义。关于现代家族小说，本书主要选取了《激流三部曲》、《憩园》、《寒夜》、《四世同堂》、《财主底儿女们》、《金锁记》、《结婚十年》等几部小说作为分析对象。从整体上看，前面几部男作家的小说，都在一定程度上展示了现代知识分子的心路历程，经过了五四新文化运动的洗礼，个人的自由，个性的解放成为鼓舞青年们走出封建家庭的动力，《激流三部曲》中的觉慧便成为这些青年们的代表。在抨击旧的家族制度，揭露它们对于个人自由的束缚，描写它们即将走向末路的同时，现实中的家族和作者之间的感情因子却在作品中或隐或现，使得作品呈现出了挽歌的色彩，《憩园》便是这样的一部代表作。当觉慧们走出家庭后，他们所面对的，却并不是理想中的自由圣地，个人在步入社会这一集体的同时，个性的自由又一次地遭遇了挑战，如何为自我找到一个心灵的家园，《财主底儿女们》中的年轻一代走出了各自不同的探寻之路。失败者如《寒夜》中的文宣，在理想的失落中结束了自己年轻的生命。当国族的危难压倒了个性解放的呼声时，个人参加革命，在挽救民族危亡的战斗中实现个人自身的价值，《四世同堂》中的瑞全成为这一代表，而且，对这一保守的四世同堂的家族的描写，也恰恰成为当时中国大部分家族的真实写照。沦陷区的女性作家，在这个奇怪的社会环境中，获得了言说自身的权利，《金锁记》中的家族，并没有激烈的矛盾冲突，但是，在压抑的颓靡的环境中，一个曾经活泼的充满生命力的女性就此越陷越深，最终成了劈杀别人幸福的刽子手，女作家张爱玲依靠自己敏锐的感悟，从感性的角度展示了封建家族的罪恶和走向末路的必然。女性的解放在成为“五四”的一个重要口号的同时，如何解放，如何实现和男性的平等则成为一个难题，女作家苏青以自己的经历给出了答案，正视自身，成为言说自身的主体，是苏青《结婚十年》的伟大而诚实之处，这同样也是女性僭越自己千年身份束缚的一条可靠途径。以上的这些作品都在不同的角度和主题上具有代表性，依靠对它们的分析，可以更为清晰地切入课题，从而达到研究的目的。

二、在古今演变的框架下研究家族小说的意义以及此前的研究成果

在几千年的人类文明发展史中，家族是一个必不可少的重要组成部分，家族的存在不仅仅意味着人类种族的延续和发展，更为重要的是，在中国悠悠历史的几千年中，家族已经形成了它自身的社会法则和伦理体系。家族在各个不同的时间和空间中往往表现出了不同的文化内涵，对于中国人来说，“家的意义又比别的民族更大了，中国人几乎可以说是‘家的动物’，而中国文化也无妨称为‘家的文化’。一个中国人一旦失去自身在家族中的角色，也就几乎等于失去作为一个人的意义与价值。中国家族的组织法则，与从此所发展出的一套伦理道德观念，不但主宰了中国人日常家居生活，而且由此渗入中国文化的其他领域，塑造了举世独特的中国文化”①。在中国的传统文化中，“家国同构”是其中的一个重要特

① 李亦园：《中国人的家庭与家的文化》，文崇一、萧新煌主编《中国人：观念与行为》，江苏教育出版社 2006 年版，第 85 页。

征，家族和国家之间有着内在的同一性，家是国的基础，国是家的扩大和延伸，家庭伦理是整个社会伦理的基础。家庭中个人的人格和道德修养是他政治行为的基础，儒家文化的各个经典文献都对此进行了论述，《论语·阳货》说："诗可以兴、可以观、可以群、可以怨，迩之事父，远之事君"，①在这里，诗歌的社会功能对于"事父"和"事君"来说本质上都是一样的，只是在于远近的不同；《大学》说到："大学之道，在明明德，在亲民，在止于至善"，"古之欲明明德于天下者，先治其国。欲治其国者，先齐其家。欲齐其家者，先修其身。欲修其身者，先正其心。欲正其心者，先诚其意。欲诚其意者，先致其知。致知在格物，格物而后知至，知至而后意诚，意诚而后心正，心正而后身修，身修而后家齐，家齐而后国治，国治而后天下平。自天子以至于庶人，壹是皆以修身为本"，②修身作为齐家治国平天下的基础得到了重视，个人的高尚人格是治国的先决条件，"家"和"国"在这里作为具有相同结构功能的事物而出现。《孟子·尽心下》中形象地分析了由小及大的修身守则："言近而指远者，善言也；守约而施博者，善道也。君子之言也，不下带而道存焉；君子之守，修其身而天下平"；③《论语·学而》中，孔子的学生有子说："其为人也孝弟，而好犯上者，鲜矣；不好犯上，而好作乱者，未之有也。君子务本，本立而道生。孝弟也者，其为仁之本与！"④孟子也说："老吾老，以及人之老；幼吾幼，以及人之幼：天下

① 《论语·阳货》，陈成国校注《四书五经》第一卷，岳麓书社2006年版，第153页。

② 《大学》，陈成国校注《四书五经》第一卷，岳麓书社2006年版，第10页。

③ 《孟子·尽心下》，陈成国校注《四书五经》第一卷，岳麓书社2006年版，第320页。

④ 《论语·学而》，陈成国校注《四书五经》第一卷，岳麓书社2006年版，第66页。

可运于掌”,[①]因为品行高尚,所以可以治国,同时,也因为孝顺父母,就会忠君,孝子和忠臣在本质上是完全相同的,这一逻辑方式构成了中国传统的家国观念以及传统文化,甚至一直到现在都有着它深远的影响。

也正是因为这种家国同构逻辑的存在,新文化运动的先驱者们对于传统礼教的批判首先就是集中在对以传统家庭伦理的批判和否定上。陈独秀批判传统的三纲五常之说,他认为:“儒者三纲之说,为一切道德政治之大源。君为臣纲,则民于君为附属品,而无独立自主之人格矣;父为子纲,则子于父为附属品,而无独立自主之人格矣;夫为妻纲,则妻于夫为附属品,而无独立自主之人格矣。率天下之男女,为臣,为子,为妻,而不见有一独立自主之人者,三纲之说为之也。缘此而生金科玉律之道德名词,曰忠,曰孝,曰节,皆非推己及人之主人道德,而为以己属人之奴隶道德也”;[②]吴虞的《家族制度为专制主义之根据论》:“盖孝之范围,无所不高,家族制度与专制政治,遂胶固而不可以分析”。[③] 李大钊则在其《万恶之原》中认为:“中国现代的社会,万恶之原,都在家庭制度”;[④]傅斯年也认为中国的家庭是破坏个性最大的势力,是“万恶之原”;[⑤]鲁迅的《狂人日记》则用惊心动魄的笔触展示中国传统血脉中的吃人传统,这种可怕的带有遗传性的吃人传统表现在家庭的父子关系中时便是:“前者做了更前者的牺牲,自己无力生存,却

---

① 《孟子·梁惠王上》,陈戍国校注《四书五经》第一卷,岳麓书社 2006 年版,第 182 页。

② 陈独秀:《一九一六年》,《新青年》第 1 卷第 5 号,1916 年 1 月 15 日。

③ 吴虞:《家族制度为专制主义之根据论》,《新青年》第 2 卷第 6 号,1917 年 2 月 1 日。

④ 李大钊:《万恶之原》,《每周评论》第 30 号,1919 年 7 月 13 日。

⑤ 傅斯年:《万恶之原》(一),《新潮》第 1 卷第 1 号,1915 年 1 月 1 日。

苛求后来者专来做他的牺牲，毁灭了一切发展的可能”，①鲁迅尖锐地指出，传统的家庭伦理阻碍了社会的进步，因此也阻碍了科学和民主的发展。新文化运动的先驱者们批判传统家庭伦理就如同扼住了传统伦理道德的咽喉，这一釜底抽薪式的策略无疑深深撼动了传统伦常的基础。

不同的社会背景自然会对当时的文学创作产生不同的影响，从古至今，描写家庭的小说层出不穷，从唐代以前的志怪志人小说中对夫妇关系和家庭生活的描写，到唐传奇中对于爱情婚姻生活的描写，再到宋元话本中的家庭生活描写，作家们都在小说创作中表现出了描写家庭的兴趣。而真正以描写一个家族的生活为主以辐射整个社会现状的长篇小说，则从晚明的《金瓶梅》开始，“著此一家，即骂尽诸色”②是鲁迅先生对《金瓶梅》的高度赞扬，同时这也是这部小说开家族小说先河的重要特征，从此以后，中国出现了一系列通过琐碎的笔墨描写一个或几个家庭和家族，同时串联起诸种社会现象、反映社会现实的家族小说，比较典型的有清初的《醒世姻缘传》、清代中期的《林兰香》和《红楼梦》以及《歧路灯》。这些小说从各个不同的角度对家族进行了描写，它们或描写家族的发迹变泰，或描写夫妇、家庭成员之间的关系，或注重家族中对子弟的教育，或抒发大家族盛衰的兴亡之感，成为继《金瓶梅》以后的一种具有比较明显特征的小说系列。新文化运动开始后，一个大写的人被推上了历史的舞台，“个人主义的人间本位主义”、“人

① 鲁迅：《我们怎样做父亲》，《鲁迅全集》第一卷，人民文学出版社 2005 年版，第 137 页。

② 鲁迅：《中国小说史略》第十九篇《明之人情小说》（上），《鲁迅全集》第九卷，人民文学出版社 2005 年版，第 187 页。

道主义”成为时代最高的呼声，这些“主义”都以理性的原则否定了中国的传统伦理和制度。因此，阻碍社会前进、压抑个人自由的传统家庭伦理制度理所当然地受到了批判，在这样的背景下，现代文学出现了一批以批判传统家族制度为主的小说。虽然，五四新文化运动以高扬的先锋姿态引领了新文学的诞生，成为古代文学和现代文学的一个分水岭，但是，在“态度的同一性”①下所吸收的西方思想并不可能真正地为新文化人断根，尤其是现代描写家族小说的一些作家往往都来自传统的大家族，传统家庭伦理在他们的身上留下了不可磨灭的印记，只是，这些传统在他们的小说中表现得或显或隐。现代文学作为中国文学历史长河中的一部分，不可能脱离历史，任何孤立地割裂现代文学和古代文学关系的做法都有着将现代文学研究带入窘境的危险，互相的沟通会给研究开辟一番新的天地，扩充研究视角，使得现代文学能够更加客观地呈现在我们的面前。近些年来，很多中外学者在致力于沟通中国古代文学和现代文学的研究中，研究中国文学史中具有承上启下作用的近代文学成为热点，如米列娜编的《从传统到现代——19至20世纪转折时期的中国小说》研究了一系列的晚清小说，发掘其中的演变和现代性特征；王德威在他对晚清小说研究的基础上，提出了“没有晚清，何来五四”的大胆论断，从而在最大程度上肯定了晚清小说的转折意义和其中包含的现代性；陈平原通过对大量的晚清小说的梳理，从叙事学的角度出发，写了《中国小说叙事模式的转变》；陈大康致力于近代小说的研究，在纷繁芜杂的近代报纸杂志

① 汪晖：《中国现代历史中的“五四”启蒙运动》，王晓明主编《二十世纪中国文学史论》上卷，东方出版中心2003年版，第146页。

上寻找出近代小说的发展轨迹，研究它们作为交接古代小说和现代小说的桥梁，是如何发挥作用的；袁进的《中国文学的近代变革》也从多重角度分析了近代文学的特征。虽然，这些论著都属于晚清、近代小说的研究成果，但是，从研究者的构成看，这些学者们有的以前是专业研究古代文学的，有的是致力于现代文学的，共同将目光投向近代，这种“争地盘”的状态恰恰表现出了一种对话的可能，为中国古代文学和现代文学之间的沟通以及共同研究迈出了宝贵的一步。致力于考察现代文学和中国文学传统研究的虽然不是很多，但也出现了一些有开拓意义的成果，如唐弢的《西方影响与民族风格》等论文中表现出来的对此课题的热情；方锡德的论著《中国现代小说与文学传统》则从“发奋精神”、“史传意识”等几个方面考察了现代小说对中国古代文学传统的继承与超越。而真正提出“古今演变”这一概念，并且将其作为一门专业来进行研究的是复旦大学的章培恒教授等一批学者，在《复旦大学学报》中，他和陈思和教授共同主编了“中国文学的古今演变研究”专栏，以不同领域专家的眼光，为此课题的研究创建了一个具有无限发展空间的平台。从 2001 年开始，关于这一课题，已经召开了数次的研讨会，在国内外产生了诸多回响，这是继“20 世纪中国文学史”和“重写文学史”这两个概念提出后的又一个具有方法论意义的重要学术突破，也取得了很多成果，出版了几次研讨会的论文合集《中国文学古今演变研究论集》、《中国文学古今演变研究论集二编》，另外还有复旦大学谈蓓芳教授的《中国文学古今演变论考》，而且，从事这一专业研究的研究生们也通过论文或论著的写作为这一课题扩充了很多成果。

关于家族小说的研究，目前已经有了很多的论著和论文，在古代文学方面，对单个家族小说的研究有很多，其中重点主要放在《红楼梦》、《金瓶梅》以及《醒世姻缘传》这几部小说上，这些研究从主题、版本、叙事模式以及探佚等多个方面入手，将研究推向了纵深，但是对于其他的一些家族小说的研究则相对要薄弱一些。因为这些小说在描写家族的同时也在很大程度上辐射国家和社会现状，所以，很多文学史是将它们称作“世情小说”或“人情小说”来研究的，[①]而且，在研究中，绝大多数的文学史也只是将它们放置在世情小说这一类小说的某一章节中进行考察。将这些小说从家族小说这一类型的角度进行考察并对它们进行整体的把握，研究它们之间发展脉络的则比较少，专著不多，主要的有段江丽的《礼法与人情——明清家庭小说的家庭主题研究》、梁晓萍的《明清家族小说的文化与叙事》、陕西师大王建科的博士论文《元明家庭家族叙事文学研究》等。关于现代家族文学，20 世纪 80 年代以前对此类小说研究有很多的论著和论文，但是一般都集中在对单个作家和单个作品的研究上，而且这些研究也主要集中在巴金、老舍、曹禺、路翎、端木蕻良等作家身上，作品的研究也主要集中在《家》、《雷雨》、《四世同堂》、《科尔沁旗草原》、《财主底儿女们》等作品上，对于这些作品，当时的研究普遍缺少对它们的宏观把握。20 世纪 80 年代以后，随着林语堂、张爱玲、苏青等一批现代作家作品的重新被关注，而当代作家如苏童、张炜、莫言、余华、陈忠实等描写家

---

① 最先用此称谓来概括这类小说的，是鲁迅先生，在《中国小说史略》中，他称《金瓶梅》为“人情小说”，在《中国小说的历史变迁》中，他称《金瓶梅》为“世情”小说。在《明之人情小说》(上)中，他概括这类小说的共同特征是：“大率为离合悲欢及发迹变泰”，“间杂因果报应，而不甚言灵怪，又缘描摹世态，见其炎凉”。其后的学者也大都沿用此概念，如谭正璧的《中国小说发达史》、向楷的《世情小说史》、齐裕焜的《中国古代小说演变史》等。

族的小说的走红，家族文学被从宏观的角度加以总体的研究，其中比较具有代表性的论文有杨义的《二十世纪华人家庭小说的模式与变迁》，文章考察了半个世纪的世界各地的华人家庭小说，分析了它们的主题、审美等方面的特征以及与此相关的流变；有谢伟民的《文化转型期的悲剧人格——论现代长子形象的悲剧性及悲剧意义》，论文考察了觉新等一批现代家族小说中的长子形象，分析了他们在文化转型期的悲剧性；有张伟忠的《现代家族小说逆子形象论》，论文分析了逆子形象在家族小说中的成因以及他们身上所具备的文化特质；有邵宁宁的《牢笼抑或舟船》，以“家”作为研究对象，考察了20世纪中国文学中“家”的形象的演变；赵德利《论20世纪家族小说母题模式的流变》和梁鸿《论中国20世纪小说家族主题的流变》分别从主题和时间两个方面考察了家族主题在20世纪文学中的变化；另外还有一些论著是从中国传统的家族文化出发，探讨现代家族小说与传统家族文化的关系，比较典型的有曹书文的《家族文化与中国现代文学》、谭桂林的《长篇小说与文化母题》、杨经建的《家族文化与20世纪中国家族文学的母题形态》，另外还有华东师大叶永胜的博士论文《现代中国家族叙事文学研究》，这些论著从多个方面切入对家族小说的研究，为此类小说的研究开拓了种种新的视角，在研究风格上，或注重总体的把握，或强调细致的分析，显示出异彩纷呈的景象。

从以上的家族文学研究现状来看，绝大多数的论著重在单独研究古代或者现代的家族小说，并没有将二者作为一个整体加以考察。而关于现代家族小说与传统之间关系的研究，研究者们往往是从传统家族文化而非传统家族小说的角度来考察的，仅有的一篇博士论文《从明清到现代家族小说流变研究》一文也主要偏向于古代部分，且没有能够清晰地考察出这些主题演变背后的意义所在。所以本书致力于从传统家族小说与现代家族小说三个主题上的演变着手，以期通过这种比较直观的视角，考察古今家族小说之间的演变和联系。通过对社会学批评、女性主义文学批评、人类学、精神分析学等理论的运用，从某一个主题在古代家族小说和现代家族小说中的相同或不同表现，探讨它们经过了新文化运动以后产生了怎么样的变化，以及这些主题的传承背后所表现出来的一些长存于中华民族血脉中的民族性因素。这不仅有益于为家族小说的研究提供新的思路，更重要的是，这可以加深对新文化运动的理解，"可使研究对象吐露其隐蔽的、内在的和深层的信息，提供其生命史各个发展阶段生理、心理衍化成熟的关键秘密"。[①] 从这一角度让我们看到新文化运动的先驱们在面对传统时，态度上和感情上的痛苦裂变以及他们作为先锋者的决绝勇气。

① 章培恒：《中国文学古今演变研究的意义与效应》，《河北学刊》第5期，2006年9月。

目　录

第一章　叛逆者与家变

第一节　从“不肖子”到“叛逆者”

一、谭绍闻:“不肖子”的堕落与回归

作为传统儒家仁学思想的核心内容之一,“孝”无疑在传统家庭伦理中占有着最重要的地位,所谓“孝”,指的是“事亲”、“顺乎亲”、“无违”、“无改”以及“立嗣”,①也即现在所说的赡养父母、听从父母的教导、不违背“礼”,按礼所规定的处理父母的事情,无论父亲活着或者去世都不改变父亲的意志、让宗族人丁兴旺。“孝”字,在金文中上半部分像一个戴发伛偻老人,下面有“子”搀扶之,《说文》中解释为“善事父母者,从老省,从子,子承老也”,由此引申开来,“孝”字出现了与“肖”字相似的意义,如《尚书·文侯之命》:“追孝于前文人”,孔传:“继先祖之志为孝”。②《礼记·中庸》:“夫孝者,善继人之志,善述人之事也”。③ 而“肖”字,据《说文》:“肖,

---

① 魏英敏:《孝与家庭伦理》,大象出版社1997年版,第5—10页。

② 《尚书·文侯之命》,李学勤主编《尚书正义》,北京大学出版社1999年版,第558页。

③ 《礼记·中庸》,陈戍国校注《四书五经》第一卷,岳麓书社2006年版,第716页。

骨肉相似也。从肉，小声。不似其先故曰不肖也”，引申为相像。如《尚书·说命上》：“乃审厥象，俾以形旁求于天下，说筑传严之野，惟肖”，孔传：“肖，似”。[①] 由此可见，在相似、继承祖志这一点上，“孝”和“肖”是相似的，在《论语·学而》中，孔子说：“父在，观其志；父没，观其行，三年无改于父之道，可谓孝矣”。[②] 在这里，判断是否“孝”的标准是儿子的志向和言行是否能够肖似其父，如果不符合这一条，则是不孝的。在日本，如果一户人家没有子嗣或者子嗣不肖，则家业可以由没有血缘关系的男性来继承，但是在中国，“中国人对家族的延续注重生物学意义上的传宗接代”，[③]于是，在这种选择余地相对较小的情况下，对子弟的教育成为决定一个家族走向繁华或者衰落的关键，而这种教育，往往是要求子弟对父亲之“志”的认同和坚守，而如何使得教育产生“肖”的效果，哪些情况会导致子弟的“不肖”而败坏门楣，如何预防这种恶果的产生，如何挽回因为子弟的败家而颓败的家族，《歧路灯》给出了明确的答复。关于子弟的败家这一明清世情小说中的重要话题，在《歧路灯》之前的一些小说中也多有涉及，但大多是一些短篇小说，如《警世通言》卷三十一《赵春儿重旺曹家庄》、《醒世恒言》卷十七《张孝基陈留认舅》、《二刻拍案惊奇》卷二十二《痴公子狠使燥脾钱　贤丈人巧赚回头婿》、《刑世言》卷十五《灵台山老仆守义　合溪县败子回头》，等等。在这些作品中，富家子弟们常常在一帮闲人的引诱下，走向了吃喝嫖赌的歧途，家产如同流水般在赌桌和妓院挥霍一空，

---

① 《尚书·说命上》，李学勤主编《尚书正义》，北京大学出版社 1999 年版，第 247 页。

② 《论语·学而》，陈戍国校注《四书五经》第一卷，岳麓书社 2006 年版，第 68 页。

③ 李卓主编：《家族文化与传统文化》，天津人民出版社 2000 年版，第 4 页。

而最终，一个救世主式的长辈的到来——这些长辈常常是男性，舅舅、老丈人甚至可以代表父亲的老仆——使得浪子回头了，家室再次显赫起来。在这种描写模式的影响下，《歧路灯》自然也没有能够脱离窠臼，也是循着父亲去世或不在场，帮闲勾引，而后浪子幡然悔悟这样的模式描写了谭绍闻的堕落和回归过程。谭绍闻出身于书香门第，父亲谭孝移是个有学问的拔贡生且为人端正，绍闻自幼聪敏，七岁时“虽未延师授业，父亲口授《论语》、《孝经》，已大半成诵了”（第一回），可是，就是这样的一个占据着有利条件的孩子，却变成了一个浪子，究其原因，如段江丽的《礼法与人情》中所说，“父亲早逝导致父教缺失、母亲溺爱、续配妻子不贤、先生不良、朋友引诱并设计陷害，凡此种种，合成一股强大的力量，将原本天真无邪的谭绍闻一步一步推向了堕落的深渊”，[①]这些外在的原因导致了绍闻的堕落。但是，这些堕落的本质就是“不肖”，即不像他的父亲，以及娄潜斋、孔耘轩这样的父执们，这些父辈们，遵循的是传统礼教的规范，但是，在过分遵循古范的情况下，他们常常变得迂腐刻板，人性的一面常常被淹没，在绍闻小的时候，孝移不允许他去邻居家中玩，甚至不让仆人带他站到朝街的门口去。他害怕环境会引诱得绍闻走向堕落，《歧路灯》写作时的社会，赌博之风盛行，从达官贵族到引车卖浆之徒普遍沉迷其中，“其舆台市侩，交臂纷呶，故无足论，乃衣冠之族，读书知礼者，亦或蹈之，斯文扫地，莫此为甚。”[②]在这样的环境下，如何使得子弟能够做到“出淤泥而不

① 段江丽：《礼法与人情——明清家庭小说的家庭主题研究》，中华书局 2006 年版，第 155 页。

② 《抚豫宣化录》，转引自李延年《〈歧路灯〉研究》，中州古籍出版社 2002 年版，第 14 页。

染”，谭孝移采用的是压抑和隔绝的方法，用其妻王氏的话说“要把一个孩子，只想锁在箱子里，有一点缝丝儿，还用纸条糊一糊”。这个可怜父亲的教育方法显然是不得当的，当他看着儿子的逐渐堕落因此郁郁而终后，他的儿子在败家的道路上就越走越远了。当绍闻来到盛希侨家目睹了种种快乐后，他就像《牡丹亭》中杜丽娘看到了后花园的“姹紫嫣红”一样，人性中对快乐和自由的渴求全部都挣脱枷锁逃逸了出来，把父亲“用心读书，亲近正人”的临终遗言忘到了脑后。在一些闲人光棍的勾引之下，将祖传的家产彻底挥霍一空，甚至变卖了祖坟上的树，这种大不孝来源他对父亲的“不肖”。而这种“不肖”，很大程度上缘于他对快乐的追求。于是，父子的冲突和裂变成为快乐原则和现实原则的不同，也形象地表明了一个幼稚和老成的区别，一个在小时候被父亲禁锢于家庭中的孩子在父亲去世后，没有如同他的表哥王隆吉一样惯看市井，对于社会的声光色相缺少免疫力，他的堕落和回归于是也就可以看作是他从幼稚到老成的过程。有意思的是，在故事的最后，回归了的浪子谭绍闻也用他父亲曾经教育他的那个方法来教育他自己的儿子，父子两个将门从外面锁上在书房中看书，拒绝与外界的接触，最后父子共同蟾宫折桂，家业重新振兴了起来。至此，小说完成了从谭孝移到谭绍闻再到谭篑初的祖孙三代完全的“肖”这样一个大团圆的结局。谭绍闻在成为一个“不肖子”代表的同时，他的经历也向我们展示了一个现实原则战胜快乐原则的故事。关于弗洛伊德对这两个概念的定义，他在1920年写成的《超越快乐原则》一文有专门的阐释：“快乐原则可视为生命的最基本原则，它旨在消除和缓解紧张和压抑给人带来的不快感觉，这意味着任何一个过程如果源自不愉快的紧张状态，都必定要作出反应以使结果发生改变，换言之，它就是避苦就乐的本能。弗洛伊德发现这快乐原则与生俱来，形成于婴儿期，也是本我遵循的唯一原则，在心理生活中居于统治地位。人之可以无拘无束产生各式各样与道德规范背道而驰的意象、情感和欲望，莫不受惠于这一快乐原则。问题在于快乐原则实是一种太为原始的动物性冲动，在现实生活中难免处处碰壁。生命为了在这艰难的外部世界保存自身，快乐原则从一开始就是无用且险象环生的东西。在自我的保存本能下，它必然要被现实原则所替代。”①从这一精神学的角度对谭绍闻的成长历程进行分析，就可以发现，从“不肖”到“肖”的过程其实就是一个人的成长过程，是一个人适应现实的逐渐的成熟过程，是一个快乐原则和现实原则互相砥砺，此消彼长的过程，这种砥砺表现在了谭绍闻每次赌博后的深深自责，以及用功读书几天后又向往赌场的一次次的徘徊中，最终，在数次的吃官司，家产全数挥霍殆尽后，快乐原则在现实面前被彻底挫败，谭绍闻终于在他所处的那个时代完成了以礼为准则的人格塑造，也即“肖”其“达礼”的父亲，从而获得了现实中人们的认可。在古代家族小说中，谭绍闻的这一不肖子形象有着很大的代表意义，大团圆的结局也暗示了肖子形象的成功形成和快乐原则的失败，与此同时，作者也通过不肖子本身的自我谴责和自我完善的故事，加强了对传统伦常的肯定和坚守。

二、贾宝玉：对现实和理想世界的双重否定

但是，另一类不肖子却没有那么容易“改过自新”，他们在“不肖”的道路上越走越远，他们并没有如同谭绍闻一样在放纵快乐后

---

① 王岳川主编，陆扬著：《精神分析文论》，山东教育出版社 1998 年版，第 30 页。

经历自我谴责的心理痛苦，他们将快乐视为与生俱来的权利，在现实中碰壁后，他们也没有全身以退到现实原则中去，而是为生命提供了另外一种可能和归宿，漂泊在与世俗相异的汪洋中，他们或许如同诺亚方舟般的，抓住了神谕般的真谛而获得重生；或许，他们只能在无边无际中漂泊流浪甚至覆没到万劫不复的地狱之中。但是，他们的“不肖”成为一种带有先锋性的叛逆，是对传统家庭伦理、传统礼教的反抗，他们有着自己的一套与传统和世俗不同的生活原则，在自己的世界中他们怡然自得，《红楼梦》中“古今不肖无双”的贾宝玉是这种反叛的始作俑者。作为理想世界而存在的大观园是一个与世隔绝的“未许凡人到此来”的“仙境”，宋淇的《红楼梦识要》中的《论大观园》就写到这种理想世界“是一个把女儿们和外面世界隔绝的一所园子，希望女儿们在里面，过无忧无虑的逍遥日子，以免染上男子的龌龊气味。最好女儿们永远保持她们的青春，不要嫁出去。大观园在这一意义上，可以说是保护女儿们的堡垒，只存在于理想中，并没有现实的依据”。[①] 这样一个理想世界是女儿们的世界，女性在其中的主宰地位显然与外部男性主宰的世界构成了明显的对比，作者曹雪芹无疑是认同这一世界的。这就如世俗“金玉良姻”和天上的“木石前盟”的对比一样，在现实世界中，后者相对于前者来说，是处于边缘地位的，但是，后者却是作者倾力向往的“仙境”和理想。“无才补天”的顽石在理想世界大观园中是一园之主，在园中他认同和保护女儿们，当他无力挽留女儿们被迫出走的悲剧结局时，他的出走也就成为必然，大观园也因此走向了覆亡。这种理想世界从生成到高潮再到最后的覆灭，无时

① 宋淇：《红楼梦识要——宋淇红学论文集》，中华书局2000年版，第18页。

无刻不是在外部世界的冲击之下挣扎甚至是苟延残喘，余英时先生在他的《〈红楼梦〉的两个世界》就说到："曹雪芹一方面全力创造了一个理想世界，在主观企求上，他是想要这个世界长驻人间。而另一方面，他又无情地写出了一个与此对比的现实世界。而现实世界的一切力量则不断地在摧残这个理想的世界，直到它完全毁灭为止。"①对大观园、木石前缘、女儿的肯定，都是在对现实世界否定，在这里，同是作为"不肖子"，曹雪芹笔下的宝玉与李绿园笔下的谭绍闻完全不同的是，绍闻是肯定礼教但是却在"快乐原则"的引诱下陷入身心的矛盾之中，而宝玉却不仅仅是一个享受快乐原则的人那么简单，最为关键的是，他是一个主动否定现实世界的人——"都道是金玉良姻，俺只念木石前盟"——但是，当女儿们一个一个地都离开了大观园，黛玉去世，宝玉出走，理想世界不复存在时，这种否定和反叛却又不仅仅只是停留在了反叛之上，新的意义在此得到了升华。而这种升华是作者早就开始暗示的，人人皆知的《好了歌》中所描述的："可知世上万般，'好'便是'了'，'了'便是'好'；若不'了'，便不'好'，若要'好'，须是'了'。"（第一回）功名、金银、娇妻、儿孙这些世俗的成就成为需要忘却的东西。更为重要的是，在否定了世俗功利的同时，作者进一步地对理想世界中的美好事物提出了怀疑，第五回"游幻境指迷十二钗　饮仙醪曲演红楼梦"中形容宝黛的爱情故事时说："若说有奇缘，如何心事终虚化"，究其原因，大概是因为"一个是水中月，一个是镜中花"吧，"水中月"、"镜中花"的虚幻使得故事的一开始便奠定了悲剧的基调，美丽圣洁和腐败空虚二者是无法分开的一件事物的两面，互相拒

① 余英时：《中国思想传统的现代诠释》，江苏人民出版社2003年版，第266页。

斥的同时又互相依存、互相阐释。从这一意义上看，理想世界就不仅仅是被现实世界摧毁，它的毁灭更来源于一种无可避免的“分散聚合皆前定”的虚无哲学，大观园在两处最肮脏的地方——贾赦住的旧园和东府的会芳园——旧址上建立起来，据余英时先生的论述，大观园和它的旧址这两个世界是密不可分的关系，“干净既从肮脏而来，最后又无可奈何地要回到肮脏中去”。[①] 由此引申开来，这二者的同一性和互为你我也就恰如风月宝鉴的两面，矛盾和拒斥最终统一在了“好一似食尽鸟投林，落了片白茫茫大地真干净”的“空”上。于是，无论宝玉最后是如同大部分学者所认为的出家成了和尚，在佛教的彼岸世界中为生命找到了最后归宿；还是成了“光头、赤脚，披着大红猩猩毡斗篷”、“刚出血胞不久”，赤条条了无牵挂的“赤子”[②]；抑或如同裘新江所说的：“宝玉的出家绝不是遁入空门，去做什么和尚，而是‘回家’，或者说由物质家园重返了他的精神家园”，[③]最终都可以肯定的是，宝玉的出走标志着一种双重的否定——既是对于“大观园”外的世俗世界，也是对于“大观园”式的理想世界，因此他的叛逆就不仅仅是一个反抗家庭伦理的羁绊，向往理想世界的年轻男子对于父辈、对于传统的叛逆，更是对人世的否定。与谭绍闻相比，宝玉有着多得多的文化意蕴，他既是一个与谭绍闻一样遵循“快乐原则”的“不肖子”，更是一个否定一切的“叛逆者”，在他的形象中，有着深深的历史虚无主义的烙印。宝玉出走后只剩下了一片白茫茫的大地，寸草不生，世外仙姝

① 余英时：《中国思想传统的现代诠释》，江苏人民出版社 2003 年版，第 265—267 页。

② 朱眉叔：《红楼梦的背景与人物》，辽宁大学出版社 1986 年版，第 224 页。

③ 裘新江：《庭院深深深几许》，《红楼梦学刊》2001 年第 2 辑。

在高处不胜寒中，人世间最后一盏希冀的烛火在摇曳中走向熄灭（关于宝玉出走背后的文化意蕴，将在本章第二节中详述）。中国传统中人们习惯的大团圆结局显然对这种悲剧结局不适应，因而也导致了《红楼梦》种种续书和仿作的诞生，这些作品都不满足于《红楼梦》中最后荒漠苍茫的结局，而是要让主人公们重新实现"'游花国，护美人，采芹香，掇巍科，任政事，报亲恩，全友谊，敦琴瑟，抚子女，睦亲邻，谢繁华，求慕道'之大理想"。[①] 诚然，这些作品无论是从思想上还是从艺术高度上都是无法望《红楼梦》之项背的，但是，这也很大程度上反映了后世的人们企图重新面对现世、重新为当下生活寻找伦理依靠的努力，只不过这种努力只是对传统的重写而已。

三、高家子弟：叛逆者的宣言

如果说宝玉的出走象征着理想世界的彻底毁灭，最后的希望完全落空，那么，重新点燃那盏希望之火的，则是觉慧、纯组等一批经过了五四新文化运动洗礼的青年们，而这些青年们所采用的策略，同样也是"叛逆"，只不过这种叛逆，是理想向现实的奋力一跃。巴金的家族小说在整个新文学的传统中，是具有典型意义的，被高门束缚的渴望自由的青年与封建家长进行斗争，他们成为深受作者和读者喜欢的逆子。[②] 他们是充满热情的青年，如同巴金自己所说："他不是一个英雄，他很幼稚。但我看见他，就不觉想起丹东

① 鲁迅：《清之狭邪小说》，《鲁迅全集》第九卷，人民文学出版社 2005 年版，第 269 页。

② 这里的逆子，借用张伟忠的《现代家族小说逆子形象论》中所定义的，是指"出身于大家庭，又受现代新思潮洗礼，从而反对封建宗法家族，追求个性解放的青年"，《东方论坛》1999 年第 1 期。

底话：‘大胆，大胆，永远大胆’！”[①]这些青年们与代表封建家族势力的家长，这二者之间的矛盾构成了巴金以及现代家族小说的主流主题。在文学描写中，“父与子”的冲突往往会被演化成了一种特征，即个人要进入社会，他的奋斗史的第一步似乎就是对抗家庭，对抗代表着家庭权威的父亲，如同马尔库塞所说“个人与社会之间命中注定的冲突首先是通过对抗父亲而展开的”。[②] 于是，我们可以看到，家庭成了练兵场，要到社会上去实现自己的宏图伟业，就需要首先击退父亲这个潜在的对手。在这些小说中，我们可以看到青年的控诉和斗争，以及大家族“日薄西山”式的衰退与毁灭，这些小说以“热情的笔写‘家’的叛逆者，‘家’的真正对立物、否定者，属于未来的一代，以这一代蓬勃的生机和这一代与前代的冲突，作为‘家’的必然破落的更强有力的证明。在这样的时候，‘父’与‘子’分别代表着的是两个时代”。[③] 巴金的《家》、《春》、《秋》中，觉慧、觉民、琴、淑英等一批青年作为中国现代文学史上一个个具有典型意义的逆子形象深入人心，在他们的叛逆之路上，新文化运动所带来的种种崭新的意识促进了他们的觉醒，在小说的开始，作者便迫不及待地展示了觉慧们所获得的精神力量，“《新青年》、《新潮》、《每周评论》、《星期评论》、《少年中国》等等都是接连地到了他们手里”，“这些刊物里面一个一个的字像火星一样点燃了他们弟兄的热情”。这些知识都无时无刻不在呼唤青年们对解放的追求，抨击旧式的家族制度，如陈独秀在《新青年》的发刊词《敬告青年》

---

① 巴金：《〈家〉五版题记》，李存光编《巴金研究资料》(上)，海峡文艺出版社 1985 年版，第 370 页。

② ［美］赫伯特·马尔库塞：《现代文明与人的困境》，李小兵等译，三联书店 1989 年版，第 53 页。

③ 赵园：《艰难的选择》，上海文艺出版社 2001 版，第 403 页。

中说:“自人权平等之说兴,奴隶之名,非血气所能忍受。世称近世欧洲历史为解放历史。破坏君权,求政治之解放也;否认教权,求宗教之解放也;均产说兴,求经济之解放也;女子参政运动,求男权之解放也。解放云者,脱离夫奴隶之羁绊,以完其自主人格之谓也。”吴虞的《家族制度为专制制度之根据论》也指出:“盖孝之范围,无所不包,家族制度与专制政治,遂胶固而不可以分析。”①追求解放与平等,发掘个人在家族中的地位,挣脱羁绊完善自我人格,这些都成为五四时期激发青年们起来斗争的重要诱因。“平等”、“个人”这些极富蛊惑力的名词诱使青年们走出家门,这一“三千年未有之大变局”在给予了传统家庭伦理致命一击的同时,也给予了逆子们无穷的勇气。因此,觉慧们在挣脱旧式家庭的牢笼时,都显示出了过人的胆略和激烈,“我是青年,我不是畸人,不是愚人,我要给自己把幸福争过来”,这些自觉的个性意识成为觉慧们冲出家门的动力和目标。与宝玉最终走向“空”相比,觉慧是带着理想走出家门的,在《家》的结尾,他坐船去上海,那是一个充满着希望的地方,“在那里新的一切正在生长。那里有一个新的运动,有广大的群众,还有他的几个通过信而未见面的热情的年轻朋友”。觉慧走出去了以后怎么样,我们只能从《春》、《秋》两部小说中觉民和觉新与他的通信中略知一二。在《春》和《秋》这两部中,小说的叙事依然是以家族矛盾和青年的被压抑为主线的,而从家中逃到那个新地方的觉慧,则一改第一部中那种幼稚大胆而激越的青年形象,成为一个具有权威性的新文化运动代言人,他成了觉

---

① 吴虞:《家族制度为专制制度之根据论》,《新青年》第2卷第6号,1917年2月1日。

新、觉民诉说苦难、倾诉对于封建家族的愤懑的对象，他从封建大家族的逆子迅速地上升为了青年一代的偶像，成为青年一代的导师和拯救者。觉民喋喋不休地向他描述自己如何参与到年轻人的社会活动中，家庭中的那些旧制度如何吞噬了年轻人的幸福；觉新则将他当作知己，在他面前解剖自己优柔寡断的“作揖主义”的灵魂；在《春》的结尾，觉慧把即将落入虎口的淑英救了出来，完成了一次新的出走，这喻示着“解放”、“自由”又一次完成了对于青年人的救赎，同时也为自己的战壕中增添了一个新的战士。可是，从另一个角度看，成为偶像后的觉慧，在巴金的《激流三部曲》的后两部中却几乎销声匿迹，成了一个抽象的存在，他所描绘的如火如荼的斗争生活究竟如何，我们不得而知。小说的重点是描写大家族对年轻人的压抑以及年轻人的反抗，很大程度上，后两部中觉慧的功能是与第一部中的《新青年》、《每周评论》等刊物等同的，是一种理想的抽象的带有着理论色彩的存在。

四、国族劫难下的家族逆子

在描述现代家族小说中“父与子”的冲突时，赵园指出：父与子“有时表现为对立，有时仅仅表现为差异。但无论是对立还是差异，都关乎‘政治’”，“‘政治’对于家庭关系的渗透，是历史前进中的必然现象。现代小说一再使你听到，社会革命、政治风雨，怎样有力地叩响‘家’的漆皮剥落的大门”。[①] 如果说在《激流三部曲》中，我们看到的是《新青年》等刊物代表的社会革命撼动了家庭伦理的根基的话，那么，在老舍的《四世同堂》中，我们更多看到的是

① 赵园：《艰难的选择》，上海文艺出版社1986年版，第404—405页。

政治风雨对于一个传统家庭的侵蚀，民族自强解放和个人的奋斗史的有机结合。民族的劫难促成了父与子的冲突，也给予了青年在家庭中的斗争以强有力的外援。但是，瑞全和祁老太爷之间的矛盾并没有像觉慧和高老太爷之间的矛盾那样尖锐和切身，在老舍的笔下，祁老太爷是一个一辈子住在如同葫芦般的“小羊圈”中的和善的长者，对于战争，他怀着老北京人的那种淡定自若的风范，他认为只要“家里老存着全家够吃三个月的粮食与蔬菜。这样，即使炮弹在空中飞，兵在街上乱跑，他也会关上大门，再用装满石头的破缸顶上，便足以消灾避难”。祁家人的关系也并不像《激流三部曲》中的那样充满着惊心动魄的戏剧色彩，而是平淡和睦的，英国人富善先生曾经对此觉得惊奇：“看到祁家的四辈人，他觉得他们是最奇异的一家子。虽然他们还都是中国人，可是又那么复杂，那么变化多端。最奇怪的是这些各有不同的人居然住在一个院子里，还都很和睦，倒仿佛是每个人都忠于他的时代，同时又不激烈地拒绝别人的时代，他们把不同的时代糅到一起，像用许多味药糅成的一个药丸似的。他们都顺从历史，同时又似乎抗拒着历史。他们各有各的文化，而又彼此宽容，彼此体谅”，作为中国通的富善先生可谓是抓住了祁家这一作为传统家庭的典型特征。老舍作为一个现实主义的大师，他在描写家国危难的同时，让作品中的人物自己表现自己的性格，而没有给予人物一个理论的框架。于是，我们看到，瑞全这一逆子形象没有觉慧的形象显得那么激越，他和祁老太爷的矛盾没有达到关于切身的地步，他们的矛盾更显得有些像代沟和祖孙的隔膜。当被要求焚书时，祁老太爷积极赞同烧了这些他本来并不喜欢的书，只是惋惜这些书是用钱买来的，同样的事情，在瑞全的身上，却进一步地激励了他逃出去参加抗战的决心，使得他“要从家庭与社会的压迫中冲出去，成个自由的人”，“到国家在呼救的时候，没有任何障碍能拦阻他应声而至；像个羽毛已成的小鸟，他会毫无栈恋地离巢飞去”。在民族的危机中，瑞全的自我实现和挽救民族的危亡成为统一的事件，在这一特殊的时刻，瑞全的自我实现与觉慧是完全不同的，觉慧是力图挣脱大家族的牢笼实现个人，成为一个具有独立人格的青年，而瑞全却是舍弃了个人投入到了更大的一个家——国中去了。这样的区别在二人的爱情经历上也同样可以看出，觉慧因为鸣凤的投湖自杀而在爱情上经受了挫折，这成为促使他抗争的重要动力，不同的是，瑞全却是要舍弃爱情，舍弃招弟那个灵动俏媚的眼睛的诱惑，要把那个使他心动的眼神彻底赶出心底。在小说中，老舍多次向我们展示了一个青年在个人情感和国家之间作出抉择时的痛苦和矛盾，“在理智上，他愿坚决的斩断一切情爱——男女，父母，兄弟，朋友们，而把自己投在战争的大浪中，去尽自己的一点对国家的责任。可是，情爱和爱情——特别是爱情——总设法挤入他的理智，教他去给自己在无路可通的地方开一条路子”，一开始，瑞全和招弟就意味着永远不能够走到一起，招弟是一个虚荣但却可怜而纯洁的女孩子，如果不是她母亲大赤包的影响，她也不会堕落到最终的惨状。可是，“志不同不相为谋”，招弟最后被回来的瑞全杀死了，在招弟死后，瑞全朝着招弟的尸体喊她的名字，“他仿佛又听见了她的笑声，多年以前的清脆的笑声”。瑞全用那一声亲切的呼喊为他们二人的关系彻底画上了句号，爱情在国家这一更大的集权机器面前溃败，哀伤叹息的那一两声也只能够随着招弟的尸体永远地困守在了深邃幽暗的山洞里了。

杰姆逊曾经给予“民族寓言”这样定义：“是指关于一个人和个

人经验的故事最终包含了对整个整体”和民族命运的“艰难叙述”,[①]瑞全的克服自己的感情而以国家为重的经历,在很大程度上是如同杰姆逊所说的包含了一个整体的民族叙述,这一叙述也就是李泽厚所说的“救亡压倒启蒙”这一民族的整体命运,轰轰烈烈的启蒙运动在国之将亡的时代不得不让位于救亡,个人也不得不服从整体的需要。于是,瑞全的故事在某种意义上就演变成为中国传统中的“忠孝不能两全”的现实存在。关于“忠孝不能两全”的故事,元末高明的《琵琶记》中的蔡伯喈是古代的典型,他本欲在家赡养父母,却又听父亲的劝告去参加朝廷的开科取士,高中状元后被迫滞留京城,父母去世后不能为他们守孝。但是,高明并没有让蔡伯喈像早期的宋元南戏《赵贞女蔡二郎》中的蔡二郎那样“弃亲背妇,为暴雷震死”,而是充分地体谅了他的苦衷,通过三辞三不从展示了他的心理矛盾:辞考,父亲不从;辞婚,丞相不从;辞官,皇帝不从。这三个故事完善了蔡伯喈的人格,同时也是传统“忠孝不能两全”的形象表现。与蔡伯喈的犹疑矛盾相比,瑞全则显得坚定了许多,因为在他的身后,是一个国家的命运和坎坷,比起蔡伯喈参加开科取士从而在客观上为自己挣得功名相比,在国族危难的时刻,瑞全的叛逆行为“是在为家尽孝与为国尽忠之间选择了后者,但这并不构成对前者的否定,甚至在更深的意义上二者异形同构”。[②] 而这种“异形同构”,在进一步地完善了瑞全形象的同时,也是对传统文化中逆子形象和“忠孝不能两全”的重新诠释。

---

① 转引自张京媛:《新历史主义与文学批评》,北京大学出版社 1993 年版,第 234 页。

② 曹书文:《家族文化与中国现代文学》,中国社会科学出版社 2002 年版,第 257 页。

在本节涉及的现代家族小说中，除了上面提到的这些逆子外，这些小说中当然也不缺乏谭绍闻那样的不肖子，他们变卖祖产、勾引老妈子、包妓女、闹小旦，将祖训置之不顾的他们成为大家族走向没落的最直接的诱因，他们是“蛀空树干的虫子”，《激流三部曲》中的克安、克定之流是这种“不肖子”的典型代表，在《秋》中，觉民痛斥他的叔叔克安和克定，他说：“你们口口声声讲礼教，骂别人目无尊长。你们自己就是礼教的罪人。你们气死爷爷，逼死三爸。……你们只晓得卖爷爷留下的公馆，但是你们记得爷爷遗嘱上是怎么说的？你们讲礼教，可是爷爷的三年孝一年都没戴满，就勾引老妈子公然收房生起儿子来！你们说，你们在哪一点可以给我们后辈做个榜样。”早就有学者指出这段话中觉民批判叔叔们的准则是礼教，觉民的新思想在此处并没有用来批评叔叔们的败家，这是基于作者对于大家族情感上的认同。[①] 因此可以看出，这种“不肖子”无论是从形象上、行为方式上还是从判定他们“不肖”的标准上，与传统家族小说中谭绍闻那样的“不肖子”是一脉相承的。

综上所述，从《歧路灯》中的“不肖子”谭绍闻到《红楼梦》中的宝玉，再到《激流》中的逆子们和《四世同堂》中的瑞全，他们身上有着一个较为明显的演变历程。从《歧路灯》中谭绍闻遵循快乐原则沉迷到赌桌，痴迷于妓女，最终沦落到变卖祖坟上的树木，不遵循祖训的“不肖子”形象；再到《红楼梦》中宝玉对于传统和世俗伦理以及对于理想世界的否定，“不肖子”形象得到了深化，更多带有叛逆者的意味，但是这种叛逆者是具有“历史虚无主义”意味的叛逆，

① 参见黄子平：《‘灰阑’中的叙述》，上海文艺出版社 2001 年版，第 150—151 页。

希望的光芒被掩盖；到了觉慧身上，叛逆成为追求个人解放、追求青年的自由、摆脱大家族羁绊的重要手段，在他们身上，启蒙的精神得到体现；当民族危亡压倒了追求个人自由的启蒙时，更大的一个家——国号召青年们献身，于是，在瑞全的身上，我们看到了摆脱小家认同大家，以反对家庭羁绊为主的追求个人自由，和挽救民族的危亡奇异地联系到了一起，这同样也是对中国传统中“忠孝不能两全”的重新诠释。

第二节 作为经典场面的离家出走

在古今中外的家族小说中，离家出走成为一个经典的场面，本节论述中所谓的“离家出走”，指代的是一个广义的概念，在本书的论述中，凡是在家庭中有着不可调和的矛盾，或者家庭不再是个人的一个具有“安身立命”意义的场所，因而离开家庭这一空间，寻求一个新的可以代替家庭的“安身”作用的具体或者抽象的所在，在本书中将都被纳入到“离家出走”的考察范围。几乎中国古今家族小说中都有着一个离家出走的场面，如《金瓶梅》中最后西门庆的儿子——也是西门庆的托生——孝哥儿被普静法师度化后化作清风飘去；《醒世姻缘传》中的狄希陈不能忍受泼妇妻子薛素姐的整日殴打，借做官的机会离开家庭；《歧路灯》中的谭绍闻因为欠了赌债，而自觉无颜面对家人因而离家出走；《红楼梦》中的宝玉最后的脱离凡尘，“浸淫情中之后，却不再为情所困”；《激流三部曲》中的觉慧、淑英的离家出走；《憩园》中杨梦痴在家庭之外的漂泊流浪；《寒夜》中的女主人公曾树生在经历了多次的心理挣扎后，离开自己的小家庭，和情人远赴兰州；《财主底儿女们》中的蒋家儿女们离开大家庭后各自的个人史和奋斗史；苏青《结婚十年》中女主人公苏怀青和丈夫徐崇贤离婚后离开小家庭而独自走上社会去生活。这些出走构成了家族小说的一道独特靓丽的风景，出走意味着对家庭的否定以及对家庭现有规则的背离，但是同时，这种出走也有时呈现出回避和叛逃的意味，这些特征与离家的、叛逆的勇气相互交融，显示出暧昧复杂的意蕴。

一、《金瓶梅》、《红楼梦》：宗教救赎的多重内涵

晚明时期，王阳明的心学对晚明思想界的变化起了重要的导引作用，伦理本体已由"理"一转而至"心"，由于"心"的本体论地位的提升，被"理"所禁锢的"心猿"终于找到了突围的缺口，它不但如同脱缰的野马驰骋于广阔的草原之上难以驾驭，而且它的不知所止的自我放任的特性，自会导致情欲泛滥，礼教崩坏。于是，在这样的思想引导下，纵欲之风盛行，而世情小说中的代表《金瓶梅》便充分地显示了当时社会所遭遇的重大变迁。作为中国古代文学史上第一部以描写家庭生活为主的小说，《金瓶梅》被张竹坡评为"第一奇书"，称它在内容上"处处体贴人情天理"，"深切人情事务"，① 在写法上是"隐大段精彩于琐碎之中"。② 在这部世情书中，作者不惜笔墨，巨细无遗地描述了一个晚明商人西门庆的发迹史，他从一个生药铺起家，最后在商场和官场上都取得了成功，伴随着他的发迹，他的个人奋斗能力的强悍和他的性能力的强大互为表里，互

---

① 张竹坡：《批评第一奇书金瓶梅读法》，黄霖编《〈金瓶梅〉资料汇编》，中华书局 1987 年版，第 87 页。

② 同上，第 55 页。

相阐释，共同验证了一个晚明纵欲风气中的成功者形象。但是正是这样一个自称就算“奸了嫦娥”也不减“泼天富贵”的人，却最后遭遇了纵欲身亡、妻妾为人所淫的恶果。这一因果报应的结局正如在欣欣子的序言中说的：“无非是明人伦，戒淫奔，分淑慝，化善恶。知盛衰消长之机，取报应轮回之事，如在目前，始终如脉络贯通，如万系迎风而不乱也”，因此可见，西门庆的悲惨下场、他的儿子以及托生者孝哥儿的最后出家也验证了这一因果之道。在小说中，纵欲指代的是“四贪词”中所提到的“声、色、财、气”，这是《金瓶梅》所竭力渲染和批评的欲望之表征，在过度地宣泄了这些欲望之后，所带来的只有恶果和赎罪。于是，如果说欲望贯穿着西门庆的发家，同时欲望也代表了以西门庆为首的这类家庭的主要特征，那么，在孝哥儿的被度化中，作者显然是让孝哥儿脱离这种家庭、消灭欲望的同时也结束了因果轮回的人世间的劫数。孝哥儿出家后所取的法名是“明悟”，崇祯本在此旁批道：“一部本旨”；张竹坡批曰：“酒色财气，不净不能明，不明又安能悟？”《金瓶梅》中，作为离开家庭的一种方式——出家，以超脱尘世的方式否定了当时社会中的人们对于“物”的贪欲，告诫尘世中的人们欲望“如梦幻泡影，如电复如露”的虚无性。

在《金瓶梅》开长篇家族小说之先河之后，成书于清朝乾隆年间的小说《红楼梦》代表着中国传统家族小说的最高峰。在脂砚斋对它的评论中，经常会将它和《金瓶梅》作对比，例如在《红楼梦》庚辰本第十三回中“贾珍笑问价值几何”的眉批中说道：“写个个皆到，全无安逸之笔，深得《金瓶梅》阃奥”；在第六十六回中“只怕连猫儿狗儿都不干净，我不做这剩王八”一句批为：“奇极之文，极趣之文。《金瓶梅》中有云‘把忘八的脸打绿了’，已奇之至，此云‘剩忘八'，岂不更奇。"[1]在两部小说之间，这样可以作类比的例子很多，但是，两部小说最大的共同点之一恐怕还是它们所表现出来的对尘世欢乐的否定以及在不同程度上对佛家思想的皈依。《金瓶梅》第八十回西门庆出殡时（张评本将之删去），其中有一偈云："画堂绣阁，命尽有若长空；极品高官，禄绝犹如作梦。黄金白玉，空为祸患之资；红粉轻衣，总是尘劳之费。妻孥无百载之欢，黑暗有千重之苦。一朝枕上，命掩黄泉。空榜扬虚假之名，黄土埋不坚之骨。"这一偈文背后所表现出来的历史虚无感与《红楼梦》中的"好了歌"有相通之处。早就有学者指出，它有着"画龙点睛之妙、唤醒尘梦之用。它说明一切尘世的欲望追求、现实享受、情感快乐，等等，看似实在，但从时间上讲，皆为空幻之物。它既是'在'，又是'非在'"。[2] 否定尘世的欲望，成为《金瓶梅》和《红楼梦》这两部小说的共同主旨所在，孝哥儿和宝玉最后都是被僧或者道度化，离开家庭这一空间所在。宗教所体现出来的对人生的关怀随着僧道的出现得以明了，僧道代表的是先知和智慧，荣格指出：神话、民间文学与梦中的精神因素，通常由一个智慧老人代表，"梦中的他，可能扮成巫师、医生、僧侣、老师、祖父，或其他任何有权威的人，每当主角面临绝境，除非靠睿智与机运无法脱困时，这位老人便会出现。主角往往由于内在或外在的原因，力有未逮，智慧便会以人的化身来帮助他"。[3] 在《红楼梦》中，与此类似的是，一僧一道也是这样一种智慧的化身，他们将石头携入红尘，使它在俗世变形为一

① 黄霖编：《〈金瓶梅〉资料汇编》，中华书局 1987 年版，第 258 页。

② 冯文楼：《四大奇书的文本文化学阐释》，中国社会科学出版社 2003 年版，第 347 页。

③ 荣格：《原型与集合潜意识》，转引自张汉良《〈杨林〉故事系列的原型结构》，温儒敏编《中西比较文学论集》，北京大学出版社 1988 年版，第 114 页。

块玉，从而经历人生后能够醒悟，认识到人生的真相，也认识到自己的本源，最后又由一僧一道放回原处。这一以石头作为缘起，又以石头的回归落幕的“石头历险记”，在以一僧一道为中介的宗教关怀之路上得以圆满。这一经历也象征着以玉为表征的世俗人生的有限和虚幻，而石头才是人的本真，具有真实的永恒的特点，才属于神界。同样被度化出家的还有甄士隐，在念了一段与“好了歌”类似的偈子后，他跟随跛足道人飘逝而去。

诚然，宗教的救赎构成了否定尘世的最重要的动力，但是，一个有趣的现象是：《红楼梦》中的道人和和尚的形象对他们的传统形象构成了一种颠覆，在传统的审美体验中，道人是有着仙风道骨的，而和尚则是拈花微笑，大肚能容的形象，在大部分的如《西游记》一类的神怪小说中，凡是代表正面形象的僧道往往是这样的。① 但是，《红楼梦》中的道人和和尚却是如同“济公”再世，在第一回刚出场时的形象是“那僧癞头跣足，那道则跛足蓬头，疯疯癫癫，挥霍谈笑而至”，满嘴叫人不明所以的胡言乱语，在见到甄士隐怀抱着的英莲时，僧人大哭并告诉甄士隐英莲是连累爹娘之物，这样的疯癫形象和言语，连颇有慧根的甄士隐也没有能够“识得庐山真面目”。第三回“托内兄如海酬训教　接外孙贾母惜孤女”中，林黛玉和贾母说到自己小时候来了个癞头和尚要化她去出家，“疯疯癫癫，说了些不经之谈，也没人理他”，在这里，癞头和尚也同样没有得到众人的认可，他的语言也往往是不经之谈而无人肯信。第

① 也不是所有的僧道形象都是如此，南宋时期的高僧“济公”形象却与此审美经验截然不同，破鞋破帽破扇垢衲，喝酒吃肉的外在形象，和他内心的博识学问、行善积德共同使得他成为有着“癫僧”之称的一代高僧，但是，这样的例子在中国传统中却是较少的。

十二回“王熙凤毒设相思局　贾天祥正照风月鉴”中，跛足道人为贾瑞带来了风月宝鉴，但是照了正面的贾瑞却很快因为想象中的纵欲而死亡。当贾代儒夫妇迁怒于宝鉴而将烧毁它时，镜子说：“谁教你们瞧正面了！你们自己以假为真，何苦来烧我”，“以假为真”一语再次道出了整部小说的主旨，无论是颇具慧根的甄士隐、超脱世俗的林黛玉，还是身陷欲望泥沼的贾瑞，都无法认同跛足道人、癞头和尚的“不经之谈”，而这种“胡言乱语”却同样也正是天机所在，是世俗认为“假”的“真”。因此，无论从这种形象上的颠覆，还是从世俗对他们言语行为的不能理解上看，作为拯救者的僧道本身先就成为游离性的人物，而且在事实上，他们也是以游荡者的形象出现的。关于宝玉最终的离家出走，学界有着很多的不同看法，大部分认为是出家，另有一些学者认为宝玉是成了“赤子”，或者是回归到了“精神世界”，这些说法都有着各自言之有据的道理。但是，在这些说法中，有一点是共同的——宝玉成为和一僧一道相同的游荡者，或者说，宝玉重新回到了他的游离于“补天”之外的身份当中，这一游荡首先颠覆了中国传统中对“大团圆”结局的期许，所以王国维在评论《红楼梦》时认为，这是一部“彻头彻尾之悲剧”，认为“吾国文学中，其具厌世解脱之精神者，仅有《桃花扇》与《红楼梦》耳。而《桃花扇》之解脱，非真解脱也”，“而《红楼梦》之解脱，自律的也”，[①]这种自律，来源那两个僧道的指点，同时，离家出走也成为一个重要的手段，出走，离开常态的生活，成为小说最终的解脱之道。宝玉从一个女娲补天剩下的顽石，到荣国府的公子哥贾宝玉，最终又回到了顽石的状态，在这些过程中，宝玉都是处于边

① 王国维：《王国维文学论著三种》，商务印书馆 2003 年版，第 13 页。

缘地位的，从这一意义上说，《红楼梦》这部小说也可以看作是在叙写一个“游文化”的故事，而宝玉最终的出走同样也体现了作者对“游”的肯定和认同。

“游”训为“行”，具体表现就是“不事农商、无定职、不治生”。[①]在中国传统的文化语境中，虽然“安土重迁”是主流的意识，但是，“游”也是一个得到关注的精神状态，诗经中有很多描写优游态度的，如《诗经·大雅·卷阿》：“有卷有阿，飘风自南，岂弟君子，来游来歌，以矢其音。伴奂尔游矣，优游尔休矣，岂弟君子，俾尔弥尔性，似先公酋矣”。[②] “来歌来游”，是周人生活中的重要部分。再如《诗经·小雅·白驹》写一个人：“所谓伊人，于焉逍遥？”“慎尔优游，勉尔遁思”，“毋金玉尔音，而有遐心”，[③]这里是说，一个人常做逍遥之游，就可以促进自己的遁思和遐心。庄子《逍遥游》中所谓“乘天地之正，而御六气之辩，以游无穷”，通过“游”，摆脱蜩、鸠的短浅目光，从而达到鲲鹏“抟扶摇而上者九万里”的自由，并因此而上升到“ 至人无己，神人无功，圣人无名”[④]的人生境界。从通俗文学这一方面来看，“游”更是一个可以代表民间想象的，充满蛊惑力的字眼，“悠哉游哉”的侠士们集自由、侠义以及绝技于一身，脍炙人口的侠义小说如《三侠五义》等，都塑造了一个个忠肝义胆、劫富济贫同时又辅国安民的侠义之士，这些人一般都首先是以一种“离轨者”形象出现的，他们大多是“功名未遂”之人。

---

① 龚鹏程：《游的精神文化史论》，河北教育出版社 2001 年版，第 128 页。

② 《诗经·大雅·卷阿》，李学勤主编《毛诗正义》，北京大学出版社 1999 年版，第 1126—1127 页。

③ 《诗经·小雅·白驹》，李学勤主编《毛诗正义》，北京大学出版社 1999 年版，第 673—675 页。

④ 庄子：《逍遥游》，郭庆藩辑《庄子集释》第一册，中华书局 1961 年版，第 5—17 页。

在主流文化中失败的他们将目光转向了江湖并很快在其中发现了胜于"南面而王"的东西,也即"游"所带来的自由和桀骜不驯的狂狷之气。虽然清官的出现实现了义士江湖之"义"和庙堂之"忠"的整合,但是在本质上,他们仍然向往一个"游者"的状态,如《三侠五义》中展昭被钦封为四品带刀侍卫后,路遇丁兆蕙时他说自己更喜欢游山玩水,不喜羁绊,"若非碍着包相爷一番情谊,弟早已挂冠远隐了"。(第二十九回)唐代大诗人李白也发出了"人生在世不称意,明朝散发弄扁舟"的渴望漂游于世俗之外的豪言壮语。由此可见,在"重农抑商"、"父母在不远游"的传统中国文化中,"游"并没有如同想象中的那么受到排挤,相反,它作为一个异于主流的形态,在很大程度上实现了对现实人生的超越。龚鹏程的《游的精神文化史论》更是看重了这一文化的意义,在分析了"居民"和"游民"这两种相较来说不同的生活状态后,他认为与定居的居民相比,"身在法令外,纵逸常不禁"的游人"离了土地、生业、秩序,心灵才能获得优游的空间。游,乃因此而成为具有人生意义的字眼","'游'的含义是极富饶的。如鼓腹而游,是餍足后无所事事的晃荡;游荡无度、飞鹰走狗,是生命的放浪,没有责任,不治行业,有挥霍青春的快感;游食诸侯,是追求能施展抱负的机会;周游天下,是跨越空间的限制,向世界的无限拓展……游,在此便含有自由、不受拘束、超越固定界域,等等意义"①,游可以实现对人生诸问题例如生老病死的"超越解脱"、"表达自我转化"更是"航向上帝的海洋"的方舟。② 从

① 龚鹏程:《游的精神文化史论》,河北教育出版社 2001 年版,第 37 页。
② 参见同上,第 152—162 页。

“游”的文化意义上看，宝玉的出走则带有着这样的内涵，宝玉将“玉”（欲）还给了和尚，离开了欲望的羁绊，回复到了一种游荡的状态，在对世俗和理想世界的双重否定中获得了生命的超越。

二、游荡者的权力与痛苦

无论是《金瓶梅》中西门庆的转世孝哥儿的出家，还是《红楼梦》中宝玉的离家出走，这一经典场面都指向了对现存家庭状况的反动，对欲望的否定。当然，贯穿始终的癞头和尚以及跛足道人的不时出现、宝玉离家出走前“玉”的先行失踪、宝玉最终在茫茫雪地中拜别贾政后飘然而去，都使得在离家出走这一点上，《红楼梦》比《金瓶梅》中单纯的孝哥儿被度化具有了更多的内涵。与孝哥儿、宝玉看破红尘、摒弃欲望的离家出走相比，《激流三部曲》中青年人的出走则更多地带上了时代的气息和年轻人的冲动敏感，是为年轻人欲望的声张、为个性的张扬摇旗呐喊。自从五四新文学运动发生之后，周作人、胡适等人倡导“个人主义的人间本位主义”、“健全的个人主义”；鲁迅则高呼“掊物质而张灵明，任个人而排众数”；[①]郁达夫在《中国新文学大系·散文二集》的《导言》中说：“五四运动的最大的成功，第一要算‘个人’的发见。从前的人，是为君而存在，为道而存在，为父母而存在的，现在的人才晓得为自我而存在了”。[②] 在这样的思潮卷袭之下，高家子孙们开始了对抗礼教、争取个人自由的斗争。高觉慧在自己的恋人鸣凤投湖自杀、大

① 鲁迅：《摩罗诗力说》，《鲁迅全集》第一卷，人民文学出版社 2005 年版，第 47 页。

② 郁达夫：《中国新文学大系·散文二集·导言》，上海良友图书印刷公司 1935 年版，第 5 页。

嫂瑞珏难产而死的种种封建社会种下的恶果面前，选择了离开这个暴力的家庭。巴金有意把这个大家族描写成“一个专制的王国。仇恨的倾轧和斗争掀开了和平的表面而爆发。势力代替公道。许多可爱的青年的生命在虚伪的礼教的囚牢里挣扎，受苦，憔悴，呻吟以至于死亡。这都是不必要的牺牲，然而我站在旁边却不能够做一点救助的事情”。① 挣脱这个“专制的王国”，外面是一个自由的国度，家庭的内和外是两个截然相反的世界，这在《激流三部曲》中，是一个预设的结局，至于觉慧、淑英出走以后怎么样，我们只可以从觉新、觉民与觉慧的通信中略知一二，觉慧似乎实现了他的梦想，投入到了火热的斗争中去了。具体如何，觉慧是怎样投入青年人的奋斗中去的，他是如何割断与大家族的纽带的，他在追寻理想的路上经历了怎样的痛楚与狂喜，巴金在《激流三部曲》中没有进行具体的描写，在后两部中，由于作者的着眼点仍然在叙写大家族的走向衰亡，出走者觉慧的形象显得更加抽象和模糊了，觉慧是否就真正地拥抱了个人主义的浪漫的自由呢？不得而知，但是黄子平的话却很有启发性：“倘若把‘家’定义为维系安顿生存意义的基本空间单位，那么近百年的历史发展已然将它摧毁了。说来蹊跷，不是我们从‘家’中逃亡，而是我们将‘家’从‘家’中驱逐了，居住在空出来的位置上的，是现代的‘更高的价值’”。②

于是，离家出走这一场面在《激流三部曲》中成为一个手段，即与“专制王国”的告别，投入到理想中去，与大家族的断裂既是一个华丽的背影，同时也有着些虚无飘渺之感——去向何方？很多的

---

① 巴金：《我的幼年》，《巴金选集》第十卷，四川人民出版社 1982 年版，第 94 页。
② 黄子平：《‘灰阑’中的叙述》，上海文艺出版社 2001 年版，第 151 页。

作家在这方面作出了探索，鲁迅先生的《娜拉走后怎样》中冷静地给出了答案："不是堕落，就是回来"。除此以外，先生还在《伤逝》中为我们形象地展示了出走后的"娜拉"的故事，子君作为一个敢于与封建家庭斗争决裂的新女性，却在与涓生的小家庭中覆没在了饲养小油鸡式的柴米油盐的平庸中，最终又回到了她父母的家庭。在印证了《娜拉走后怎样》所说的经济权的要紧之外，先生也看到了"梦醒后无路可走"的悲哀。反过来说，有了经济权后，子君就可以保持原来的矜持和美丽，有时间来读书，成为涓生理想中的常常谈论《诺拉》、《海的女儿》的文艺女性，但是，是否爱情就是由女性的美丽、由那些时新的文艺作品来维持和呵护呢，如果这样，爱情是否就是爱情了呢，还是只剩下了这些"附丽"、华丽却脆弱的外衣呢，结果又会怎样呢？除了这些以外，在鲁迅先生的笔下，子君涓生的悲剧与宝黛的悲剧在一定程度上是相通的，如王国维在论述《红楼梦》的悲剧时所说："由叔本华之说，悲剧之中又有三种之别：第一种之悲剧，由极恶之人，极其所有之能力以交构之者。第二种，由于盲目之运命者。第三种之悲剧，由于剧中之人物之位置及关系而不得不然者；非必有蛇蝎之性质与意外之变故也，但由普通之人物、普通之境遇，逼之不得不如是；彼等明知其害，交施之而交受之，各加以力而各不任其咎。此种悲剧，其感人贤于前二者远甚"，而宝黛的悲剧是属于第三种的，二人的悲剧结局，"不过通常之道德、通常之人情、通常之境遇为之而已"。[①] 与此相类似的是，在寻常的平庸中，子君伴着青春的苍白凄然辞世，不再回头的背影甚至无法留下一声叹息，留下的只是更多的犹疑和数不清的

---

① 王国维：《王国维文学论著三种》，商务印书馆 2003 年版，第 14—15 页。

问号，同时也暴露了五四新文化运动在激进雄壮的外表下隐藏的危机。

如何解决这些危机，路翎的《财主底儿女们》作出了积极的探索，蒋家儿女们在离开了苏州故园以后，无论是蒋慰祖在与妻子的感情纠葛中发狂最终自杀；少祖从满怀理想的青年堕落到虚华的政治生活中；纯祖带着青年人的幼稚和狂暴探寻社会的意义，还是淑珍、淑华、淑媛、秀菊等人或以母性的光辉作出自我牺牲、或在教会中寻找心灵的寂静、或在战争中耗尽最后一滴热血，所有的这些，其实可以说是路翎以苏州蒋家为线索，勾勒出来的种种年轻人奋斗的故事，而从这些故事发生的空间来说，其实也就是蒋家儿女们离家后的故事。在这些奋斗的故事中，纯祖无疑是最具魅力的年轻人形象之一，他的奋斗，形象合理地回答了《激流三部曲》中觉慧走后的可能之一。同样作为中国现代文学史上的可爱的热血青年的代表，纯祖和觉慧的形象在某种意义上可以看作是五四时期青年的两段生活史，一段是与大家庭中种种压抑青年发展的专制作斗争并最终走出了禁锢的大门，另一段则是出走以后心灵的挣扎以及在新的环境下所经历的磨难和对故园的重新思索。在纯祖"走后"的故事中，他大部分是以一个浪子形象出现的，我们看到，假想中的理想并没有随着那一声富有冲击力的"砰"的关门声而在眼前璀璨起来，相反，我们在纯祖的历程中更多地读到的不是传统"游"中所包含的放荡不羁和自由，而是更多地带着无奈和孤独，这些甚至使得纯祖出现了诸多神经质的倾向，并直接导致了纯祖最后的生病死亡。在 1941 年第一次写成这部小说的时候，路翎才刚刚 19 岁，后因为文稿丢失，他又凭着记忆重新写了一遍并于 1944 年年初完成。旺盛的创造力、激情澎湃的文思、对人物心理刻画的入木三分，使得路翎成为中国现代文学史上公认的天才人物。而他作为一个年轻人，以自己和朋友们的切身体会来作为小说的素材和原动力，也使得小说具有了很强的史的性质，是对一代知识分子心灵史的刻画。

在分析纯祖之前，我们有必要先对少祖的心路历程进行梳理，因为，在出发点上，无论是觉慧、少祖还是纯祖，他们在一定程度上都是相同的，可是最终却走向了一个个不同的岔路口。蒋少祖也曾经是一个觉慧式的青年，在脱离了以父亲蒋捷三为主的苏州大家庭后，他踏上了寻找个性的解放、人性的自由的道路。在第一章中，我们常常可以听到少祖的这种宣言，在准备组织一个对抗日本人的义勇军后，他去找一个有钱的政客王学植，希望从他那里得到一千支枪。在王家他遇到了代表权力，同样也是来王家谋图那一千支枪的郭绍清。郭在得知了少祖准备组织义勇军的主张后，建议能够联合地组织起来，可是遭到了敏感的少祖的拒绝。于是，郭绍清批评了少祖的顽固，而少祖反驳他的话很能代表那个时代青年们的理想："我的确顽固！我只爱真理"，"我反对独断，我反对机械、麻木，我反对对人性的残酷的诬蔑"。说完这些话后，"在愤怒里蒋少祖感到大的快乐：他和权力宣战了"。这样的宣言还有过多次，例如在王桂英走上台发表演说之后，他对王桂英说的："要永远反抗生活，永远保持自己底明澈的心情！要大胆破坏这个世界底法律，从自己底内心做一个自由的人！"可是，在一次次的碰壁后，少祖变得越来越沮丧，他痛苦地感觉到"我觉得空虚，我底道路渺茫，这是实在话。我也许很有能力，我非常自负，但是我不幸生在中国"。为了对抗这种随身的挫败感，他与崇拜他的女子王桂英相恋，恋爱在某种意义上成为他对抗平庸，继续追求理想的动力，可是，这还是没有能够敌过世俗的力量，他在险恶和迷乱中看不到出路，他看到青年们在想象中瞎撞，走向灭亡，在失落面前，他终于堕落成为一个虚伪的政客。于是在以后的故事中，我们看到的是一个虽然有着心灵的挣扎和痛苦，但是却常常满足于作为一个社会名流，到处遭遇崇拜者的鲜花和掌声的蒋少祖。在《财主底儿女们》的下部，堕落了的他逐渐退场了，因为虚浮的政治使得他成了背景，他不能够再代表青年们的奋斗历程，他只是一种结局，落幕后融入了芸芸众生中，虽然显赫却也平庸。他成为纯祖鄙视和不屑的对象，他的堕落象征着对命运和现实的屈服，象征着五四新文化运动中的战斗精神就此落幕。

与哥哥少祖相比，纯祖的身上一以贯之的是不屈的斗争精神和年轻人火热的激情。在这里，有必要看看我们可爱生动的青年离家出走后的种种经历，看看他成长中的血泪和激情的离奇接洽。在逃出陷落了的南京后，他遇上了一群散兵游勇，其中的代表着道义的朱谷良给了纯祖很大的影响，在撤退下来的宪兵要强暴一个乡村女子时，朱谷良出面阻拦；在纯祖面临危险时，朱谷良伸出援手；在阴险的石华贵杀死的一个团长的尸体面前，朱谷良流下了眼泪，他有着"漂泊者底广漠的经验和辛辣的感情"，他以自己的坚韧、善良给个人主义的纯祖上了重要的一课，也给予了纯祖杀死石华贵的勇气，这成为纯祖成长道路上的第一步。在亲手结束了罪恶后，他在被石华贵杀死的朱谷良的尸体面前"轻轻地喊了一声，又蹲下来抱起了他底冰冷的头颅"。朱谷良的真实身份是一名劳工，他的光辉给纯祖上了最为重要的一课。如果说在和朱谷良等人的流浪中，纯祖的个人主义常常被生存的压力、环境的险恶以及朱谷良那样的人性的光辉所掩盖的话，那么，在重庆的演剧队中，作者实践的是如何在“这个时代底教条”、“最高的命令”下坚持个性和维护个人的自由,“在集团底纪律和他相冲突的时候,他便毫无疑问地无视这个纪律;在遇到批评的时候,他觉得只有他底内心才是最高的命令、最大的光荣和最善的存在。因此他便很少去思索这些批评——或者竟至于感觉不到它们”。在纯祖的傲岸的崇高之下,在个人主义倔强的执着下,小集团的头目王颖显得是那样的阴险、猥琐、玩弄权柄和带着虚假的权威。纯祖和高韵的恋爱成了这场斗争的导火索,在一次批评纯祖的会议上,个人主义在对抗王颖为代表的小集团时,显得那样的激情、野蛮、张扬而富有蛊惑力,纯祖煽动性的演说激起了很多青年的共鸣,个人主义对虚假的权威反戈一击,扬起了热烈的旗帜。从这个教条的演剧队离开后,纯祖如同一个夜归的行人,在风雪迷茫的路上继续摸索着心灵的最终的归宿。石桥场的学校成为纯祖最终的归宿,这同样也是路翎探讨个人主义如何和人民结合的一个阶段性的思考结果。关于石桥场的故事,据方管回忆,是以他给路翎讲述的文星场的故事为蓝本的,他大大赞扬路翎的天才,因为路翎虽然没有任何的教学经验,“却能将教书的故事写得活灵活现”,而小说中孙松鹤恋爱的故事也是方管给路翎讲的,“路翎居然能写得跟自己的事一样真切”。① 但是,在描写石桥场故事的时候,路翎并不是对文星场的照搬,而是对“七月派”文艺理论的一次实践。以胡风为首的“七月派”在主张作家创作时,要在客观的事实面前加入自己的主观感情,同时,他们还特别重视存在于人民身上的“原始强力”。关于“原始强力”,朱衍青将它概括为“是一种潜在于意识深处的能量”、

① 朱珩青:《路翎传》,万象出版社 2003 年版,第 98 页。

“是一种无以名状、朦朦胧胧但又实际存在的与生命意识一致的力，是一种非理性的存在”、“是一种无法控制、无法规范的力”、它“与人类的生命同步”。① 作为“七月派”主张的积极实践着，路翎在石桥场的描写中，他的天才和主观情感的介入使得整个石桥场充满张力，每个人的身上都充斥着不可理解的力量和神经质般的激情。曾经为了爱情带着妻子远赴上海寻找理想的张春田，再次回来后变得贫穷，但是，为了办学校，他一次次地卖掉了家里的田地，他既脚踏实地又充满幻想，既悲观又热情，高尚、懒散、肮脏、狂狷，这些特质在他的体内奇特地结合，在互相冲突中构成了一种强大的反抗力量，在芸芸众生中显得那样的卓尔不群。赵天知，一个单纯、易激动的青年，他总是带着刀子准备随时与破坏学校的人斗争，富有神经质的他一厢情愿地要去拯救他的那个愚笨、无知、贪吃的，被《金瓶梅》一类的书教育起来的爱人吴芝惠，他把她想象成被家庭束缚的新女性，种种悲壮的斗争在他的想象中戏剧性地发生。与其说他希望拯救他心目中仙女般的爱人，还不如说他在虚幻中一再绝望地企图接近理想，当他勇猛地冲进吴芝惠的家中企图带走她却遭到了她的拒绝时，他的失败和落魄在毁灭了他的幻想的同时，也将他的单纯和激情发挥到了极致。和纯祖一起流浪，在纯祖生命的最后时刻陪伴纯祖的孙松鹤，同样的激情、奉献、纯洁、骄傲、幻想。我们无法用单独的一个词语来概括一个人，他们的身上充满着奔突的强力，也充满了厌世的颓唐。而纯祖的爱人万同华，以冷静、严肃、高尚和善良使得纯祖觉得“是他底罪恶的镜子”，骄傲的纯祖在生命的最后时刻终于向这个高贵的女性屈服，

① 朱珩青：《路翎传》，万象出版社 2003 年版，第 100 页。

她的声音伴着他生命最后火光摇曳着熄灭，余温也逐渐地淡去了。至此，纯祖的一生画上了句号，在“原始强力”的包围下，作者似乎为纯祖的个人主义寻觅到了最终的结局，但是，这一切又显得那样的力不从心、犹疑不定和没有把握，用赵园的话来说：“作者愈是写下去，就愈是感到，他的人物并不是他所发现的弊病的真正对立物，他觉察到他不能使人物既保持‘个性’，同时又具有历史感，拥有改造世界的力量。”①

纯祖的一生就像鲁迅先生《死火》中所描述的那样，要么冰结，要么如红彗星般瞬间烧灭，显然，纯祖选择了后者。在纯祖的历程中，我们看到他一次次的努力和一次次的失败，然后在失败中逐渐成长的故事。但是，在他的历程中，我们也可以看到作者路翎一次次地希望给个人主义寻找出路的努力，这种努力如同胡风在《财主底儿女们》的序中评价少祖时所说：“知识分子底背叛，如果不走向和人民深刻结合的路，就不免要被中庸主义战败而走到复古主义的泥坑里去”，②在这一意义上，纯祖的故事可以看作是作者对个人主义如何融合到人民中去的探讨。在路翎看来，与人民结合并不是“左一个向人民学习，右一个向人民学习，左一个到人民大众中间去，右一个到人民大众中间去”，而是“在文化斗争底任务里去学习了解人民底被压抑着的文艺要求和简单的文艺经验，在文艺创作和精神斗争底要求和任务里去学习和了解人民底生活状况，精神实质，行动力量”，是“在和人民共命运的道路上启发人民，从

① 赵园：《艰难的选择》，上海文艺出版社 1986 年版，第 326 页。
② 胡风：《〈财主底儿女们〉序》，路翎《财主底儿女们》，人民文学出版社 2000 年版，第 5 页。

而和人民一道向新的道路前进”。① 从这一角度看，纯祖的一次次“历险”也就可以看作是这一理念的表现，可是，纯祖奇特而坚强的个人中心主义在遭遇到人民时，显示出了复杂而暧昧的意蕴，纯祖的勇敢激烈和不灭的热情给小说添加了极大的冲击力，同时，在纯祖的一次次失败中，如何和人民结合而获得永生又成为一个疑问。这个疑问在纯祖最后的石桥场的故事中一步步地接近了解决的终点，可是如同数学中的开方那样，越来越接近，却永远也没有达到，于是，纯祖在希望和热情中去世了，虽然他的身边响着他的爱人万同华念着的斯大林底文告。个人主义者纯祖的一生带有着强烈的悲剧性，他东奔西突的生命却有着强大的精神，如同加缪笔下的西西弗，他是一个“荒谬的英雄。他之所以是荒谬的英雄，还因为他的激情和他所经受的磨难。他藐视神明，仇恨死亡，对生活充满激情，这必然使他受到难以用言语尽述的非人折磨：他以自己的整个身心致力于一种没有效果的事业”，“不存在通过蔑视而自我超越的命运”②。纯祖一次次地在荒野中经历的奋斗和挣扎，虽然没有取得任何的成功，可是，谁又能说，这种没有结局的努力不是带着西西弗的这种荒谬色彩的经历呢，在内心的高傲和激情下，他其实也是在不停地通过蔑视而实现着自我超越，而这种超越，与“游”有着很大的契合之处。可以说，纯祖截然不同于少祖的道路在很大程度上标志着，在痛楚和焦虑中告别了“庙堂”的中国知识分子在“广场”上遭遇了失败后，回到了“游”的状态中，这种“游”，部分地继承了传统侠士身上所带有的狂狷、游离于权力中心的特征。更为重要的

① 张业松：《路翎批评文集》，珠海出版社 1998 年版，第 96—97 页。

② ［法］加缪：《西西弗神话》，杜小真译，陕西师范大学出版社 2005 年版，第 145 页 。

是，他们的身上带有了一个现代知识分子的本质特征，这种本质正是刘易斯对知识分子的界定，“一定程度的异化似乎是知识分子永久的命运；他永远做不到‘和别人一样’。批判精神和不受束缚永远是他的标志，因此他总是在一个社会中但又不属于这个社会。一定程度的疏离正是知识分子角色的先决条件。但是，这种独立性又是建立在对社会赖以存在的理想和中心价值的深切关心之上的”。① 同样都是游离，中国传统中的“游”侠在空间上是属于江湖，而他们遵循的行为准则则是道义，他们身上是游之逍遥和狂狷，天高皇帝远，自由自在，无意于任何的社会价值，他们的存在是放逐山水、生命完全得以释放的存在。而到了纯祖们身上，他们的游离带有着非常多的痛苦和裂变，强烈的个人主义使得他们不屑于或者无法如同少祖那样卷入权力中心，获得鲜花和掌声，但是，他们努力的目的确实是与整个社会休戚相关的，是要对“社会赖以存在的理想和中心价值的深切关心”。那么，我们看到，一方面是出世般的游离于社会，一方面却又是对社会价值的身体力行的追求，他们的“游”就无法在本质上和游侠之“游”等同，他们的狂狷就不是自由自在后的放任，而是理想和现实之间巨大鸿沟的撕裂般的痛苦，于是，伴随着他们的就必然是离轨，是在东奔西突中永远地成为局外人。

在本节“作为经典场面的离家出走”中，笔者分析了几种具有代表性的离家出走背后所具有的文化内涵。《金瓶梅》中西门庆的转世孝哥儿被点化出家，标志着对欲望的否定，和对西门庆纵欲的一生的赎罪。《红楼梦》中宝玉的离家出走在放弃了玉（欲）的同

① ［美］刘易斯·科塞：《理念人——一项社会学的考察》，郭方译，中央编译出版社2002年版，第392页。

时，也通过他的救赎者——疯癫的一僧一道——昭示了“游”这一意义的存在，“游”在成为游离中心、自由自在的同时，还暗示着真知，只有跳出五行之外，才能够悟到生命和世界的真谛。而到了现代家族小说中，觉慧式的出走已经成为青年实现理想、冲破家庭牢笼的标志性的手段。但是，出走以后怎么样，很多作家都没有给出答案，除了鲁迅先生标志性的《伤逝》中所说的堕落或者回来以外，路翎的《财主底儿女们》描写了出走之后的挣扎和努力，纯祖的奋斗在一定程度上可以代表一个现代知识分子的游走之路，游在这里不再是自由自在、逍遥、放诞不羁的同义词，更代表着一种游离之后带来的痛苦，和理想遭遇现实时的裂变。在这里，离家出走后的青年们身上更多地带有了现代知识分子的特质，这同样也是离家出走后的“游”在内涵上发生的重要转折。

第三节　父亲的缺席与在场

一、无父状态下的秩序崩颓

中国传统社会是一个父权社会，所谓父权，从社会学的意义上看，有狭义和广义之分，狭义的父权，指的是在一个只包括父母和子女两个世代的家庭中父亲和祖父的权力。广义的父权则是指族长，是一个家族中的最高权威和统治者。狭义的父权是指有着血缘关系的父亲或者祖父，这种父权是从父到子的世袭，而广义的族长则不一定世袭，有可能是这个家族中的诸多家庭共同选举出来的德高望重的男性长辈。从这一意义上出发，本节中的父亲具备几重意思，首先，他是一个生理意义上的父亲，是一个在父权社会的家族观念中的血缘关系的最顶端，在一个家族或者家庭的男性当中他是最为年长者；其次，在整个家族或者家庭的关系上，他具有权威性和对家族家庭事务的决策权。据史料显示，中国的父权文化早在仰韶、龙山时期就初见端倪，那个时代的战争在一定程度上改变了氏族和部落联盟内部的男女权力分布，并成为母系社会向父系社会转变的一个重要诱因。[①] 父权制的真正形成大概是到了周代，周礼的基本精神，按王国维的说法，可以概括为四项原则——尊尊、亲亲、贤贤和男女有别，以及三种主要制度——继嗣上的立嫡制、祭祀上的庙数之制、伦理上的婚姻制度[②]，这些制度促进了父权制的产生并保证了男性的绝对权威，成为后世父权制的重要奠基。汉景帝时的董仲舒对先秦伦理思想进行了概括和改造，形成了以"三纲五常"为核心，以天人感应和阴阳五行说为基础的思想体系，他认为："凡物必有合。合，必有上，必有下"，"阴者阳之合，妻者夫之合，子者父之合，臣者君之合"。[③]东汉的班固进一步提出："三纲何谓也？谓君臣、父子、夫妇也"，"故君为臣纲，父为子纲，夫为妻纲"。[④] 经过这些理论的一步步发展，父权文化成为中国传统中上到国家下至家庭的最为重要也最为主导的文化形态。在家庭中，父亲作为一个家庭中的最高统治者，无论在财产和人身等方面，他们都拥有诸多可以控制子女自由的权力，甚至极端的还有对子女的生杀大权，如著名的秦太子扶苏被假冒秦始皇的

① 参见杜芳琴、王政主编：《中国历史中的妇女与性别》，天津人民出版社 2004 年版，第 21—33 页。

② 参见王国维：《殷周制度论》，《观堂集林》，中华书局 1959 年版，第 447—454 页。

③ （汉）董仲舒著，（清）苏舆注：《春秋繁露·基义》，中华书局 1992 年版，第 350 页。

④ （汉）班固：《白虎通义·三纲六纪》，中华书局 1994 年版，第 373 页。

诏书赐死就是一例，他死前的遗言“父而赐子死，尚安复请”[1]也被看作了他至仁至孝的宣言。在夫妇的关系上，强调的是男尊女卑和女性的附属地位，《礼记·郊特牲》指出：“妇人，从人者也，幼从父兄，嫁从夫，夫死从子”。[2] 父权文化在成为整个社会主导的同时，理所当然也会渗透到文学艺术的创作中去，可是，在明清的家族小说中，我们并不经常看到这个权威的父亲形象的出现，相反，我们常常看到的是弱势甚至是缺席的父亲，文化背景和小说描写怎么会有着这么大的差距呢，难道文化的钳制对于现实的生活来说是那样的松动和不堪一击吗？

有意思的是，作为中国古代第一部以描写家庭为主的长篇小说，《金瓶梅》就将它的主人公西门庆设置成了一个无父无母的形象，在第一回“西门庆热结十兄弟　武二郎冷遇亲哥嫂”中郑重介绍了主人公西门庆的身份以及他的交际圈：“山东省东平府清河县中，有一个风流子弟，生得状貌魁梧，性情潇洒，饶有几贯家资，年纪二十六七，这人复姓西门，单讳一个庆字。他父亲西门达，原走川广贩卖药材，就在这清河县前开着一个大大的生药铺。……一自父母亡后，专一在外眠花宿柳，惹草招风，学得些好拳棒，又会赌博，双陆象棋，抹牌道字，无不通晓。结识的朋友，也都是些帮闲抹嘴，不守本分的人。”父母的缺席是西门庆得以肆无忌惮地放纵自己的首要条件，这象征着西门庆脱离了种种父亲在场所带来的礼教规范和清规戒律，能够在生活中纵情狂欢。虽然，《金瓶梅》中作者所预设的西门家族衰落的原因是“善有善报，恶有恶报；天网恢

---

① （汉）《史记·李斯列传》，中华书局 1959 年版，第 2551 页。

② 《礼记·郊特牲》，陈成国校注《四书五经》第一卷，岳麓书社 2006 年版，第 505 页。

恢，疏而不漏”，张竹坡认为这句话是“总纲之总纲”，认为《金瓶梅》是“体天道而立言”。诚然，笑笑生通过最终佛教的救赎和因果的设定对欲望进行了否定，小说中诸多主人公的下场即是明证，如纵欲的西门庆的最终的血崩而亡，潘金莲最后被武松杀死，五脏六腑都被割除。但是，在这一因果报应的预设之下，作者更为津津乐道的是西门庆的发迹变泰以及他暴发户式的个人奋斗史，他是商场的成功者，同时也在政治上攫取到了权力，闺房之内，更是娇妻美妾，莺声燕语。小说对西门庆的成功以及他的生活的详尽描写使得它获得了“世情书”的称号，现代的学者们也对此颇为赞赏，鲁迅称“作者之于世情，盖诚极洞达，凡所形容，或条畅，或曲折，或刻露而尽相，或幽伏而含讥，或一时并写两面，使之相形，变幻之情，随在显见，同时说部，无以上之”；[①]郑振铎认为：“在《金瓶梅》里所反映的是一个真实的中国的社会。这社会到了现在，似还不曾成为过去。要在文学里看出中国社会的潜伏的黑暗面来，《金瓶梅》是一部最可靠的研究资料。”[②]在“家国同构”的中国传统文化中，“天下与家是互文互喻关系。这种关系蕴含着中国文化结构的基本秘密，并规定着受这种结构制约的中国文化人（文化文本的创造者）的主要行为模式”，[③]从这一思维引申开去则会发现，家庭的混乱在某种意义上是和晚明时期纵欲的社会风气紧密相连的，在诸多对这部现实主义的著作的研究中，浦安迪早就指出西门庆的发迹

---

① 鲁迅：《中国小说史略》第十九篇《明之人情小说》（上），《鲁迅全集》第九卷，人民文学出版社 2005 年版，第 187 页。

② 郑振铎：《谈〈金瓶梅词话〉》，《中国文学研究》，人民文学出版社 2000 年版，第 226 页。

③ 李军：《“家”的寓言——当代文艺的身份与性别》，作家出版社 1996 年版，第 19 页。

以及他与他的妻妾们之间的故事，在某种意义上隐喻和暗讽了整个朝廷的纵欲糜烂和奸臣当道的现实。① 于是我们发现，父亲的缺席在家国同构的文化体系中，其实是为种种对于礼教的反叛和亵渎提供了契机，因为父亲所代表的不仅仅是一个家庭的权威，也不仅仅是父权文化的身体力行者，更是一种秩序和制度的象征。没有了父亲，就等于没有了带有钳制性和权威性的秩序，就可以为所欲为，金钱于是乘虚而入，迅速代替父亲成为社会通行的尺码和新的秩序。当西门庆接受了父亲遗留下来的生药铺并妥善经营，而且通过娶妻得财后，他还只是一个暴发户。但是，后来他为奸臣蔡京筹办了丰厚的生辰纲并因此而得官，这次的行贿甚至还携带主管吴典恩做了清河县驿丞，家人来保做了山东郓王府的一名校尉。这样的权钱交易也即所谓的"功名全仰邓通成"，从此以后，西门庆进一步地认识了金钱的巨大魅力，通过数次为蔡京贺寿并孝敬其重礼，他从一个小小的副千户一跃成了正千户，成为地方上叱咤风云、呼风唤雨的头面人物，来清河的朝廷官员、钦差大臣都由他出面接待并在他家得到了款待和大量的贿赂，甚至是在他家里眠花宿柳。通过这些官员的提携帮助，他抓住商机，数次利用这些便利赚得巨款。官商勾结进一步地扩大了他的财产和权势，要不是随着他的纵欲身亡带来的他事业的戛然而止，相信他的泼天富贵确实是"偷了西王母，奸了嫦娥"也不会减去一分一毫的。所以说，在《金瓶梅》中，西门庆无父的身份在很大程度上可以看作是他得以纵欲的前提，父亲的缺席象征了制度的离场，同时也喻示了整

① 参见[美]浦安迪：《明代小说四大奇书》，沈亨寿译，三联书店 2006 年版，第 139—143 页。

个社会秩序的崩溃和社会现状的混乱。

父亲的缺席成为《金瓶梅》中欲望得以宣泄的一个缺口，在整部小说的开头，父亲就先在地离场了，这一叙述的策略和模式被沿用到了很多的明清家庭小说中，只不过表现的方式不完全相同。稍晚于《金瓶梅》的家庭小说《醒世姻缘传》中父亲的缺席是通过弱化父亲来达到的，这里的弱化是指在家庭中父亲的权威地位遭到颠覆，父亲不再是一个可以支撑整个家庭的力量，家庭中的最高主宰和最高的统治力量不在父亲手中，而是大权旁落；弱化的父亲形象往往表现为对外的无能、对内的惧内、教子无方，或者是如同一个没有长大的纨绔子弟沉溺于种种游戏玩乐之中。《醒世姻缘传》是在因果报应的框架下对前生后世的叙写，两世的故事是两个基本分离，各自有着独立逻辑的故事，前二十二回写的是第一世，以晁源为主人公，写他射死狐仙，纵容妾珍哥虐待嫡妻计氏，又纵情声色，徇私枉法，为下辈子种下了祸根。从二十三回起是他的转世的故事，晁源转生为狄希陈；狐仙转生为其妻薛素姐；计氏转生为其妾童寄姐；珍哥转生为童寄姐的婢女珍珠，珍珠被寄姐虐待而死，而狄希陈则在薛素姐和童寄姐的轮番折磨下惶惶不可终日，最终闹得家破人亡，仕途败退，后在高人的指点之下颂读一万遍《金刚经》才得以解除宿怨，因而恶妻素姐患了半身不遂的中风，而寄姐对他也是一味的曲意奉承，家业重振，儿孙兴旺。在前世的故事中，我们看到的是一个无恶不作的晁源形象，而他的这些恶行，与他的父亲晁思孝教子无方有着很大的关系，在小说的第一回“晁大舍围场射猎 狐仙姑被箭伤生”中就说晁源虽然“读书欠些聪明，性地少些智慧”，但是“若肯把他陶熔训诲，这铁杵也可以磨成绣针”，“无奈其母固是溺爱，这个晁秀才爱子更是甚于妇人”，所以晁源

“十日内倒有九日不读书”。而自从晁思孝时来运转，升任南直隶华亭县的县令后，十里八乡的人都赶来奉承，他更是纵容儿子的作恶多端，这促进了晁源走上堕落的道路。

如果说前世晁源的悲剧来源父亲晁思孝的教子无方，来源于与《金瓶梅》中父亲的缺席带来的家庭混乱类似的情况，那么，到了今世的狄希陈的故事中，我们则看到父亲被戏谑，成为一个小丑般的弱势的男性。他们的弱势首先表现在惧内上，小说中遭到妻子虐待的除了主人公狄希陈外，几乎所有的男性都有此特点，包括艾回子、童七、郭总兵以及成都府的太守、军厅胡爷、粮厅童爷。吴推官考察了属官惧内的情况，结果来自不同地方的四五十个文武官员中，只有两个人不惧内：一个是 87 岁的教官，因妻子早在 22 年前就已经去世了而且一直没有续弦；另一个是来自北直隶的仓官，路远没有带家属。在这部小说中，我们清楚地看到作者似乎是有意将男性的地位贬到最低，而这些男性，几乎都是属于父亲行列的，如同马克梦在论述泼妇时所说：泼妇的行动常常迫使男人彻底就范，“这种制造混乱的行为是小说及戏剧作者最乐于描写的。他们尤以写低眉垂眼、服服帖帖的男人为赏心乐事，尽管他们最终还要为他们辩护”。① 即便不是如同狄希陈整天被素姐坐在腚下暴揍，或者在泰山上看圣母娘娘像时被素姐踩在脚底。《醒世姻缘传》中今生部分所描写的两位父亲也是处于一种弱势的状态。薛素姐的父亲是河南卫辉府人，任青州衡府的纪善，是一个知书达理之人，在素姐出嫁前他告诉女儿要尊重丈夫、孝顺公婆：“女婿叫是

① ［美］马克梦：《吝啬鬼·泼妇·一夫多妻者——十八世纪中国小说中的性与男女关系》，王维东、杨彩霞译，人民文学出版社 2001 年版，第 60 页。

夫主，就合凡人仰仗天的一般，是做女人的终身倚靠。做丈夫的十分宠爱，那做女人的拿出十分的敬重，两好相合，这等夫妻便是终身到老，再没有那参商的事体。”在中国传统的父权社会中，他似乎说得合情合理，并且他还用素姐舅舅的事情来证实自己的话。可是，出嫁后的素姐却把父亲的这番教导远远地抛到脑后，到了狄家以后，不是打骂汉子，就是忤逆公婆，甚至远远不把他的父亲放在眼里。在第四十八回“不贤妇逆姑殴婿　护短母吃脚遭拳”中，素姐的父亲薛教授来狄家看望亲家，素姐因为小玉兰的事情打小玉兰，薛教授前来解劝，颇有戏剧性的场面发生了，“薛教授一边去拉，素姐一边还打，把薛教授的身上还稍带了两下。薛教授怒道：‘这们没家教！公婆在上，丈夫在下，自家的老子在傍，如此放肆！’”在问了事情的原委后，他为女儿的所作所为觉得羞愧，“通红了脸说到：‘素姐，你休这等的！这们不省事不贤慧，是替娘老子妆门面么？’素姐说：‘嫁出去的女，卖出去的地，不干你事！脱不了一个丫头，你又将的去了！刚才要不是你敦着腚，龇着嘴吃，怎么得少了鸡，起这们祸？’”一句话说得薛教授无言以对，闷闷地回了家。与那个在女儿出嫁前满口说教的父亲截然相反，在这一场景中，父亲显然处于弱势，对凶悍无礼的女儿无能为力。在狄家，狄希陈的父亲也对素姐的凶悍毫无办法，在狄希陈被打时只能在窗下听着儿子的惨叫而无法前去解救，甚至还一度劝说狄婆子息事宁人，最终，狄希陈的父母和薛教授都因此而气出病来，一命呜呼。他们的去世意味着父权的彻底失势，被亵渎和戏谑了的父亲无法再成为权威和主宰。在他们被一个泼妇女儿和儿媳搅得鸡犬不宁郁郁而终的同时，我们看到了整个社会道德沦丧、秩序混乱的缩影，同时我们也看到父权社会的礼教和法则在面对现实时发生的差错、变异甚至是颠覆。

从《金瓶梅》中父亲的缺席，到《醒世姻缘传》中父亲的弱势，这二者几乎成为明清家族小说中的描写父亲的模式，如《林兰香》中的一个胡作非为、纵情声色的茅大刚从小就父母双亡；而燕梦卿、林云屏的父亲皆在遭受了一次贬谪后就郁郁而终。《红楼梦》中宁国公的后代贾敬只是“一味好道，只爱烧丹炼汞，余者一概不放在心上”，他的儿子贾珍“那里肯读书，只一味高乐不了，把宁国府竟翻了过来，也没有人敢管他”，荣国公的后代贾赦整天只知道吃喝玩乐，甚至还想娶母亲的丫环鸳鸯为妾，贾政虽然在整部小说中是最为喜欢读书，也颇通礼教的，但是在母亲史老太君和妻子王夫人的制约下，甚至连教训自己的儿子宝玉也会遭到阻拦；《歧路灯》中谭孝移虽然饱读诗书，知书达理却无法处理家庭中的事务，对儿子封闭而刻板的教育方式使得谭绍闻走向了极端的反面，最终孝移被儿子气死。这些作品中的父亲形象都有着一脉相承之处，家庭中父亲的弱势与父权社会的文化背景形成了鲜明的对比，而这些对比都不约而同地在一定程度上表现了当时社会秩序的混乱颠倒、传统礼教备受挑战的现实。

二、父亲的恶魔化：新文学的策略之一

五四新文化运动的到来使得个性解放，反对专制成为时代的呼声，在此思潮的影响下，人们强烈地感觉到自己所处环境的禁锢，需要一次大的革命来改变现状。父亲的问题于是被提了出来，成为五四新文化运动的重要的论题，胡适的《新思潮的意义》中总结了当时学界研究的诸多问题，“父子问题”与“孔教问题”、“文学改革问题”、“女子解放问题”等共同构成了他通过“翻阅这两三年

以来的新杂志与报纸”后得出的、新文化运动中的一些主要研究问题。[①] 鲁迅先生的《我们现在怎样做父亲》对中国传统中“父为子纲”的观点进行了入木三分的驳斥，提出了幼者本位的观点，认为后代并不是先天地对父母负有某种义务，父母应该为子女的发展成长贡献他们的力量而不是要他们被束缚在传统的所谓孝道中，所以，鲁迅先生提醒现在的父亲们，“先从觉醒的人开手，各自解放了自己的孩子。自己背着因袭的重担，肩住了黑暗的闸门，放他们到宽阔光明的地方去；此后幸福的度日，合理的做人”。[②] 在几天后写的《与幼者》中，先生还鼓励幼者“像吃尽了亲的死尸，贮着力量的小狮子一样，刚强勇猛，舍了我，踏到人生上去就是了”。[③] 在自由平等的高亢呼声中，年轻的一代们逐渐将矛头指向了家庭的内部，对家庭中剥夺年轻人自由的专制做法予以强烈的反抗。如何表现这种激烈的斗争，封建社会的父权制成为首选，在这种背景下，父亲这一父权文化的代表被重新写入了文学作品中，一改明清家族小说中或缺席或弱势的形象，常常以近似狰狞的面目回到了“家”中。

从某种程度上说，因为反对家庭专制的需要，重新设定父亲在家庭中的形象就成为当时文学创作中的重要手段，巴金的《激流三部曲》成为将父亲作恶魔化艺术处理的代表。据陈思和先生的考证，巴金在“创作中把家庭旧事重新塑造了。他大嫂 1920 年临产时正逢祖父去世，确实因家庭迷信被赶到郊外去分娩，但没有发生

① 参见胡适：《“新思潮”的意义》，《新青年》第 7 卷第 1 号，1919 年 12 月 1 日。
② 鲁迅：《我们现在怎样做父亲》，《鲁迅全集》第一卷，人民文学出版社 2005 年版，第 135 页。
③ 鲁迅：《与幼者》，《鲁迅全集》第一卷，人民文学出版社 2005 年版，第 380 页。

瑞珏那样的悲剧，而且尧枚也一直陪伴着她。大哥的意中人本来是'若有若无'，因而'梅表姐'完全是子虚乌有的人物。鸣凤也是虚幻的……并没有发生跳湖的悲剧"，尤其是家庭中的最高权威"祖父李镛也缺乏'专制'的实据，相反，在李道河死后祖父特别疼爱巴金，还为他订了一瓶牛奶补养身体，在1920年祖父死后，巴金不得不承认，他哀悼失掉了一个爱他的人"。① 由此看来，巴金《激流三部曲》中所描写的专制的、压抑的、束缚青年的发展、禁锢子辈们的自由的大家庭其实是巴金的艺术想象。为了展示这种斗争的激烈，巴金在小说中人为地制造了几桩血案，梅表姐与觉新相恋却得不到家族的认可，最后郁郁而终；瑞珏在祖父去世的时候，因为家族的迷信被送到了郊外难产而死；鸣凤爱着觉慧，却被当作礼物一样送给冯乐山当小妾，为了抗拒这桩婚事她跳湖而死；蕙表姐出嫁后难产没有得到及时的救治死亡；梅表弟生肺病没有得到及时的治疗，结婚后不久就病死；淑贞不满于母亲的打骂，家庭的压抑，跳井而死。鲜血淋漓摆在面前的，是青年们的尸体，专制的大家庭除了剥夺了人们的幸福，戕害了青年们的性命以外，在生活的琐碎小事上也充满了压抑。高老太爷是整个小说中的最高权威，他的话在家中是起着绝对的控制和支配作用的，他辛苦挣来的家业在"长宜子孙"的同时，也无情地剥夺了他们的自由。在吃饭时，"祖父举筷，大家都跟着举筷，祖父的筷子一旦放下，大家底筷也跟着放下"，他的话就是整个家族行动的唯一准则，"我说是对的，哪个敢说不对？我说要怎样做，就要怎样做！"在对待子孙的事情上，他随便抓阄就为长孙觉新抓来了妻子，这断送了觉新一生的幸

① 陈思和：《人格的发展——巴金传》，上海人民出版社1992年版，第29页。

福;他禁止觉慧外出参与年轻人的社会活动,把觉慧限制在家中不让他外出;他一厢情愿地要将觉民并不喜欢的女性强加给他做妻子,遏制觉民的婚姻自由。二叔克明对待自己的女儿也是毫不留情,在知道女儿与觉民私自外出在公园中参加集会的事情后,痛骂女儿淑英不守家规。而淑英因受到父亲的责备生病后,克明却“丝毫不动声色。他甚至不到淑英的房里去一趟”。他执意要包办女儿的婚姻,当女儿为此离家出走后,他没有一点悔意,不能宽恕谅解女儿的行为,拒绝对女儿的经济支援,还声称当作淑英已经死了。再如周伯涛在对待自己的孩子上更是看不出一些慈爱,枚表弟对他非常的惧怕,有病却不敢告诉他,最终导致了枚表弟的死亡。败家子克安、克定虽然自己在家里家外胡作非为,对子孙却也施加礼教的束缚。甚至连高家宅院中的一些女性如陈姨太和那些婶婶们,也打着封建礼教的大旗,扼杀了青年们的自由和幸福。在这些父亲的塑造中,我们看到的几乎都是一个个面目可憎的形象,他们在维护封建的纲常伦理上不遗余力。与明清小说中的父亲形象相比,他们似乎是回到了父亲的位置上,在一个封建宗法制度行将崩溃岌岌可危的时候,父亲实现了戏剧性的回归,而这种回归,其实也只是作家的一种策略,通过塑造恶魔般的父亲作为清算长者本位主义,建立幼者本位主义,抨击封建礼教和专制制度的突破口。父亲的回归并不是如同明清家族小说那样昭示着秩序的回归,在现代家族小说中,它象征着传统宗法制度的罪恶。

三、衰落的凄凉晚景

为了展示作者对于封建家族的批判,这些父亲的形象往往有着概念化的趋向，对于父亲的恶魔化处理某种程度上只是新文学抨击传统家族制度的一种策略，而且，作者的思想感情却常常会溢出理论的指导和规范，发出与之不同的声音。当作者义愤填膺地控诉父亲代表的旧社会带给青年的伤害时，记忆中和真实生活中家长给予的关怀和爱护，使得他们也在感情上同情父亲们日薄西山式的衰亡。当叛逆的子弟觉慧站在垂死的高老太爷床前的时候，爷爷曾经对自己的慈爱和现在的可怜共同抵制了那个专制的高老太爷的形象。当二叔克明拖着病躯螳臂当车式地企图挽救混乱中的高家大院，并竭尽最后的生命力图重振家业时，他的努力随着他带血的一声声咳嗽，显得格外的凄凉。在整个社会的洪流浩浩荡荡锐不可当地冲向深宅大院，当内部的蛀虫——克安、克定式的败家子们瓜分祖产、变卖家业，当单纯的一声断喝已经不能阻止家庭的纷扰时，整个父权文化受到了极大的挑战。克明的近乎没有意义的努力则带上了很大的悲剧意蕴，与明清家族小说中父亲的颓势不同的是，已经没有诸如《金刚经》、忠实的仆人抑或是浪子的幡然悔悟这样的戏剧化场面能够力挽狂澜，任何人都明白克明最终的失败和努力的虚空，这些都使得整部小说呈现出了挽歌的调子，与作者为了揭示大家庭的罪恶而使得父亲回归原位的意图相比，哀伤凄凉中带有着数不清的矛盾和暧昧。而这种矛盾在巴金的另一部家族小说《憩园》中表现得更为明显。1941 年初，巴金回到阔别了 18 年的故乡成都，“少小离家老大回”的乡愁在故园的大门外蔓延，“还是那样宽的街，宽的房屋……然而大门开着，照壁上‘长宜子孙’四个字却是原样地嵌在那里，似乎连颜色都不曾被风雨剥蚀。我望着那同样的照壁，我被一种奇异的感情抓住了，我仿佛要在这里看出过去十八个年头，不，我仿佛要在这里寻找十八年以前的遥远的旧梦”。[1] 回到故乡后不久，巴金的五叔就在监狱中死了，没有人哀悼他的死亡，因为他是一个不折不扣、令人生厌的败家子，他骗父亲的钱，骗妻子的钱，吃喝嫖赌样样精通，最终因为惯偷而进了监狱，生病而死。显然，五叔的死亡是促使巴金写作《憩园》的一个重要原因，五叔在巴金小说中第一次现身是《家》中的克定，第二次便是《憩园》中的杨梦痴。但是，后者却比前者美化了许多，巴金自己说，“我写出来的杨梦痴跟我脑子里想的那个人并不完全相同。我的笔给那个人增加了一些东西，我把他写得比我五叔好。……人物自己向前跑，改变了故事，打破了作者脑子里的那个框子，教作者的笔跟着他跑，这样的事在有些作家中间也常常发生……我至今还遗憾的是，我的小说带了挽歌的调子”。[2] 同样是以五叔为模特，《家》中的克定是面目可憎的败家子形象，《憩园》中的杨梦痴的性格却更为复杂化了。小说的主人公杨梦痴是导致整个家庭陷于崩颓困境的罪魁祸首，他一次次地变卖和骗取妻子的钱财，和妓女礼拜六在外面的小公馆中挥霍，完全不顾自己家中的妻儿，他的身上涌动的完全是堕落的纨绔子弟的令人生厌的气息。《家》中的克定完全就是这样的形象，但是后来，礼拜六从他身边逃走了，他穷得身无分文颓唐地回到家中，受到了家人的嫌弃甚至连吃一碗饭也会挨骂，父亲的身份已经完全不存在了，他更像一个乞讨的老人，他所犯下的罪孽得不到家人的宽恕，他自己于是就永远地坠入到万劫不复的地狱中去了。在杨梦痴被人谴责的

① 巴金：《爱克尔的灯光》，《巴金全集》第十三卷，人民文学出版社 1999 年版，第 345 页。

② 巴金：《谈〈憩园〉》，李存光编《巴金研究资料》(上)，海峡文艺出版社 1985 年版，第 492 页。

同时，我们其实看到他也是一个受害者，大家庭对孩子的管教不力和溺爱使得自小聪明的他急速堕落，很大程度上，他其实就是一个现代版的谭绍闻，而且他最后也学会了悔悟，只不过他没有谭绍闻那么幸运地考取功名而成功地实现自我救赎。小儿子寒儿一次次地回忆父亲带给他的慈爱，讲述回来后的父亲被大哥骂而且被赶出家门时的可怜；黎先生在破庙中看到了他被打后受伤的脸，肮脏破落的被子和衣服；他自觉无颜面对家人，一次次地逃避寒儿的寻找，跑到一个无人知道的地方去；大儿子带着女朋友和母亲、弟弟逛公园、看电影的其乐融融，与他一个人落荒而逃的流浪和无家可归形成了鲜明的对比；他包养的礼拜六在嫁给了一个有钱人后，又回来寻找他要给他钱作为补偿时表现出来的真挚的感情，这些事情都无一例外地冲淡了杨梦痴败家的可憎形象。

四、父亲：重回神圣

从专制的封建家长、父权的代言人、禁锢青年们的自由、毁灭青年们的幸福甚至导致了他们的死亡的高老太爷式的人物，到大家族“呼剌剌似大厦倾”后贵族子弟的可怜可悲的流浪和无家可归，父亲的形象又一次地实现了嬗变，这种变化应该是与当时五四启蒙运动退潮有着密切关系的。20世纪40年代是一个复杂而多变的时代，社会问题繁杂错综、阶级矛盾尖锐、民族矛盾急剧动荡，“救亡”在很大程度上压倒了“启蒙”，成为这个时代更为急切的呼声。五四新文化运动的先驱者们在充分吸收西方近代以来的人文精神后已经初步形成了现代人文主义理论，但是在当时复杂的社会环境下，却显得有些曲高和寡，与社会现实格格不入，新文化运动者改造社会的宏图大志似乎出现了落空，失落感油然而生，知识分子又一次被抛出了历史的漩涡，成为新的流浪者。正如同钱理群在《‘流亡者文学’的心理指归》中所提到的20世纪40年代中国知识分子的集体心路历程：从流浪者的漂泊和无所归依，到对家、对归宿、对土地的渴求，最后到投身于延安“母亲怀抱”，成为人民和领袖的歌者。另外，这篇论文中所引用的贾植芳先生的话也可以成为那个时代大部分知识分子的心声：“大约自1937年抗战开始，中国的知识分子就进入了另一个时代，再也没有窗明几净的书斋，再也不能从容缜密的研究，甚至失去了万人崇拜的风光。五四时期知识分子以文化革命改造世界的豪气与理想早已梦碎，哪怕是只留下一丝游魂，也如同不祥之物，伴随的总是摆脱不尽的灾难和恐怖。抗战以后成长起来的知识分子只能在污泥里滚爬，在浊水里挣扎，在硝烟与子弹下体味生命的意义。”①在这种背景下，漂泊的知识分子开始渴望家这个心灵的栖居所，叛逆前被看作是压抑自由的深宅大院在此刻发生了微妙的变化，疲惫的游子渴望回归到先前的那个家中，安顿自己流浪的心灵。于是我们可以看到，除了在感情上哀悼旧家的衰落外，很多逆子直接地回到了阔别多年的家中，其中，蒋少祖就是一个具有代表性的例子，回归后的他显然对于父亲有了不一样的看法。在参加一次虚浮的政治沙龙中，少祖看到了王桂英的堕落，对这种沙龙的嫌恶和自己置身其中的无奈、一厢情愿地将已经堕落的王桂英想象成安静崇拜地听着自己演讲的女子，这些都体现了少祖在社会上的无所归依感。在回家的路上，他突然想到要回到苏州故园，他立即就兴奋起来甚至

① 转引自钱理群：《‘流亡者文学’的心理指归》，《钱理群文选——拒绝遗忘》，汕头大学出版社1999年版，第192页。

还给了黄包车夫过多的车资。第二天一早，他就到了苏州，整整四年没有回到苏州的他对于苏州有了很多的感动，环境的描写为浪子的回归铺垫了感伤的氛围，“早晨落雪。车到苏州时，看见积雪的河岸和城郭，蒋少祖感动了。……一切都很不同了；没有想到地，一切都很不同了：现在，这片土地上，是静静地落着雪”。在这种易于让人哀伤的下雪的清晨，少祖看到了苏州的变化，其实这种变化真正的是少祖自己的变化，“突然地离开了自己把它当做生活、斗争、死亡的场所的外地，而回到故乡来的人们才能理解的，而因为这个回来是短促的，并因为故乡底土地上是落着雪的缘故，蒋少祖就特别地感动”。回到故园中的少祖，首先看到的是连衣服的褶皱中都显出了颓唐的父亲的衰老，在这个寂寞落雪的苏州故园中，昨天还处在上海的豪华和雄心壮志中的少祖的心颤抖了，在他的眼中，“父亲底健康是显著地损毁了；在这个寂寞的苏州，在愁惨的老年里，儿女们都远离，没有慰藉，父亲该是如何痛苦！但父亲仍然屹立着，表现出这样的冷静和智慧，并且注意到了小孩们底天资和性格；不注意自己的健康，但注意小孩们底天资和性格！”父亲蒋捷三的形象与同是封建大家族家长的高老太爷有很大程度上的区别，《激流三部曲》在哀悼家族的颓败和同情长辈的衰老时，侧重于对其自掘坟墓恶果的展示。在《财主底儿女们》中，作者则更侧重表现的是游子渴望在旧家中寻找到心灵的栖息地。如果说高老太爷象征着腐朽的必然的话，那么，蒋捷三则在腐朽的同时，更是从腐朽中诞生出来的神奇和经久坚韧的力量以及绵绵不断的愁绪。在少祖的眼中，甚至连父亲所造的那些蠢笨的楼宇，也是那样的旧朽与纯洁共存，它使得他“有了那种特别忧愁，特别优美的情感，觉得自己是洞察了人世底一切苦恼和不幸”。当整个故园面临最后的崩溃，甚至连蒋捷三的友人美髯公也在家产即将被封的情况下对警察局长卑躬屈膝，四面楚歌在老人的周围唱响，而将老人最后推向死亡的是他的发了狂的儿子蒋慰祖。老人带领警察寻找儿子的高大的裹在黑衣服里的身影让他的形象得到了最后的定格，“走过一切人们身边，像一座活的纪念碑”。甚至在那个个人主义者蒋纯祖那里，他也同样有着震撼的力量，在小说的最后部分，当哥哥少祖问纯祖这样潦倒究竟是为什么，纯祖不知道该怎样回答，他对着父亲的遗像说：“爹爹！我意外地又看见了你！我需要诚实、谦逊、善良！苦难的生活已经腐蚀了我！对广大的人群，对社会，对世界，我有着罪恶！对一个忠诚的女子，我有着罪恶！我常常觉得我底生命已很短促，这是很确实的，但我不曾向任何人说，我也不恐惧。我相信我是为最善的目的而献身，虽然虚荣和傲慢损坏了我！我从不灰心！我爱人类底青春，我爱人群、华美、欢乐！”在父亲的遗像前，纯祖的忏悔和对于忠诚的表白使得遗像中的蒋捷三成为一个神，高傲的纯祖在父亲的面前，就如同面对神父的圣徒在解剖自己的灵魂。在整个《财主底儿女们》中，我们看到的是一个行将颓败的蒋家，但蒋捷三这一父亲形象在同着旧家一起走向衰亡的同时，却更多地充满着坚韧、慈爱和智慧，他既是苏州故园的主人，家的主持者，他更是浪子渴望回归的精神灯塔，他的垂垂老者的形象被作者描写成了一个神，他高大的身躯在成为儿女们的守护神的同时，也将像一座巨大的建筑那样轰然倒塌，作为一个夕阳下的老人，他以最后的力量支撑着蒋家，他的身上充斥着浓重的悲剧意蕴和感伤的情调。蒋捷三这一父亲形象的变化，代表了 20 世纪 40 年代整个知识分子群体的转变，而这种转变更像是一个人从昂扬勇猛的青春期，进入到了沉静深思的中年。从

《激流三部曲》中的在理性上批判，情感上部分地认同旧家，发展到《财主底儿女们》不仅从情感，而且也从理性的角度认同旧家，蒋捷三的形象于是在这一转变中具有了标志性的意义。

在20世纪40年代的另外一些家族小说中，父亲形象也显得柔和了起来，父子之间的矛盾并不像30年代家族小说中的那样更倾向于一种激烈的斗争，而是一些几乎不涉及自身的矛盾，例如《四世同堂》中的瑞全和祁老人之间的矛盾主要集中在瑞全希望离开北京去参加抗日的队伍，而祁老人却认为战争很快会结束，他不放心孙子的安危，不同意他离开家庭，他们的矛盾，更像是祖孙之间的代沟或者是观念上的不同，远远没有高家大院中祖孙们的矛盾来得那样激越。不但如此，作者还塑造了一个守旧的但却具有着英雄色彩的父亲形象——钱默吟。在《四世同堂》中，钱默吟是一位带有了旧派知识分子的特征的父亲，他的形象很大程度上颠覆了五四时期那个专制的恶魔般的父亲形象。小说的一开始就展示了一个北京小市民封闭但却自足的生活环境，颇像葫芦的"小羊圈"胡同，从极其细小的容易被忽略的葫芦口中进去，在葫芦肚子里住着很多户人家。钱默吟老先生是这个本来就封闭的葫芦中的更为封闭的一个老人，他清高善良不肯去巴结任何人，身上充满了旧派文人的典型特征——种花、看书、画画和吟诗，甚至连他家里的女人身上穿的衣服也是多年前的样式。可是，正是这样一个守旧的家庭，在高第的眼中，却是一个"英雄之家"。当二儿子仲石与日本人同归于尽后，钱默吟抑制住心中丧子的悲痛，为儿子的为国捐躯感到自豪，后来因为冠晓荷举报他的大儿子被日本人打死，妻子撞在儿子的棺材上自杀，他自己也被抓进监狱受尽折磨而九死一生后，他的身份就彻底地发生了变化，成为了一个领导瑞宣、瑞全、小文夫妇、尤桐芳等下一代进行反抗的革命者。从一个整天只在家里吟诗作画、连个苍蝇也不去打的旧文人，到坚强不屈、富有谋略的革命者，钱先生的身上有着一以贯之的特征，这种特征“就好像一本古书似的，宽大，雅静，尊严”，甚至在最后他和孙子都被抓进监狱，日本人企图用孙子来作为要挟他投降的筹码时，他还是那样的淡定自若，“斯斯文文的脸上老带着笑，顺其自然”。在小羊圈胡同的人们眼中，钱老先生是一个好邻居，一个老朋友，更是一位英雄。在老舍的笔下，英雄不再是激越昂扬的、顶着炮火的高大英武形象，而是钱先生这样的守旧、瘦弱、温和的小老头。战争在导致国破家亡的同时，也戏剧性地改善了父子的关系，改变了父亲的形象，父亲不但成为慈爱奉献但又不得不同着旧家一同走向衰亡的悲剧人物，更在某种意义上重新回到了圣坛之上，成为年轻一代敬仰跟随的英雄人物或者神圣化身。

总的说来，从明清家族小说到现代家族小说，作为一个家庭的实际主宰者和权威象征，父亲形象有着明显的嬗变过程。父亲的缺席或者弱化是明清家族小说的一个重要特征，而父亲在那个传统的父权社会中却是权力和秩序的重要保证，通过这一叙述策略，明清家族小说往往昭示了欲望泛滥之下社会伦理和秩序的崩溃，而最后恶人的受惩，欲望的截止，也暗示了作者对父亲回归、秩序重整的渴望。五四新文化运动将一个大写的人搬上了历史的舞台，追求个人的自由、个性的解放成为时代的呼声，这尤其激起了青年们的热情，如何实现这些目标，父亲再次地成为一种叙述策略，无论作者所处的家庭中真实的情况如何，在文学作品中，父亲成为专制、压抑青年自由的恶魔，在束缚子孙的自由、将传统的种种规范强加于他们头上的同时，守旧的父亲也在时代洪流的冲击之下不得不走向衰亡，新的一代、新的思想必定会替代他们的地位，无论他们怎样螳臂当车地努力挽回都无济于事。战争戏剧性地将五四时期的父亲形象改变，救亡压倒了启蒙，五四退潮，知识分子们常常陷入到无家可归的境地，重回故园，父亲形象变得高大而深沉，虽然他们也不得不走向没落，但是在浓重的悲剧气氛背后，隐现的还是知识分子们观念的改变。甚至，守旧的父亲也可以走上领导子孙革命的道路，父亲重新走上了神圣的祭坛，成为子孙心目中的英雄。

第二章　女性世界的声光色相

谈到家族小说，自然不能忘记的是生活在其中的女性，自古至今，女性在家庭中的地位显得是那样的复杂和微妙。与父权社会种种伦理道德规范的男性的特殊权利相比，她们的身份有着过多的偶然性，既可能是家庭的实际权力掌控者，呼风唤雨的女主子，也可能是家庭中地位最低、人人可以践踏的等同于物品的奴仆。在这些家族小说中，深宅大院常常构成了她们的生活空间，封闭的角隅世界压抑了她们的灵魂，亭台楼阁锁住了她们的心性，在百无聊赖中，从“白头老宫女，闲坐说玄宗”式的寂寥，到泼妇、淫妇式畸形变态的发泄，或者是在生活的琐碎庸常中循着前人的路一步步地踱下去，连脚印也不留下地走向生命的尽头。女性的悲欢离合都只是被关在了家庭的那堵墙之中，无论是后花园的风花雪月，或者是病入膏肓的撕心裂肺，都无法在历史的洪荒之中留下记忆，很大程度上，女性的只言片语常常是仅存在于男性的叙写之中，但在这些叙写里面，也隐现着女性咳嗽之声，既真实又隔着一层纱似的，朦胧一如秋虫的呢喃。但是，历史的车轮从门外轰鸣而过时，掀起的尘土越过那出墙的红杏，跌落在了围墙之中，逐渐的多了，种子在里面生出根来，繁茂了，结了果，高耸着曲折地探出了头去。

第一节　祭坛上的圣女

一、燕梦卿和孔慧娘：贤妇的窘境

在中国传统的父权社会中，无论在社会上还是在家庭中，男性是作为主宰的，男尊女卑，女性作为男性的附庸是整个父权社会所规定的女性的地位所在，种种的礼教规范都在不停地提醒着女性地位的卑下，以及她们的身不由己。《礼记·昏义》就规定新媳妇在婚礼后第二天拜见公婆的各种礼节，其中重要的目的就是为了"明妇顺"，"妇顺者，顺于舅姑，和于室人而后当于夫，以成丝麻布帛之事，以审守委积盖藏。是故妇顺备，而后内和理；内和理，而后家可长久也。故圣王重之"，①这里规定了媳妇在夫家所要做的就是顺从公婆，与家人和睦相处，身体力行地参加劳动。《礼记·内则》对女性提出了更为苛刻的要求："在父母、舅姑之所，有命之，应'唯'，敬对，进退周旋慎齐。升降出入揖游，不敢哕噫，嚏咳、欠伸、跛倚、睇视，不敢唾洟。寒不敢袭，痒不敢搔。不有敬事，不敢袒裼。不涉不撅。亵衣衾不见里。父母唾洟不见；冠带垢，和灰请漱；衣裳垢，和灰请浣；衣裳绽裂，纫箴请补缀。五日则燂汤请浴，三日具沐。其间面垢，燂潘请靧；足垢，燂汤请洗"。② 在此，女性可以说完全是没有自我地生活在这些严苛的要求中，甚至连天寒

① 《礼记·昏义》，陈成国校注《四书五经》第一卷，岳麓书社 2006 年版，第 786 页。

② 《礼记·内则》，陈成国校注《四书五经》第一卷，岳麓书社 2006 年版，第 510 页。

添加衣服，搔痒这样的小事也不能做。在这样的环境下，连身为女性的才女班昭也作《女诫》来告诫女性："姑云不尔而是，固宜从令，姑云尔而非，犹宜顺命。勿得违戾是非，争分曲直。此则所谓曲从矣。"①无论是非曲直，那些上有舅姑的女性在家庭的唯一要做的也只是"唯"，即无论什么事都回答"是"，唯唯诺诺，没有任何一点提出自己意见的空间。这些束缚女性身心自由的苛刻条款来源父权制度的罪恶，但是，符合这样标准的女性是否就赢得了丈夫的敬爱呢，答案显然不是这样的。明清家族小说中的作者们一边竭力颂扬这些女性，她们符合封建礼教中的种种规定没有任何差池，但是，另一方面，作者却看到这样的贤妻良母却常常得不到她们丈夫的喜爱，她们固守在种种清规戒律当中，没有任何个性，成为一个概念化的女性，《林兰香》中的燕梦卿和《歧路灯》中的孔慧娘就是其中典型的例子。

燕梦卿是御史之女，自幼经父母许配给洪武开国功臣耿再成支孙耿朖为妻，但是在出嫁前不久，燕父含冤入狱，梦卿学习宋代孝女的事迹，上书朝廷，成为官奴以代父罪，燕父因此得以和家人团圆，她"惊天振地"的行为"一时传遍长安，无人不知燕梦卿是个孝女"，天子闻之，赐予梦卿"孝女节妇"的牌匾，耿朖的父亲耿怀在赞叹梦卿的行为后，拍案叹息"我家无福受此媳耳"。后来燕父沉冤得雪，梦卿获赦，很多人家来求亲，但她认为自己自幼已受耿家之聘，不应该改嫁他人，因此甘愿嫁给耿朖为妾。在名分的问题上，因为耿朖先迎娶林云屏为妻，但是梦卿又先于林云屏而应耿家

① 班昭：《女诫》，张福清编注《女诫——女性的枷锁》，中央民族大学出版社 1996 年版，第 3 页。

之聘，于是，两位女性谦让第一夫人的地位成为昭显她们妇德的第一场戏。嫁入耿家的梦卿全心全力伺候孝敬公婆，体贴敬重丈夫甚至为他割指疗伤，但是，在另一个小妾任香儿的挑拨之下，耿朗逐渐疏远了她，最终梦卿郁郁而终。

这样的一位理想的妻子为什么会在实际的家庭生活中一步步地陷入到困境中呢，论相貌，梦卿可谓是端庄貌美的淑女，耿朗第一次见到她，就见她："红不施朱，白不敷粉。一双秋水，藏多少幽情；两道春山，蕴无边秀气。欺小蛮之杨柳，不短不长；胜潘女之金莲，不肥不瘦。极江之波，穷汶之竹，不能书其美也"，见过梦卿后的耿朗回家后神魂颠倒患相思病后八个月才得以痊愈。在照料家事上，虽是林云屏为主梦卿为副，但是云屏主要是听取梦卿的意见，例如云屏要将众家仆的职务进行调换，梦卿分析了情况后认为不可并提出了令人信服的理由；云屏还采取梦卿的意见将"一年所收地税房租分为十分，五分为日用之需，一分为祭祀之用，一分为宾客之资，一分为贺吊之费，其余二分收藏，以备缓急。每十日一小算，一月一大算，三个月一总算。一年之内务令有余，断不可不足"，同时"又令众允、需有孚重定治家法度"，在这样有条不紊的治家之下，耿家越发的"气运兴隆"。梦卿的治家，恩威并施，法度严明，甚至连耿朗的伯父耿沂也赞叹"生女当为燕梦卿"，并且在重病中托付梦卿帮助他的夫人处理家事。在对待耿朗上，梦卿也是无条件地牺牲自己，当耿朗因为酒色过度而患病时，梦卿毫不犹豫地为他割指疗伤，在神像面前许愿"愿销寿算，以代夫死"，当耿朗要远行出征时，她剪下头顶的头发为其缝制卫甲最后救了耿朗一命。但是，正是这样一位在礼教的规范下几乎完美无缺的女性，却得不到丈夫的喜爱，耿朗第一次对梦卿有微词发生在她嫁入耿家之前，另一位妾任香儿是一位懂得通过身体取悦丈夫的女性，当得知梦卿要嫁入耿家，她担心梦卿的到来会显出自己身份的卑下，于是就在耿朖面前挑拨是非，而究其深层的原因，耿朖对梦卿"生出一番不足之心"是因为"妇人最忌有才有名。有才未免自是，有名未免欺人。我若不裁抑二三，恐将来与林、宣、任三人不能相下"。在梦卿进入耿家之后，她不但"不甚活泼"，不像任香儿那样以色诱人，而且常常对丈夫进行规劝，在第十六回"聆游歌良朋劝友　宴夜饮淑女规夫"中，耿朖一日无事在梦卿房内夜话，饮酒赏花之际赞叹梦卿的国色天香，梦卿听了，反而责备耿朖："惟愿上则尊祖敬宗，以作九个叔叔领袖，下则修身齐家，以为后世子孙法度。若美酒名花，只不过博一时之趣，益处不少，损处亦多。若不只检点，则费时失事，灭性伤生，在所难免"，一席话说得耿朖感叹"卿与我名为夫妇，实在同朋友矣"。自此之后，这样的劝说常常让耿朖觉得怕听，甚至发展为看到梦卿房中挂着他从前酒污过的衣服，就以为"梦卿有意又要借此谏劝，幡然变色，茶不饮，汤不用，泱泱然走了出去"，从此以后不再走进梦卿的房间。至此，一个女性版的谭绍闻之父谭孝移的形象跃然纸上，她的刻板和坚守礼教的规范导致她最终被丈夫疏远而生病致死。在规劝丈夫上梦卿恪守礼教，对待自己则就更有过之而无不及，当耿家二伯母荆夫人知道梦卿和耿朖之间的误会后劝梦卿向耿朖说明实情，但梦卿却说："暗昧事体，如何分辨得？必须日久自明，方不惹人谈笑。若必口巧舌能，就使辨得干净，然令丈夫怀羞，自己得志，亦非为妇之道。况男子性气最易激发，万一羞恼成怒，则无益而反有害矣"，"自己受苦事小，若是尊长不喜，丈夫不乐，姊妹有失，那事便大了"。完全的排除自我，生活的所有只是为了谨小慎微地恪守礼教的规范，这便是梦卿一生的写照。如同有的学者所说的,“燕梦卿之病之死,外在的原因是香儿彩云的嫉妒挑拨以及耿朖的疏远冷落,内在的也是本质的原因是她对自我美德的坚守,是她主动将自己供奉在‘贤妇’的祭坛之上”。①

《歧路灯》中的孔慧娘,也是这样的一位女性,当谭绍闻的父亲谭孝移第一次见到她时,她正在院子中和丫鬟们学织布,见到有陌生人来,“丢下线头,从容款步而去”,一向对儿子绍闻严格要求的孝移回家后不住地称赞慧娘的大家风范,后经过娄潜斋做媒,慧娘嫁给谭绍闻为妻。她知书达理,对于绍闻与婢女冰梅生的孩子不仅不怪,反而还将冰梅“另样看待了起来”。在父亲谭孝移死后,绍闻被夏逢若等浪荡流氓勾引得沉迷于赌桌,家产被他败落,母亲王氏又是一味溺爱,慧娘“见丈夫做事不遵正道,心里暗自生气,又说不出来”,面对丈夫的堕落,她偶尔的规劝无济于事,忠仆王中因为仗义执言被绍闻赶出家门,她只能忍住自己心里的痛苦,贤慧在现实的面前不但无济于事,反而更快地将她推向困境,促成了她最后的忧郁成疾而死。

在上面所引用的段江丽的评论中,她提出对美德的坚守导致燕梦卿、孔慧娘这样的贤妇走向绝境,可是,她们的所作所为完全符合礼教规范,而且也受到除了丈夫以外的代表正面形象的人物的赞扬,与此同时,她们生活的环境也相对比较宽松,耿朖的母亲是一个和善的女性,对于梦卿大加赞赏,谭绍闻的母亲虽然溺爱儿子,但是对慧娘也是“素爱其贤”。那么,美德是怎样导致自身陷入

---

① 段江丽:《礼法与人情——明清家庭小说的家庭主体研究》,中华书局 2006 年版,第 101 页。

困境的呢？这二者之间是经过了怎样的一个历程而得以画上等号呢？仔细分析文本我们可以发现，无论是燕梦卿还是孔慧娘，她们都没有自己的孩子，慧娘虽然有兴官儿，但是是婢女冰梅所生，在一个母以子贵的社会环境中，母权显然因为未生子而缺失。在一个完全没有自我的父权社会的环境中，要符合礼教和伦理道德的标准，女性是以自我的牺牲来换取自身的社会地位，这其中就包括当一位母亲。吉尔伯特曾经评论过这样的天使型的女人："不管她们变成了艺术对象还是圣徒，她们都回避着她们自己——或她们自身的舒适，或自我愿望，或者两者兼而有之——这就是那些美丽的天使一样的妇女的最主要的行为，更确切地说，这种献祭注定她走向死亡和天堂。因为，无私不仅意味着高贵，还意味着死亡。"①回避自己但如何通过别的通道疏通自身的欲望，在长达千年的封建父权社会中，被要求贤淑的女性往往通过成为一个母亲而达到，很大程度上，子宫功能的发挥成为她们重新找回自我，改变自身的压抑境地的一个绝好出口。但是，当慧娘和梦卿都同时没有能够成为母亲而面临着缺失时，为了获得母权的她们便常常会将这种欲望转移到丈夫身上，这就出现了慧娘和梦卿不时管教自己的丈夫导致丈夫觉得又敬又怕，因此敬而远之。从这一意义上说，梦卿和慧娘的悲剧不仅仅源于她们的内敛、无私和牺牲这些完全符合礼教规范的美德，进一步说，是由于美德的拥有让她们产生获得了父权社会话语权的幻象，她们自觉地维护礼教使得她们自认为就可以代替一个"父亲"来像管理儿子一样教育丈夫。但是，她们恰

① 王岳川主编，张岩冰著：《女权主义文论》，山东教育出版社1998年版，第66页。

恰遗忘了自己无论如何也不会摆脱的“第二性”的身份，如同西蒙·波伏娃在批评劳伦斯的作品时所看到的，劳伦斯笔下的女性仅仅是附属于男性而存在的，她偶然的超越于男性也会以失败或者回归告终，如果她胆敢真的希图充当主角，那她就会在情爱中一败涂地，继而也就在社会上无立足之地。① 以此观照梦卿和慧娘们，则会发现，在社会地位上完全依赖于男性，从一开始就“回避着她们自己”的她们，以完美的天使形象和不切实际的举止将自身投入到困境中，她们的依附身份——作为母亲和妻子——和她们的行为发生了剧烈的冲突。完全符合封建道德的贤淑女性的要求、因此自以为可以成为父权规范的代言人、去除了妻子的种种例如性的特征而试图成为一个母性化的女性、丈夫因而在敬而非爱中疏远她，这一切像是一个圈套，将女性逐渐地诱惑着探进头去，最终的结果只能是自挂东南枝式的悲伤和无奈了。

男性作者在描写这些贤淑的女性时，往往是既赞赏她们的美德同时又慨叹她们命运的多舛，在责怪浪子无情地背叛她们，导致她们走向绝路的同时，他们也只能通过这些贤妇的替身——如梦卿的婢女、后来被耿朖娶为第六房的春琬——最终对她们愿望的实现，在浪子的幡然悔悟中为这些贤妇们找到安慰。可是，她们身上的悲剧性却没有因此而得到冲淡，她们只能永远地定格在了圣女的神坛之上，纯洁无瑕地呈送给了父权的神祇。

二、“五四”神坛上的圣女

很大程度上，这些圣女们的悲剧来源于父权制度下女性卑下

① 参见西蒙·波伏娃：《女性的秘密》，晓宜、张亚莉等译，中国国际广播出版社1988年版，第158—169页。

的地位，鲁迅在《灯下漫笔》中谈到封建社会的等级制度时认为，男人中在整个社会中就算是最低的“台”也不必担心他没有臣的对象，因为“有比他更卑的妻，更弱的子在。而且其子也很有希望，他日益长大，升而为‘台’，便又有更卑更弱的妻子，供他驱使了”。[①]但是，到了晚清时期，以梁启超为首的改良主义者在倡导戊戌变法时，也看到了妇女解放的重要性，他把妇女问题看成是挽救民族危亡、强国保种的一个重要方面，虽然梁启超涉及妇女问题的文章不是很多，但是已经远远超过了以前的关于妇女问题的讨论，具有很大的开辟作用。他以“天赋人权”和进化论为基础反对女子缠足，认为缠足使妇女“骨节折落，皮肉溃脱”，他指出，“缠足一日不变，则女学一日不立”，缠足实在是“可不谓愚人哉，可不谓忍人哉！”。[②] 除此以外，梁启超还强调要兴办女学，他谴责“女子无才便是德”的说法，认为“推及天下积弱之本，必自妇人不学始”，女性受到教育，“上可相夫，下可教子，近可宜家，远可善种”。[③] 在戊戌变法失败后，他进而提出了禁止早婚和提倡女权的号召，梁启超的这些理论在很大程度上冲击了原有的社会道德规范，成为近代妇女解放的先驱。但是，从某种意义上说，梁启超的这些论述基本是以挽救民族的危亡、强国保种为最后的目的的，妇女的解放是国力强盛的一个契机，其目的并不能等同于后来具有人本主义色彩的妇女解放。五四期间，妇女解放成为与个性解放、民主科学等并驾齐驱的问题，“人本主义”、“个性解放”成为妇女解放的重要内容，

① 鲁迅：《灯下漫笔》，《鲁迅全集》第一卷，人民文学出版社 2005 年版，第 227—228 页。

② 梁启超：《戒缠足会叙》，《饮冰室合集》（文集一），中华书局 1989 年版，第 121 页。

③ 梁启超：《论女学》，《饮冰室合集》（文集一），中华书局 1989 年版，第 38 页。

新文化运动的先驱们纷纷撰文谴责旧社会对妇女自由的束缚，号召妇女个性的解放。陈独秀认为妇女应该“脱离夫奴隶之羁绊，以完其自主自由之人格之谓也。我有手足，自谋温饱；我有口舌，自陈好恶；我有心思，自崇所信；绝不认他人之越俎，亦不应主我而奴他人”。① 李大钊在分析了女性缺少独立人格的现状后，将妇女解放和社会解放联系起来认为，“社会上种种解放运动是打破大家族制度的运动，是打破父权（家长）专制的运动，是打破夫权（家长）专制的运动，是打破男子专制社会的运动，也就是推翻孔子的孝夫主义、顺夫主义、贱女主义的运动”，“人类的二分之一，女性的身心被摧残、才智受压抑、人格被剥夺的社会，是畸形的、‘半身不遂’的社会”、②胡适提出要实现妇女的解放，首先就应该提倡个性的解放，提倡“为我主义”。叶绍钧提出：“女性应该对自己有一个主体性的认识，即知道自己是个人，而不是鬼，不是男人的附属品，那么只要人能做到的事，能说的话，女子都有权利去做，去说。至于那荒谬的名分，伪道德，便该唾弃它，破坏它。”③与晚清时期梁启超希望通过妇女解放提高国族的力量相比，五四时期关于妇女解放重在强调妇女本身个性的解放。在这样的思潮影响下，追求婚恋的自主、希望大踏步地走上社会成为当时的一批描写女性的作品的主流倾向。在家族小说中，作者往往在描写这些敢于和家庭作出斗争的新女性的同时，也描写了一些被封建礼教吞噬甚至献出了生命的女性，在小说中，她们成为谴责礼教的血淋淋的现身说法，她

① 陈独秀：《敬告青年》，《新青年》第1卷第1号，1915年9月15日。
② 李大钊：《李大钊选集》，人民出版社1959年版，第259—300页。
③ 叶绍钧：《女子人格问题》，中华全国妇女联合会妇女运动历史研究室《五四时期妇女问题文选》，三联书店1981年版，第124页。

们美好、崇高、内敛、柔弱、忍让，她们有着传统女性的种种美德，可是，她们却无一例外地走向末路。与燕梦卿、孔慧娘那样的贤妇们相比，她们走向绝境又有着怎样的含义？在这背后又隐藏着些什么呢？

在巴金的《激流三部曲》中，我们可以看到很多这样的女性，她们的贤良和软弱导致她们最终走向了绝境，天使折翅成为这些女性的普遍结局，比较具有代表性的是梅表姐、瑞珏、蕙表妹以及婢女鸣凤。梅表姐在和觉新相恋后却因为长辈的意愿没有能够在一起，所以她只能听从父母的安排嫁到了赵家，在夫家渡过了几年痛苦的生活，丈夫去世后守着婆母生活，直到后来婆母也去世了才守寡回家，再次见到觉新时，他们已经无法再续前缘，她只能和觉新在两两相忘中任凭彼此刻骨的感情随风散去，最终憔悴地压抑着自己的感情，在煎熬中走向死亡。瑞珏是觉新的妻子，善良的她在得知觉新心中对梅芬的念念不忘后，她不仅不吃醋，反而在得知他们的故事后，对梅芬充满了“强烈的爱怜的感情”，后来因为她分娩的时候刚好碰上了祖父的去世，所以不得不听从陈姨太等人的要求搬到乡下去生产，最后难产而死。蕙也是和梅一样善良美好又有些忧郁的女子，听从父亲的安排嫁到了迂腐守旧的郑家，最终在郁郁寡欢中生病，又因为没有得到及时的治疗去世。与她们相同的是，婢女鸣凤也是一位善良、美好而忠贞的女性，但她同时也是这些女性之中最有个性的，她不顾及自己在高家的婢女身份，勇敢地爱上了高家的三少爷觉慧，最后当老太爷要将她作为礼物赠送给冯乐山做姨太太时，为了维护自己对觉慧纯真的爱情，她毅然选择了投湖自杀结束了自己年轻的生命。这些女性都有着一个共同点，“她们是纯洁的、无私的，没有自己的故事而只懂得微笑和同情，她们服从、随和、忘我、不怕牺牲的美德令男人显得伟大”。① 在作者的笔下，她们既是被封建礼教和伦理道德所戕害的受难者，是敬献在父权神坛上的牺牲品，同时，她们的存在更显出了革命的必要，因为只有妇女的解放才能够挽救她们的生命，她们是需要拯救的人，而有可能拯救她们的，不是她们自己，而是觉慧、甚至是觉新那样的男性。

某种意义上，梅芬、瑞珏、蕙儿有着和梦卿、慧娘相似的特征，只是前者并没有如同后者一样自以为拥有了美德就取得了话语权，前者甚至自始至终都没有稍微地企图跨越自己“第二性”的身份，她们虽然能够看到自己所处的困境，但是她们却没有抗争地甘愿成为傀儡和附庸。那么，在这些故事中，与她们关系密切的男性扮演了一个什么样的角色呢，觉新是梅芬的初恋情人、瑞珏的丈夫、蕙儿所信任的大表哥，可是，在她们面临绝境的时候，他没有能够力挽狂澜，留住她们逝去的生命，只能独自哀伤垂泪，如果说觉新是一个软弱的、不敢和家族作斗争，而且又身负着家庭的重担的人，他没有办法成为梅芬、瑞珏和蕙儿的拯救者，那么，敢于和家族作斗争的新青年觉慧怎么也没有能够挽救鸣凤呢？如果说从梦卿到瑞珏这样的女性是无力与家庭作斗争，她们都如同张爱玲所说的：“悒郁的紫色缎子屏风上，织金云朵里的一只白鸟。年深月久了，羽毛暗了，霉了，给虫蛀了，死也还死在屏风上。”②可是，她们不死在屏风上，会死在哪里呢，鸣凤就是其中的例子。当鸣凤将要

① 陈顺馨：《中国当代文学中的叙事与性别》，北京大学出版社 1995 年版，第 14 页。

② 张爱玲：《茉莉香片》，陈子善编校《张爱玲集·倾城之恋》，北京十月文艺出版社 2006 年版，第 233 页。

被高老太爷送给冯乐山当小妾，在出嫁的前夕，她抱着最后的希望来向觉慧求救时，他因为要参加周报社的活动写文章而拒绝听她的倾诉，当他第二天看到轿子以为是鸣凤的出嫁时他也没有阻止。他的言语和信念的激越新潮，在事实面前却遭到了嘲笑和极大的讽刺，事实上他并没有为拯救鸣凤作出任何的实际性的努力。可是，在鸣凤看来，他却是她崇拜的、热爱的偶像，"她满心希望他来拯救他，让她永远和他厮守在一起；但是在他们两个人的中间横着那一堵不能推倒的墙，使他们不能够接近。这就是身份的不同"，当她去向他寻求拯救而被拒绝时，"她并不怨他，她反而更加爱他。而且她相信这时候他依旧像从前那样地爱她。她的嘴唇还热，这是刚才他吻过的；她的手还热，这是刚才他捏过的"，"但是他的爱也不能拯救她，反而给她添了一些痛苦的回忆。他的爱曾经允许过她许多美妙的幻梦，然而它现在却把她丢进了黑暗的深渊"。当最后她决定跳湖自杀时，她觉得自己是在妨碍觉慧的事业，一堵永远的墙隔开了她的希望，也让她在"难道这一点她也没有权利享受？为什么所有人都还活着，她在这样轻的年纪就应该离开这个世界?"这样的问题上浅尝辄止。在这里，鸣凤永远觉得自己和觉慧之间隔了一道墙，这道墙既是主人和仆人之间身份的隔阂，同时更是新青年觉慧和拥有着传统美德的鸣凤之间的隔阂。吊诡的是，本来觉慧的事业是寻求个性的解放、个人的自由，在这其中理所当然地也包括妇女的解放，可是，他的事业在这里却和单个的鸣凤的解放构成了冲突，成为隔在他们之间的墙。在这里，我们看到男性和女性之间的差别，作为男性的觉慧以自己所谓的事业为第一种重要，而女性，用季红真的话来说，"因为爱情对于女人犹如宗教式的神圣信仰，所以她投身爱情的时候，常常带有赴汤蹈火式的勇敢。她们在恋爱时既可超越世俗的礼法，又蔑视现实的差距，甚至可以跨越意识形态的鸿沟”。[①] 某种意义上，鸣凤的美好成就了觉慧男性的伟大，敢于爱上婢女鸣凤而不是如同克安们一样简单地纳一个婢女为小妾，已经成为觉慧挑战旧道德的一个表征。虽然这种挑战还是建立在以男性为中心的基础上的，为了事业放弃爱情，或者让彼此有着共同语言的“战友”结为夫妇，这些都成为当时和以后很多作品倾力描写的对象，对于男性来说，爱情只能成为事业上的点缀，二者之间的悖论并不是一个妇女解放所能解决的。

觉慧的爱情使得鸣凤如同鲁迅先生所说的铁屋子中被唤醒的人，可是，却使得被唤醒的鸣凤在痛苦中走向了死亡。死亡使得她的任何努力成为乌有，同时也再次地向五四时期的妇女解放者们发出疑问，觉慧以自己的爱情唤醒了鸣凤内心的解放，可是敢于去爱上少爷的婢女后来怎样，觉慧们就无法给出回答了。某种意义上，像鸣凤这样的具有着个性意识的女性仍然在成为着男性的附庸，她的爱人觉慧最后并没有成为救赎她的英雄，作者深刻地认识到觉慧的爱并没有能够拯救她反而让她更加痛苦，促进了她的死亡。如果不是和觉慧相恋，鸣凤或许如同琬儿一样嫁给冯乐山，虽然常常遭到冯家人的虐待，可是她还有偶尔被冯乐山当成宝贝的时刻，兴许还有“十年媳妇熬成婆”的希望，可是对恋爱的忠贞让她走向了绝路。五四时期以个人的恋爱、婚姻自由作为个性解放的一个重要通道，但是在这里，恋爱却成为杀死鸣凤的帮凶，她的恋人觉慧，在看到出嫁的轿子后也只是慨叹“那个人去了，永远地去了”，而在得知了她的死讯后，觉慧对自己的自责马上变成了对整

① 季红真：《世纪性别》，时代文艺出版社 1997 年版，第 119 页。

个家庭和社会的谴责。从这一意义上说，鸣凤作为一个有一定的个性意识的女性，她的故事某种程度上只是作为新青年觉慧的陪衬，是以自己的生命促进觉慧的成长。在她自杀的湖畔，觉慧经历了这样的心理历程："他皱紧眉头，然后微微地张开口加重语气地自语道：'我是青年。'他又愤愤地说：'我是青年！'过后他又怀疑似地慢声说：'我是青年？'又领悟似地说：'我是青年，'最后用坚决的声音说：'我是青年，不错，我是青年！'"贞节的圣女就这样成为青年成长路上的催化剂，将爱情当成宗教的鸣凤，面前的神龛中摆放着的恰恰就是新青年觉慧，死亡的腐朽恰恰如同落叶，提供给了根足够的养分，使得觉慧更加迅速而坚定地成为家庭的叛逆和社会的弄潮儿。如果说从梦卿到瑞珏这样的女性的死亡来源于父权制度的罪恶，她们是自觉或者无奈地将自己敬献在了父权的神坛之上，那么，鸣凤则是将自己敬献给了新思潮的神坛，敬献给了新青年的代表觉慧。如同有的论者所说："在中国现代男性叙事中，这些温柔可人的天使型女性常常要陷入受难境遇。她们是男性爱人忠贞的同盟者，却常常要比男人们受害更深。……男性作家需要借助美好女性的苦难遭际向自己敌对的封建制度、剥削阶级制度提出控诉。"①与此同时，鸣凤的故事在一定程度上暴露了五四新文化运动身上先天的缺陷，即在轰轰烈烈地推翻旧的体制，狂飙突进地攻击了旧的伦常道德，弄敏感了人们的神经后，预约的自由和个性解放并没有如期到来。关于这一点，新文化运动的先驱者们也早就发现了，李大钊认为这是"际兹方死方生、方毁方成、方破坏

① 李玲：《天使型女性：男性自我拯救的道具》，《福建论坛》2003年第2期。

方建设、方废落方开敷之会"①；张慰慈在谈到女子问题时，也认为"这女子问题，同社会种种的改良问题一个样的，先解放后建设。在解放与建设的中间，有一条大沟，这条大沟可叫做放任时期：一个漂流与无定的过渡时代"。② 鸣凤就在这样的一个时代成了牺牲品，生活在新旧的夹缝中，她最终窒息而亡。

从《林兰香》中的燕梦卿、《歧路灯》中的慧娘，到《激流三部曲》中的瑞珏、梅芬、蕙儿以及鸣凤，我们看到了家族小说中形形色色的圣女形象，她们都有着善良、忍让、美丽、纯洁和自我牺牲的美德，但是她们都无一例外地走向了死亡。在众多的圣女形象中，鸣凤在其中有着很重要的转折作用，她不同于梅芬等人的逆来顺受和古典式的哀伤慨叹，作为一个婢女，她有着清醒的自我意识，她虽然也看到横在她和觉慧之间的那道墙，但是，她一刻不停地作着僭越的努力，她对觉慧的爱并不是为了提高自己的身份，而是在无望的对爱的守候中体现着自身的价值。虽然最终是以悲剧结束，而且她的存在也不得不暴露了男性社会的遗留以及"五四"的某些弊端，但是，在她的身上，我们却看到了寻找自由、争取个性解放的努力，虽然她在铁屋子中被唤醒并"受无可挽救的临终的苦楚"，但是，她追求恋爱自由并不惜牺牲自己生命的勇气，却也正好说明了"五四"这个"漂流与无定的过渡时代"的种种可能。作为新文学史上一个颇为勇敢的女性，在美好和死亡的撞击中，鸣凤的故事比起其他折翼的天使型女性来说有着更多的火花，而这些，都或多或少地带着"毁坏这铁屋

① 李大钊：《"晨钟"之使命》，《晨钟报》创刊号（1916 年 8 月 15 日），署名：守常。
② 张慰慈：《女子解放与家庭改组》（署名：慰慈），《每周评论》第 34 号，1919 年 8 月。

的希望”。①

第二节 女性欲望的畸形伸张

在中国传统的一夫多妻制中，女性显然在各种方面都受到严格的限制，她们置身在封闭的高墙之中，“内言不出，外言不入”以及诸多的严苛要求深深地锁住了她们的灵魂。打理家庭的事务或者是与丈夫、丈夫的别的妻子之间的纠葛成为她们日常生活的重要方面，在百无聊赖中，被封锁和压抑的她们常常在心理上产生极度的压抑，欲望被扭曲后长出了畸形可怕的面孔。这些女性在家族小说中常常表现为“阁楼上的疯女人”，她们或是妖冶的荡妇，或是阴险的妒妇，或是凶悍的泼妇，这些人物成为家族小说中一个具有类型性的形象，甚至可以说，她们是整个中国文学史上的一个蔚为大观的极具代表性的现象。

明清小说之前也出现过很多的这类恶女人的形象，隋文帝的妻子独孤皇后的悍妒、“河东狮吼”典故中的陈季常之妻的凶泼，这些都是史载的真实存在的悍妇典型。到了明清小说中，作家们热衷于用夸张的笔触创造这类女性，出现了一大批闻名遐迩的恶女人，其中比较著名的例子有《金瓶梅》中的潘金莲、李瓶儿，二者都不但淫荡而且为了投入情人的怀抱，直接或者间接地杀死自己的丈夫；《聊斋志异》中《江城》篇中的高蕃的妻子江城，她在婚后一段

① 鲁迅：《〈呐喊〉自序》，《鲁迅全集》第一卷，人民文学出版社 2005 年版，第 441 页。

时间，对舅姑“反眼若不相识；舌嘲啁，常聒于耳”，后来竟发展为当着舅姑的面就殴打丈夫；①《阎王》中的李久常嫂“甚悍妒”，在其夫的妾即将生产时，竟“阴以针刺其肠”；②《马介甫》中的尹氏凶悍之极，丈夫如果稍微不合她的意，“辄以鞭挞从事”，她不仅虐待丈夫，而且将“六十余而鳏”的公公视作奴隶；③《醒世姻缘传》中的薛素姐不但坐在丈夫的头上对其打骂，而且忤逆公婆，放火要将公婆烧死；《林兰香》中任香儿通过美色诱惑讨好丈夫，嫉妒燕梦卿的贤淑，处处在丈夫面前说梦卿的坏话；《红楼梦》中的王熙凤、夏金桂也是常常责骂丈夫，而且对丈夫的小妾痛下毒手，贾政的小妾赵姨娘嫉妒宝玉和王熙凤在贾府的地位，试图通过巫术置二人于死地。除了创造这些荡妇、妒妇和悍妇的形象外，很多的笔记中也记录了当时社会上的一些类似的真实情况，如蒲松龄在《聊斋文集·贺文学宋公德佩彩堂孝妇序》中感慨地说：“吾见夫世之为妇者矣：姑妇勃谿，习不为怪也；甚则厌其老丑，摈不与共食，食已，始以恶草具杂掷之，诃谴垢谇，不以齿人数焉。每里妇三五杂坐时，各诉若翁，诅若姑，诩其能牴牾，津津自豪，因为哗笑，有赞羡者。”④而对于这些情况，传统的男性文人们也是无法作出解释，有的认为这是如同病一样的东西，需要医治，如静恬主人在《疗妒缘》第一回中大发议论：“……古来妇人，百病可医，惟妒难治。若犯了一个‘妒’

① 参见蒲松龄：《聊斋志异·江城》，《聊斋志异》（上），上海古籍出版社 1986 年版，第 855 页。

② 蒲松龄：《聊斋志异·阎王》，《聊斋志异》（上），上海古籍出版社 1986 年版，第 659 页。

③ 参见蒲松龄：《聊斋志异·马介甫》，《聊斋志异》（上），上海古籍出版社 1986 年版，第 721 页。

④ 蒲松龄：《聊斋文集·贺文学宋公德佩彩堂孝妇序》，盛伟编《蒲松龄全集》第二卷，上海古籍出版社 1998 年版，第 80 页。

字，便病入膏肓，随你苏张之舌，也说化他不转。”妒妇秦淑贞“生来心性酷妒，小时就吃醋拈酸，见丫鬟有一二分姿色的，便不要他近身，只拣一个奇丑极蠢的小丫鬟，六十岁外的老仆妇在房服役”。[①]有的归结为因果报应，西周生认为妇人泼妒乃是前世结下了孽冤，“又有那前世中以强欺弱，弱者饮恨吞声；以众暴寡，寡者莫敢谁何。或设计以图财，或使奸而陷命，大怨大仇，势不能报，今世皆配为夫妻”。只有配成夫妻，才能报复得畅快，“唯有那夫妻之中，就如脖项上瘿袋一样，去了愈要伤命，留着大是苦人。日间无处可逃，夜间更是难受。官府之法莫加，父母之威不济。兄弟不能相帮，乡里徒操月旦。即使他骂死，也无一个来解纷；即便他打死，也无一个劝开”。[②] 显然，这些男性作家们无法真正地从女性的角度去考察她们发狂的原因。女性长期被压抑的焦虑使得她们成为一个个好斗的、心灵扭曲的疯子。

一、以色事人：攫取权力的方式

《金瓶梅》中的潘金莲、李瓶儿和庞春梅是这些疯女人中的代表，她们都是淫荡的妖艳之女(李瓶儿在生子后得到改变)，为了谋取自己的利益和争夺家中的权力，甚至是企图在男性世界中为自己占取到一席之地，她们不惜一切代价。她们三人的故事不仅成为作者谴责欲望的通道，而且，对于女性为何成为疯女人，她们成为疯女人的途径和她们在男性世界中的最后结局，这些都有着代表意义。开宗明义，作者在《金瓶梅》的一开始就提出了人间的罪

---

① (清)静恬主人：《疗妒缘》，侯忠义主编《中国古代珍稀本小说》第六卷，春风文艺出版社 1994 年版，第 445—446 页。

② (清)西周生：《醒世姻缘传》，齐鲁书社 1993 年版，第 3 页。

魁祸首四贪，即酒色财气。这四者即代表作者对社会病理的诊断。在作者看来，对此四者的迷恋，是导致人走向堕落的根源。在这四者当中，又以“财色”为最重，小说的主人公西门庆即是死于对色的贪恋而导致血崩流脓最终丢失了性命，而财也正是成为滋长他的色的魅力的有力筹码。正如作者在第七十九回借吴神仙之口说出：“白虎当头，丧门坐命，神仙也无解，太岁也难推。造物已定，神鬼莫移。”在这里，“白虎”应指潘金莲，而且西门庆的直接死因也确实是由于潘金莲给他吃了过多的春药。如果说西门庆是依靠经济资本和政治资本来实现他的欲望的，那么潘金莲则是依靠她的身体资本来满足她的欲望，达成她的目的的。潘金莲可谓天生丽质的“佳人”，而且拥有一双颇受男人瞩目的“三寸金莲”。凭借着这个资本，她野心勃勃地企图获取西门庆家族中的统治地位甚至想以此达到对西门庆的控制。为了实现自己的欲望，她杀死武大郎，依靠一只猫谋害了李瓶儿的儿子，并且间接地导致了李瓶儿的死亡。在中国的传统中，只有男性才处于社会和政治的中心，女性一直处于社会的边缘和被统治的地位，而潘金莲企图实现她的统治地位不能不说是她向男性的社会积极挑战，因为在那个时代，只有男性才能够真正地在家庭和社会中具有统治地位。与西门庆别的妻妾不同的是，潘金莲与西门庆有着很多相同的特征，例如在性能力上，她被作者描写得不但与西门庆旗鼓相当，而且有过之而无不及；又如在对待算命先生的态度上，他俩都不甚相信算命者所说的话，只关注当下的快乐而不管将来的命运如何。这样的特征清楚地表明潘金莲企图跨越男性社会的努力。然而不幸的是，潘金莲对男性社会的跨越意向和对自身的男性化改造，是建立在满足肉体的欲望之上的。她不但害死了几条人命，而且还无耻地勾结女婿陈敬济，甚至最后被卖到王婆家中时，还刮刺上了王潮儿，作者在文中还引用了一曲意带双关的曲子作了如下类比：

> 你身躯儿小，胆儿大，嘴儿尖，忒泼皮。见了人藏藏躲躲，耳边厢叫叫唧及，搅混人半夜三更不睡。不行正人伦，偏好钻穴隙，更有一庄不老实，到底改不的透搀抹嘴。（第86回）

将潘金莲和老鼠类比，使得读者对于她被逐出家门的同情荡然无存，她已经沦为一个赤裸裸的欲望的化身和工具，最终在欲望的追求中丢失了自我，也毁灭了自我，遭到了悲惨的下场。武松快意恩仇的一刀砍在了她的身上，结果了她的性命，而这一刀恰恰象征了对欲望的斩断。不仅如此，作者还让潘金莲在被杀后用武松之手掏出了她的心肝五脏叉置在房檐上，这一对荒淫之最、险恶之最的欲望之化身潘金莲的解体，从象征意义上看，也是希图通过对欲望的彻底清除来达到对社会之病体的根治，人的五脏六腑不正是欲望得以萌生的温床吗？写到此，作者仍感意犹未尽，让潘金莲的尸体“在街暴露日久，风吹雨洒，鸡犬作践，无人领埋”。（第八十八回）这种“作践”，也是一种令欲望无处托生、无从“还魂”的重要隐喻。

通过一些考古学的研究得知，在远古时代，当人们还意识不到男性在生殖中的作用的时候，氏族群体的生活是以女性血缘为纽带的。“那给氏族带来血脉、带来生命、带来世世代代绵延不绝的生殖之力的图腾和母亲，自然成了他们最崇拜的对象。”①在母系

① 陈炎主编，廖群著：《中国审美文化史》先秦卷，山东画报出版社2003年版，第38页。

氏族社会中，母亲因为生殖的能力而被崇拜，因此母亲在具有了其本能的母性之外，还具有了权力，这是在母系社会中母亲的特权。从这一点来看，潘金莲和李瓶儿则走的是相反的两条道路，潘金莲是希望通过生子即成为一个生理上的母亲而实现自己的权力从而为欲望的扩张作铺垫，庞春梅的生子即可看作是潘金莲理想的延续和实现，这一点将在下文详细论述。潘金莲体现的是一种以“母亲”之位攫取权力的趋向，而李瓶儿体现的则是一个放弃权力而退守到生理上的母亲之门中的趋向，作者无疑对李瓶儿的这种态度和做法持激赏的态度，所以专门赐给了她一个儿子，并用她血崩而亡后葬礼的隆重和西门庆的深情，对给予她的死亡惩罚作出了补偿。在与西门庆结婚之前的李瓶儿不能不说与潘金莲有着可比拼之处，她同样荒淫乱伦、自私险恶，在花子虚遭劫难时转移财产，甚至在西门庆因故未能来迎娶她时招赘了蒋竹山，并在意识到蒋不能代替西门庆成为医她的“药”时将其扫地出门。但在进入了西门庆家的大门后，一改以往的作风，为人谦和，恪守为妾之道。对她的变化，我们不能够忽视几个关键点：一个是李瓶儿进入西门庆家时，是从后门进入的，且没有人迎接。“门”是一个重要的象征，门外的世界是李瓶儿握有主动权的世界，门内是一个西门庆主宰的世界，女性从后门被迎娶是地位低下的象征。门内，是一个虽有着荒淫乱伦但却在面子上受着秩序化的“理”主宰的世界，西门庆给李瓶儿的第一个下马威不能不说是秩序化的“理”给予李瓶儿的一个下马威。另一个关键点是西门庆的三天不入洞房和使用马鞭鞭打李瓶儿，不入洞房是对李瓶儿生理需要的剥夺和自信、尊严的打击，西门庆通过马鞭实现了对李瓶儿责罚和规训的目的，马鞭在西门庆的手中不仅是一个惩罚和规训的工具，更重要的是，他企图通过这一具有惩罚作用的工具，实现对离轨于男性权力世界的女性规驯的目的（例如他曾用马鞭来惩罚潘金莲）。通过惩罚，掌控的权力重新回归到了西门庆为代表的男性的身上，使得脱轨女性最终回归到了传统中被驯服者的形象中去。通过这些惩罚性的措施，李瓶儿终于从一个自作主张（如招赘蒋竹山）的女性权力拥有者被拉回到了男性社会的轨道上来，完成了一个从离轨者到被驯服者的过程。如果缺少了西门庆的这些惩罚措施，李瓶儿的性格变化则是无源之水，无本之木，一旦这些惩罚措施得以实行并获得了成功，李瓶儿的性格变化就有了根源。至此，李瓶儿完成了一个回归的过程，放弃权力而回复到母性的光辉中去。作者显然对李瓶儿采取了泾渭分明的写法，让她痛苦而死就是对以前她恶德的报应，而她葬礼的热闹和气派则是对一个在男性社会中被驯服者的宽容。把吴月娘作为一个正面形象来塑造，并安排她最后的寿终正寝无疑是以男性标准来衡量的。所以，在小说中，她的结局是最好的。客观地说，李瓶儿和潘金莲身上所体现出来的，是生理上的母亲与拥有权力的母亲——这一在母系氏族社会中作为一个母亲所兼而有之的特征的分化和裂变。

《金瓶梅》除了着力描写潘金莲和李瓶儿这两个西门庆之妾的形象之外，春梅这一从奴仆到夫人再到死亡的历程展现，可谓是小说中的另一个亮点。春梅身为潘金莲的贴身丫鬟以及知己，在其被逐出西门庆家门之前，是潘金莲的助手和帮凶，潘金莲对待她也同样是亲如手足，甚至胜过自己的亲生母亲潘姥姥。潘金莲对她的珍惜和爱护在很大程度上可以算作是等同于对自己的珍惜和爱护。在中国古代小说中，贴身丫鬟的形象往往被描写成了《西厢记》中红娘的形象，她们在小姐和书生间牵线搭桥以成其百年之好，而且她们往往在男女主人公的背后扮演着第二主角。但《金瓶梅》中，春梅则被列入到了第一主角的阵营中，她不但与西门庆有染，而且涉足于潘金莲与女婿陈敬济的乱伦之中，分一杯羹。她和潘金莲一起分享着欲望，也与潘金莲一样为欲望所奴役，在一定程度上说，她可谓是潘金莲的一个镜像，是活脱脱的又一个"潘金莲"。当她未被逐出家门时，她是潘金莲的影子，是潘金莲欲望的延展。而当她入嫁到守备府后，潘金莲未能实现的向男权攫取权力的理想在她身上得到兑现。作为拥有着一个儿子的她，是生理上的母亲和权力的母亲的共同体。潘金莲渴望生子而实现"母权"，通过霸占汉子而实现"女权"的希望都一一在春梅身上得到体现。春梅作为潘金莲的"镜像"，不但清楚地映照出了潘金莲的外在形象，而且连潘金莲的内心欲望都清楚地显现了出来，她通过生子而获取到了权力和地位，是代表欲望的潘金莲的"还魂"。而这一"还魂"，不仅表现在春梅实现了潘金莲的梦想这一点上，还表现在了她为潘金莲收尸这一细节上。潘金莲在被武松杀死后尸体被埋在街头，正如她托梦给陈敬济时所说，"如今阴司不收，我白日游游荡荡，夜归各处寻讨浆水"。(第八十八回)尸体不入殓在中国的传统中意味着无法到阴司注册，无法重新托生。作者将潘金莲的尸首托付给春梅，这其中显然寄有深意，当然春梅作为守备夫人为潘金莲收尸有着职位之便。但只有春梅能够为她收尸，春梅托张胜为潘金莲收尸是潘金莲欲望还魂和延续的重要隐喻，而这些欲望又在春梅身上得以实现。春梅的生子是其获取到了母权和女权的重要步骤，由此以后，春梅因为成为一个生理上的母亲而攫取到了母权，在第九十四回中，当守备不愿让孙雪娥脱衣挨打时，春梅说："那个拦我，我把孩子先摔杀了，然后我也一条绳子吊死就是了。”因为母亲的身份而获取到的权力是春梅得以释放其欲望的重要凭借，后又是这样的权力让她得以公然勾结陈敬济、周义而最终纵欲丧身。在春梅身上，典型地反映出了一个从权力的获得，到欲望的泛滥，再到最终被欲望杀死的欲望主体所走过的全过程。

这三个女性的人生历程在整个家族小说中的此类恶女人中，有着很大的代表性，其后的此类小说中，也常常出现这样的女性形象。如《林兰香》中的任香儿，她是一个财主的女儿，因为家中遭遇变故，被其父充作婢女送至耿府以打通关节，她伶俐灵活很快被耿朖看中，后来身份明了后成了耿朖的一名小妾，依靠自己的美色她很快获得了耿朖的宠爱。为了获得耿朖的欢心，在房内的布置上，“一切帘帏帐幕，焕然一新，几塌屏床，灿然皆备”，“耿朖如至，则一呼百诺，歌笑喧哗，扑打谑浪，无所不至”。通过“以色事人”，香儿获得了丈夫的喜爱。害怕在这个妻妾成群的家庭中失宠，任香儿嫉妒燕梦卿的才能和地位，于是在丈夫面前说梦卿的坏话，导致耿朖疏远梦卿，梦卿最后郁郁而终。虽然，《林兰香》中也不乏一些床第之欢的描写，但是比起《金瓶梅》来说，可谓是很少的，可是这仅有的一些描写也反映出在利用自己的美色攫取到权力这一方面，任香儿还是表现出了与潘金莲相似的特征，所不同的是，她还没有如同潘金莲那样能够试图僭越女性的身份而与男性旗鼓相当。马克梦在研究《金瓶梅》中的性爱方式时，就提出潘金莲曾经在性爱过程中骑在西门庆身上，并且在导致西门庆的最终死亡的时候，她也正使用这样的性爱方式，这些都在很大程度上体现了她对西门庆的“驾御”。① 所以

① ［美］马克梦：《吝啬鬼、泼妇、一夫多妻者——十八世纪中国小说中的性与男女关系》，王维东、杨彩霞译，人民文学出版社 2001 年版，第 50 页。

说，任香儿虽然远不及潘金莲来得强悍，但是在某些意义上，她可以算得上是缩小版的潘金莲。

二、高门巨族内的刀光剑影

《红楼梦》中贾政的小妾赵姨娘，是小说中的一个恶女人，她嫉妒王熙凤和宝玉在贾府的地位，数次通过各种手段加害二人，但是，她的这些恶行其实来源于她在贾府低下的身份和地位，她的姨娘身份导致亲生女儿探春也不愿意承认她是自己的母亲，口中总是以姨娘来称她。在亲弟弟赵国基病死后，暂时代替王熙凤管理家政的探春给她的赏钱只是袭人母亲去世后的一半，当赵姨娘前来争闹时反被探春驳斥了一顿，因此可见，在贾府中，赵姨娘是一个颇受压抑的女性，因此，她使用种种恶劣的手段甚至不惜置他人于死地，争夺权力成为维护自身利益、提升自己地位的唯一途径。《红楼梦》中的王熙凤，作为当家人王夫人的侄女，她在贾府的地位可谓是炙手可热，掌握着贾府的财政大权，她精明能干、八面玲珑，她是个"女中丈夫"，秦可卿说她"你是个脂粉队里的英雄，连那些束带顶冠的男子也不能过你"，冷子兴说她"竟是个男人万不及一的"。在协理宁国府、弄权铁槛寺、毒设相思局、计害尤二姐等事上，她显示出了过人的智慧、狡诈的心机以及阴险毒辣不惜害人性命的凶狠，依靠这些过人的能力，她疯狂地掠夺财富和权力。与潘金莲、任香儿不同的是，王熙凤是依靠自己的身份和精明，而不是通过对丈夫的色诱，直接地登上了权力的宝座，而且，她还比潘金莲们走得更远，她的强悍显示了丈夫贾琏的软弱，在向男性世界攫取权力这一点上，她显然获得了成功。她的诡谲的心计使得贾琏连自己的小妾也不能保住，甚至与仆人的私通也是在偷偷摸摸的情况下进行。《醒世姻缘传》中的薛素姐，更是一个在形式上完全戏谑了父权的权威性，从而使得传统的男尊女卑一变而为男卑女尊的女性，在家中，她可以任意地打骂丈夫，辱骂公婆，成为家庭中女魔头般的统治者。虽然作者对这段恶姻缘用因果报应加以解释，即薛素姐前世是受丈夫的前世虐待致死的，此生前来报复。但是，从薛素姐出嫁前父亲关于妇德的一番教育，以及她在出嫁前所作的被换心的恶梦来看，她对于出嫁有着很强的焦虑情绪。波伏娃指出："许多青春期女孩子一想到要离开父母的家，便感到苦恼。这种焦虑由于婚期逼近而加深，这是一个引发许多神经症的时刻。"①从心理学的角度来说，恰恰是这种焦虑使得本来知书达理的薛素姐变成了一个具有神经症的人格的女性，从而变得极其的暴虐。而这种暴虐某种意义是通过控制丈夫、力图在家里拥有最高权力等方面，实现自我保护的一个畸形的途径。

从这些女性的遭遇可以看出，她们的放荡、嫉妒或者悍泼，很大程度上是一种为了获得权力，或者说为了巩固自身的地位和权力所表现出来的心理反应，女性在父权社会的低下地位使得她们充满焦虑感，这些使得她们或多或少都带有着某些神经症的特征，不得不作出这样或那样的"惊人"之举，从而成为历代家族小说中的败坏家族的女人，受到众人的唾弃，而她们的结局在小说中也往往被设定成恶有恶报的惨状。但是，在某种意义上，也正是这样的惊世骇俗之举，或多或少地撼动了父权社会的根基，戏谑了父权的至上权威。这样败坏家族的坏女人到了现代文学的家族小说中也

① ［法］西蒙娜·德·波伏娃：《第二性》，陶铁柱译，中国书籍出版社 1998 年版，第 496 页。

不乏其人，她们在大家族中希望能够实现自己利益的最大化，而彼此争斗彼此倾轧，甚至不惜牺牲他人的性命，视旁人如草芥。只不过，相较于古代家族小说中的这些女性，现代家族小说中的这些形象显然带有了更多的时代特色，同时也有了更多的丰富多彩的意蕴。《激流三部曲》在一定程度上承传了古代家族小说中这些恶女人的形象特征，在高老太爷去世后，因为瑞珏面临生产，陈姨太、四太太王氏、五太太沈氏主张把瑞珏搬到城外去生产，以免血光之灾，这最终导致了瑞珏的难产而死。因为觉民教训了自己不懂事的孩子，王氏就将自己儿子的脸打肿后到周氏那里去恶人先告状，诬告觉民打伤自己的儿子，想置大房于不利的地位。觉英调戏沈氏的丫鬟春兰，沈氏到克明那里去告状，但她的目的并不是为了教训家族中不长进的子弟，而是为了看笑话，想以此证明家族的现任管理人克明的教子无方，削弱克明在家族中的统治地位；在克明打觉英的时候，她幸灾乐祸地在旁欣赏，之后又到四太太那里去宣告她的赫赫战功，宣称自己是在学习王氏的苦肉计。因为自己没有儿子，沈氏自觉自己在家里的地位比别人都低，她于是常常把这些压抑发泄在了女儿淑贞的身上，在心情不好时就打淑贞出气，最终导致了淑贞的跳井自杀。在累世同居于一个屋檐下的大家族中，各房之间的利益冲突构成了这些女性之间争斗的主要导火索，她们的种种或疯狂或险恶的行为其实仍然来源于女性在一个内闱的环境中所产生的焦虑和不安全感，而只有通过对权力或者金钱的攫取才能够舒缓这种心理状态，为作为第二性的她们获取一点她们自认为可以依靠的东西。在《激流三部曲》中，我们看到这些女性的种种行为其实是从属于她们的岌岌可危的家族的，在作者的笔下，她们的功能与克安、克定一样，是属于蛀蚀家族这棵大树的蛀虫，她们成为证明和谴责封建大家族的一个入口。但是，在侧重于揭露封建大家族的罪恶，描写它们不得不走向衰亡时，作者巴金并没有对生活在高墙之内的女性的内心压抑和纠葛作出更进一步的挖掘。在现代家族小说中，真正地关注千年流传的中国文化传统带给女性的压抑，内囿的她们在深深的家族之中如何变成疯狂的、凶恶的女性的，则首先要数张爱玲的一系列描写家族的小说了。

三、女鬼：张爱玲笔下的门内世界

柯灵先生曾说："我扳着指头算来算去，偌大的文坛哪个阶段都安放不下一个张爱玲，上海的沦陷，才给了她机会。日本侵略者和汪精卫政权把新文学传统一刀切断了，只要不反对他们，有点文学艺术粉饰太平，求之不得给他们点什么，当然是毫不计较的。天高皇帝远，这就给张爱玲提供了大显身手的舞台。"①柯灵先生的话一刀见血，成为关于张爱玲的最为经典的评论之一，1943—1945年是张爱玲创作的高峰期，而这一时期更是她确立了自己写作风格的主要阶段，以后她所描写的故事，都或多或少地在回忆或者重写着这一时期的传奇。1943 年 4 月，张爱玲在周瘦鹃主编的《紫罗兰》上发表了《沉香屑第一炉香》后，马上就成为当时上海文坛炙手可热的作家，她的创作也进入了最为辉煌的时刻：1943 年 5 月，发表了《心经》，8 月发表了《封锁》；1944 年 1 月发表了《年青的时候》，同年 2 月发表了《花凋》，5 月发表了《鸿鸾禧》，6 月发表了《红

---

① 柯灵：《遥寄张爱玲》，《柯灵 60 年文选 1930—1992》，上海文艺出版社 1998 年版，第 382 页。

玫瑰与白玫瑰》，9 月发表了《桂花蒸・阿小悲秋》，11 月发表了《等》。在这两年，她还创作了大量的散文：《到底是上海人》、《洋人看京戏及其他》、《更衣记》、《公寓生活记趣》、《烬余录》、《谈女人》、《论写作》、《有女同车》、《自己的文章》、《私语》、《谈音乐》等。1944 年 8 月和 11 月，张爱玲相继出版了她最有代表性的小说集《传奇》和散文集《流言》。在没有了那么多主义之争的沦陷区，张爱玲的出现犹如一个奇迹，成为中国文学史上的一个异类，在绽放出熠熠光彩的同时，她的文章也以尖利的笔触描写了千年女性的悲歌，与巴金等作家们描写封建家庭如何毁灭梅芬、鸣凤这样的圣女们不一样的是，张爱玲直接揭示的是内囿的女性们如何在千年的封闭下走向疯狂和变态，她们的故事犹如尖刀刮在玻璃上发出的声响，尖刻刺耳、狂躁却又高亢。

张爱玲出身于显赫的世家，虽然到了她父亲这一辈已家道中落，但破落家族所带给她的更多的是对人生荒凉的感悟，颓败的深宅大院所留下来的故事被她一一搬到了小说中。例如在其弟弟张子静的回忆录中就提到了《金锁记》和《花凋》中真实的人物原型所在[①]，张爱玲无意为昔日的繁华唱挽歌，她将这些人物的命运和自己对人生悲剧的感悟结合在一起，深深体会着人生的悲凉和无奈以及人性的脆弱。张爱玲擅长写女性，从待字闺中的小姐，到交际场上的能手，无不刻画得细致入微，这些女人们无论是真正的关在闺阁中，还是处于变迁中的乱世，都被一扇厚厚的门关住，在门后，她们同门外的世界一同沉浮，只是更隐秘，更不为人所关注，她们的悲歌就如同门内的咳嗽声，虽已病入膏肓，却不为人所知，正是

① 参见张子静：《我的姊姊张爱玲》，学林出版社 1997 年版，第 139—161 页。

这些人物，奠基在了历史的最底层，她们如同庙门口那个负着石碑的赑屃，担着千年的沉重，扛着的却是别人的辉煌，她们的咳嗽声为门外轰轰烈烈的时代车轮声所淹没，并渐渐地消失，沉没。

在描写这些家庭时，张爱玲先行就为它们设定了一个个恐怖幽深的环境。海外学者王德威就指出，“张爱玲的作品，基本映照了一个阴阳不分、鬼影幢幢的境界。她的人物不论是遗老遗少，或是浪子佳人，个个飘荡在凄暗荒凉的宿命轨道上”。[①] 唐文标在论述《沉香屑第一炉香》时也指出这篇小说根本就是一篇鬼话，“说一个少女，如何走进‘鬼屋’里，被吸血鬼迷上了，做了新鬼。‘鬼’只和‘鬼’交往，因为这个世界既丰富又自足的，不能和正常人能通有无的。”[②]张爱玲竭力渲染的，是深宅大院中的死亡的气息，她笔下的人物都共同生活在无光的门内，他们身上所带的清凉阴森的鬼气，深入到他们的骨髓中，无法抹去，在家里带着，上街也带着，吃饭睡觉也脱不了鬼气，这鬼气让人想到潮湿的生着青苔的墙角、被高大的老槐树密密遮住的院子、厚重的有着霉味的樟木箱中爬着的冰凉的蠕虫，令人毛骨悚然。深宅大院中闹鬼是中国自古而来的传统，而其中描写的鬼大都是真实的鬼，郁郁而终的杜丽娘以其一缕幽魂与柳梦梅重续前缘（汤显祖《牡丹亭》），李瓶儿死前屡遭前夫花子虚鬼魂的袭扰、惨死的潘金莲也没有忘记以鬼魂的身份向春梅托梦（兰陵笑笑生《金瓶梅》），到了蒲松龄的《聊斋志异》中，更是篇篇有鬼、页页存怪，亡人变成的鬼、狐媚炼成的怪都是有善有恶，可谓是一部记录鬼界的野史。《红楼梦》中，自然不乏魂灵托

① 王德威：《落地的麦子不死——张爱玲与‘张派’传人》，山东画报出版社 2004 年版，第 50 页。

② 唐文标：《张爱玲研究》，台北联经出版公司 1976 年版，第 56 页。

梦、鬼树开花，但让人真正在不寒而栗中体味凄凉的当数林黛玉死后丫鬟听到的从她房中飘出的饮泣声，大观园中时常忽闪过的不知所以的黑影，这些自然与大观园的没落相得益彰，悲凉凄清却又恐怖。大家庭以其蜿蜒光滑而又潮湿的石阶、暗红的大门、高高的围墙为标志，在这里发生的故事都是潮湿的、带着鬼气，张爱玲对这种鬼气情有独钟，她虽然没有直接写那些真正的鬼，但她笔下的院子、房间、人物都是阴森森的，全是照着鬼的模样写出来的，是一个个古墓、一个个幽灵。古代家族小说中的鬼常常是真实的鬼，他们与小说的主人公都有着千丝万缕的关系，但是，张爱玲却直接将人写成鬼，像鬼一样的人就是主角。大概谁也忘不了变了“鬼”的七巧(《金锁记》)在世舫眼中的形象:“门口背着光立着一个小身材的老太太，脸看不清楚，穿一件青灰团龙宫织缎袍，双手捧着大红热水袋，身边夹峙着两个高大的女仆。门外日色昏黄，楼梯上铺着湖绿花格子漆布地衣，一级一级上去，通入没有光的所在”，世舫“无缘无故的，只是毛骨悚然”。“鬼”七巧的现身不但断送了长安的幸福，还将自己的儿子也教育成了抽大烟、逛妓院的行尸走肉，更将自己的媳妇芝寿逼得只剩下了一身的干骨头，一个等死的令人恐惧的“直挺挺躺在床上”的“僵尸”。流苏(《倾城之恋》)那与她“祈求的母亲”“根本是两个人”的真正的母亲，在没点灯的里屋，“隐隐绰绰的只看见珠罗纱帐子里……躺在红木大床上，缓缓挥动着白团扇”，在隐隐绰绰的仿鬼界式的环境中那流苏的母亲，虽不像七巧那样阴森恐怖，但却是一个没有了亲情的母亲，血管里流淌的是冰凉的没有温度的血。家庭的冷漠，亲情的缺乏是促使流苏远走高飞的动力，范柳原是她得以离开的帆船，但登上了船的她却也未能真正寻找到幸福，而是在两个人自私的虚假的情爱中漂流，至终也没有寻找到重新登岸的机会。《沉香屑第一炉香》中，葛薇龙初次见到的姑妈的家，是“那黄地红边的窗棂，绿玻璃窗里映着海色。那巍巍的房子，盖着绿色的琉璃瓦，很有点像古代皇陵”，在这“皇陵”中的人们，过着纸醉金迷的生活，尤其是那个“墓主”梁太太，为了满足自己的私欲，为了抓住自己所剩无多的风光的尾巴，她将自己的侄女薇龙也腐蚀成了交际花，帮助她牵住男人的目光。

在张爱玲的作品中，人都没有人气，冷漠自私而又如同鬼魅般虚飘飘地在深宅大院中飘荡，或形同僵尸如同芝寿、或状似厉鬼如同七巧、或妖艳狡诈像狐媚如同梁太太、或空洞得仅剩皮囊如同长白、季泽，他们都令人恐怖地活在了一个拟鬼界的大门中，就是有一点带着情爱的美少女，也是如川嫦般凄凉的终日叹息的女怨鬼，精卫填海般的无奈与可悲。他们是“酒精缸中泡着的孩尸”（《花凋》），他们“硕大无朋的自身和这腐烂而美丽的世界”都如同尸体，“背对着背拴在一起，你堕着我，我堕着你，往下沉”（《花凋》）。鬼影幢幢的大门里生活着的女人们和发育不良的男人们，他们都被门内含着“天花”和“肺痨”细菌的空气腐蚀，或被毁容、或终日咳嗽，只能等候着唯有死亡才能带来的解脱。张爱玲所描写的“鬼魅世界”凸显的是“鬼界”的凄凉无情和丑怪恐怖，而比她稍早一些的有着“鬼才”之称的徐訏，也喜欢将人“鬼化”，但他更多的是发掘了“鬼魅世界”的凄美和多情，虽然他的描写也多有着些阴凉，但非阴森恐怖，这在他的《痴心井》、《鬼恋》等作品中显而易见。与此相比，张爱玲则更多地将视角投向了鬼魅世界阴森恐怖的一面，他们二人可谓是将古典中的“鬼话”分作两支，即凄美多情和阴森险恶。

在这样的鬼影幢幢的深宅大院中，女性依然如同千年之前一样以“第二性”的身份生活在一个禁锢和封闭的空间中，在张爱玲的笔下，女性的畸形发展到了极致，其中最具代表性的当数《金锁记》中的曹七巧了。在张爱玲的诸多小说中，这篇小说理所当然地成为她的代表作，同时也是诸多评论者交口赞誉的作品之一。夏志清称张爱玲是“今日中国最优秀最重要的作家”，称《金锁记》是“中国自古以来最伟大的中篇小说”；[①]傅雷在《论张爱玲的小说》中更是认为《金锁记》应“列为我们文坛最美丽的收获之一”。[②] 而这一形象塑造的成功，很大程度上来源于张爱玲对七巧变态心理的入木三分的解剖，从一个麻油店的壮实的姑娘，到最后深宅大院中用黄金的枷锁劈杀别人的厉鬼，七巧的身世可以算作是中国文化传统中女性所处地位和人生历程的戏剧化展现。对于权力和金钱的痴迷，七巧达到了疯狂的程度，在这一点上，她是现代文学作品中为数不多的可以和潘金莲相媲美的畸形的人物，但后者是为了获取权力，发泄欲望，自己已经无法控制自己畸形的身体，前者则是为了保住自己的地位和权力，努力压抑自己的欲望，最终却又成为扼杀别人欲望的凶手。潘金莲是身体的充分展示，性爱的完全书写，而七巧则永远是压抑和被压抑，虽然，二者所走的完全是不同的路线，但却指向共同的目标也即权力的获得。摆脱被控制的弱势地位，获取权力以便维护自己在内闱环境中的利益和地位，成为女性的千年焦虑，这就使得在相隔近千年的两部小说中，笑笑生和张爱玲都写出了两个在实质上类似的疯女人的形象，她们隔着千年的空气，在冥冥中低吟着共同的梦呓。

七巧的疯狂，有着一个显在的心路历程。出身于麻油铺的

① 夏志清：《中国现代小说史》，复旦大学出版社 2005 年版，第 254 页。

② 迅雨（傅雷）：《论张爱玲的小说》，陈子善编《张爱玲的风气——1949 年前张爱玲评说》，山东画报出版社 2004 年版，第 9 页。

她因为哥哥的贪财，嫁给了姜家那个患了软骨病的二爷做姨太太，后来在姜老太太的一念之下又升作了太太，但是，成为太太的她并没有摆脱自己在姜公馆受人歧视的地位。小说的刚开始，二房的丫鬟小双和三房的丫鬟凤箫之间的对话便展示了七巧的形象，地位低下、缺少教养言行粗鲁成为七巧现身的第一掠影。嫁到姜家之前的七巧，用小双的话说是“麻油店的活招牌，站惯了柜台，见多识广”，所以可以讲出那么多的“村话”，说得姑娘们都“臊得没处躲”。而年轻时候的她，在她老年的回忆中，是有着“滚圆的胳膊”，“高高挽起了大镶大滚的蓝夏布衫袖，露出一双雪白的手腕，上街买菜去。喜欢她的有肉店里的朝禄，她哥哥的结拜弟兄丁玉根、张少泉，还有沈裁缝的儿子”。结婚前的七巧，可以算得上是一个和老舍《骆驼祥子》中的虎妞一样充满着活力的人物形象，她的健康和粗豪其实也就是作为一个普通的民间的未被礼教拘束过的、自由自在的活泼的女性形象而存在的。但是，嫁入了深似海的姜家，七巧就完全地陷入到了无法自救的悲剧中去，她人性中的自由被深深地压抑住了，而这些压抑，在作者的笔下，主要是通过七巧丈夫的丑怪身体作为表征的。面对自己相思的季泽，她诉说着丈夫那死肉一般的身体，“是软的、重的，就像人的脚有时发麻了，摸上去的那感觉”，她由衷地感叹“没病的身子是多好的……多好的”。当自己的哥哥和嫂子前来探望她时，她向他们抱怨丈夫“坐起来，脊梁骨直溜下去，看上去还没有我那三岁的孩子高哪”，在七巧的眼中，丈夫是一个没有人气的人，甚至连她和他生的一儿一女，她自己也不知道从哪里来的。丈夫的畸形身体深深地压抑了七巧正常的生活欲望，但是，对于健康自由生活的渴求一直如同存在于她体内的血液一样，无法被深宅内的空气完全侵蚀，她仍然渴望着爱情的到来。在姜家这个传统的封建大家庭中，连季泽这样的浪荡子也不敢吃窝边草，只敢在外面胡闹，但是七巧却明白地向季泽调情，她反复地问季泽自己如何就不如别人，难道“跟了个残废的人，就过上了残废的气，沾都沾不得？”后来分了家，图谋不轨的季泽来到七巧家，他对七巧说了很多情意绵绵的话后，七巧一度沉浸在了爱情的喜悦当中。在这里，张爱玲对七巧的心理作出了入木三分的描写，这一描写也是常常被论述者所引用的，成为张氏最有代表性的心理描写之一，同时也精妙地一笔带过了七巧在姜家的所有感情生活：“七巧低着头，沐浴在光辉里，细细的喜悦……这些年了，她跟他捉迷藏似的，只是近不得身，原来还有今天！可不是，这辈子已经完了——花一般年纪已经过去了。人生就是这样的错综复杂，不讲理。当初她为什么嫁到姜家来？为了钱么？不是的，为了要遇见季泽，为了命中注定她要和季泽相爱。”虽然，在此之前，我们只是看到了一次七巧对季泽的调情，但是，从这段描写可以窥见，在这个严苛的封建大家庭中，七巧作为一个异类一直在挑衅着家族的权威。“捉迷藏似的”，七巧一直在爱恋着季泽，季泽成为她倾注自己生命力和健康欲求的地方，丈夫死肉一般的身体、大家庭的规范没有束缚住七巧的活力。甚至，在爱情面前，一向被人认为是带着黄金枷锁的七巧用爱情否定了钱的意义，虽然仅仅是一瞬间的念头，还是体现出了七巧生命力的灵光乍现。

按照人本主义心理学理论，人在生活中有着四种基本趋向，其中第一点就是在性、爱情和自我认识上的满足，另外还有适应、归属和获得安全感。当个人的需求或欲望无法满足时，欲望就会以极端的方式表达出来，最终走向疯狂。疯狂即是“本我”实现的一种极端形式，它使被压抑的本能得以宣泄。[①] 从这一意义上说，七巧的疯狂很大程度上来源于她正常欲望的无处发泄，但是，她一直在试图寻找欲望发泄的通道，她在内心深处拒绝成为一个深宅大院的冤魂，拒绝成为一个被传统礼教规训的女性。她时常拿年轻时候麻油店中的事情和自己在姜家的处境作比较，“临着碎石子街的馨香的麻油店，黑腻的柜台，芝麻酱桶里竖着木匙子，油缸上吊着大大小小的铁匙子”，和她调情的肉铺的朝禄，带着肉味的温风扑在脸上，她一巴掌打过去，铁钩荡着，这些意向与她的软骨病的丈夫构成了鲜明的对比，在小说中，一直到终老，七巧都不时地在回味着这些年轻时充满活力的自由粗野的生活。她的身上，永远没有失去的是她对于自由生活的渴望，七巧的出身在很大程度上成为她抗拒姜家为代表的封建家族的力量，反复出现的丈夫没有生命的肉体，也成为封建家族行将没落、成为行尸走肉的最好隐喻。

但是，七巧毕竟不是一个带有着理性色彩的自觉反抗的女性形象，她的反抗和对家庭的亵渎仅仅来源于她的出身，她不是《花凋》中那个自怨自艾，最后变成了一个大白蜘蛛一样的川嫦，也不是凌叔华《绣枕》中那个深闺中只知道绣枕头的小姐。后面两者因为出身于“外言不入，内言不出”的大院子中，她们的生活是现成的父权社会编排好的，只等着一个一个女性走上前去，成为维持轨道正常运行的分子。与这些女性相比，七巧显然是一个奇异的景象，她内

① ［美］夏洛特等：《人本主义心理学导论》，陈宝铠译，华夏出版社 1990 年版，第 45—49 页。

心中充满了被压抑的冲动欲望和生命力，但是，张爱玲并无意把七巧塑造成一个新青年，擅长描写太太小姐以及家庭中老妈子的张爱玲大概也没有兴趣将着重点放在描写一个民间的女子上，所以，七巧的反抗和出轨更多地带有着先天的因素。除了本能的对自由的渴望外，七巧的身上更多地带有着神经质和焦虑。她的出身带给她的对自由的向往和活力，与她的出身带给她的自卑构成了两种互相拒斥但又互相包容的力量，使得七巧这一人物形象充满了张力。小说的上半部分展示了一个“野蛮”的七巧如同一个异形被投放到了姜家，这掀起了姜家的恐慌，她的口无遮拦、悍泼的形象毫无疑问使得她犹如投放到平静水面的石子，将这一悍马重新纳入到礼教的规范，让她成为一个“正常”轨道上的棋子，这是姜家对付七巧的首要重任。于是，在妯娌们中，七巧常常不被人搭理，成为众人鄙视的对象，姜老太太甚至在七巧抽大烟这件事情上，“有意的装不晓得，照常的派她差使，零零碎碎给她罪受，无非是不肯让她抽个痛快”，所有的这些都在暗示着七巧与这个大家庭的格格不入，以及在姜家人的眼中她亟待被改造的身份。福柯在讨论人文主义时认为，“人文主义总是必然要把一个主权、一位领袖或对领袖的需要——因而还有大众服从——投入到社会和文化秩序之中，而进行压迫。这个主权可能是上帝、国家、父亲、医生，或者教师，但他始终是禁止被压迫者接近欲望客体的一个人物”，它“通过创造驯服的人、通过话语和规训而把权力禁忌投入社会，而限制欲望”。[①] 从这一意义上说，无论是妯娌们的冷漠、还是姜老太太的支使，都如同丈夫丑怪的肉体

① 转引自[法]保尔·A·鲍威：《人文主义的终结：米歇尔·福柯与规训的权力》，陈永国译，汪民安等编《福柯的面孔》，文化艺术出版社 2001 年版，第 155—156 页。

一样在控制着七巧的欲望，归根结底，都是在实现着对七巧的规训。但是，流淌在七巧血脉中的源于民间的野气使得这种规训面临着巨大的窘境，这种不成功在喻示着规训的力量如同七巧丈夫的肉体一样孱弱外，更重要的是，它在使得七巧成为一个出轨者的同时，更面临着脱离群体、没有归属感的孤独境地，自始至终，七巧都没有成为一个“姜家的人”，而这些，却又导致了七巧走向最终的疯狂和邪恶。

在评论七巧的疯狂时，张爱玲自己也认为：“极端变态与极端觉悟的人究竟不多。时代是这么沉重，不容那么容易就大彻大悟。这些年来，人类到底也这么生活了下来，可见疯狂是疯狂，还是有分寸的。所以我的小说里，除了《金锁记》里的曹七巧，全是些不彻底的人物。”[①]七巧的变态和疯狂在张爱玲的笔下达到了极致，当季泽图谋她的钱被她发现后，她彻底地断绝了对自己最后一点情爱的幻想，之前她所有作出的出轨者的言行在此时全部都锋芒一转，从一个带有着悲剧色彩的无意识的抗争者，一下子就堕落成了一个恶毒的疯女人。当她的儿子长白娶了芝寿后，七巧的身份马上就发生了转变，从一个受虐者变成了一个施虐者。香港学者林幸谦就指出：“七巧在此事实上已落入父权的代理者，而重复着以前姜老太太和姜家父老的性别政治模式。七巧压抑媳妇的言行，不但使她能以主体身份去替代原有所扮演的媳妇客体，同时让七巧的压抑情绪、不满和愤怒在此种父权替身中获得纾解。”[②]十年

---

① 张爱玲：《自己的文章》，陈子善编校《张爱玲集·流言》，北京十月文艺出版社2006年版，第13页。

② 林幸谦：《荒野中的女体——张爱玲女性主义批评》（Ⅰ），广西师范大学出版社2003年版，第226页。

媳妇熬成婆，七巧终于在身份的转变背后找到了发泄自己欲望的通道。在芝寿结婚的当天，她嘲笑芝寿厚厚的嘴唇“切切倒有一大碟子”，在她的眼中，嘴唇厚成为性欲旺盛的象征，由此她认为儿子的性命会断送在芝寿的手中。长白结婚后，她刻薄地剥削芝寿的女性欲望，不让儿子晚上回房间，而是让他整夜陪着自己给她烧烟。为了进一步打击芝寿，她还从儿子嘴里套出了芝寿的隐私，趁着和亲家母打牌时，在牌桌上当着众多太太的面大肆宣扬。这些都让芝寿陷身到了一个极度疯狂变态的世界中，在芝寿的眼中，“这是个疯狂的世界，丈夫不像个丈夫，婆婆也不像个婆婆”，这个世界最终夺走了芝寿的性命。长白的姨太太娟儿在芝寿死后被扶了正，可是不到一年也吞生鸦片自杀了。在七巧的手上，鲜活的生命被扼杀，而这种对于别人欲望的折磨，很大程度上是其对自身所受虐待的心理补偿。在获得了权力成为一个“拟男性”的家长时，她成为家庭的主宰，她可以任意刻薄地辱骂和剥削儿媳，可以肆意地控制儿女们生活的自由。

获取了权力以后的七巧似乎实现了数千年内闱女性的念念不忘的目标，她的一切虐待行为在成为一种心理补偿，昭示她受压抑后的变态心理的同时，也无时无刻不加深了她的心理焦虑，同时也使得她进一步地走向了畸形的泥沼。在没有分家前的姜家，七巧唯一能够获得地位的便是她的一双儿女，母以子贵，她的身份便是长白和长安的母亲，依靠这两个与那个残疾的姜二爷有着血脉关系的儿女，她得以在姜家站住了脚跟，在分家时虽然受了欺负，也还是获得了一些足以维持生计的财产。由一个麻油店的姑娘到姜家受人歧视的少奶奶，再到一个母亲，最后到自家院子中的主人，七巧经历了常人难以忍受的磨难，面对出卖了自己一生所建立起来的城堡以及自己所享有的权力，她表现出了神经质的贪婪和爱惜，当她心中的情人姜季泽出现在她面前向她调情时，短暂的喜悦后她首先就怀疑季泽的来意不善，她担心“有把柄落在这厮手里”，爱情的到来并没有冲昏她的头脑，坚实地守护自己的财产如同一根紧紧绷着的弦，丝毫不放松地勒住了她的灵魂。在七巧的心中，儿女既是自己得以在姜家正其名的重要筹码，更是自己的私有财产。其实，在对待长安和长白上，七巧常常表现出了作为一个母亲的亲情，在烟榻上，七巧和长安、长白嗑着瓜子，聊着家长里短时，却也是一副寻常人家其乐融融的景象。在七巧的心中，儿子是她这些年来生命中的唯一的男人，“只有他，她不怕他想她的钱——横竖钱都是他的。可是，因为他是她的儿子，他这一个人还抵不了半个……现在，就连这半个人她也保留不住——他娶了亲”。给儿子娶亲、折磨虐待芝寿、将自己的丫鬟娟儿给儿子作妾、教唆儿子吸大烟，很大程度上，这都成为七巧要将儿子留在身边的手段，儿子和金钱，这二者构成了七巧的全部，那个源自民间活泼的七巧早已经退到了无处容身的地步。除此以外，将女儿长安这一私有财产留在身边也成为她的一个重要心理，为长安裹脚是这种心理的戏剧性外化。而这种颇具守旧和复古意味的行为却与前代有着很大的不同，在明清两代得以风靡的缠足是当时女性美的首要条件，“举世之人，皆相沿成习，家家裹足，似足不小不可以为人，不可以为妇女者”，[①]当时的裹脚在很大程度上是女性为了迎合男性的畸形审美需要而存在的，对于一个女性来说，拥有一双小

① （清）钱泳：《履园丛话》卷二二《杂记·裹足》，中华书局 1979 年版，第 629 页。

脚是比美貌更为重要的，“凌波”、“玉笋”、“绣鞋”成为众多戏曲小说中描写女性的常用词语。而对于男性来说，亵玩女性的小脚，甚至以女性的鞋作为放酒杯的工具，这些都是风流快事。有意思的是，在守旧的姜家人都不再缠脚的时候，七巧却为长安缠脚，这一行为发生在了长安和曹春熹嬉笑被七巧责骂之后，缠脚并不是为了让长安能够成为前代的美女而增添婚姻的筹码，当老妈子们劝说七巧认为裹脚会耽误了长安的婚事时，七巧非但没有听劝，反而将老妈子们呵斥了一顿。在她的心目中，作为自己女儿的长安如同金钱一样是属于自己的私人财产，裹足成为将女儿扣留在深闺之中的幽秘通道，希望能够收住女儿的心，让她一心一意地成为自己的私有，这也促使了她最终拆散了长安和童世舫的婚姻。至此，七巧完成了她人生历程中的所有计谋，她终于守住了自己的财产也成功地将与财产类似的儿女留在了身边，躺在烟榻上走向垂暮的她又想起了她年轻的时候。回忆中的滚圆的胳膊、充满着活力的和男性的调笑，再一次反衬出了现实生活中生命力的匮乏。从这一角度上看，《金锁记》的成功更在于张爱玲不时地用一个富有生命力的鲜活的民间场面，来不时地反照着姜二爷那个孱弱的身体以及变态后的七巧瘦骨嶙峋的胳膊，虽然，作者无意随从时代的大潮去谴责大家庭的罪恶，但是，在细水长流的笔下，封建大家庭自己走上了无可挽回的末路，然而这个末路并不是源于什么主义的冲击，而是自己生命力的消散，民间的鲜活恰好构成了与此的对比。张爱玲笔下那粗豪的民间女子嬉笑调情的场面解构了七巧险恶的女性形象，这同时也在一个隐性主题的层面上，曲折地表达出了作者内心中对于充满活力的、自由自在但却粗鲁的民间的暧昧感情。

四、金素痕：邪恶背后的个性追逐

大家庭带给女性的是无尽的压抑和焦虑，在近似疯狂的氛围中努力争取可以使得自己在家庭中站稳脚跟的权力，抓住一些可视可见的物质性的东西成为她们舒缓焦虑、疗救自身的唯一方法，从压抑走向疯狂，从疯狂走向邪恶，家族小说中的恶女人们常常走着类似的道路。如果说上文提到的女性她们常常倾向于守旧，到了路翎的《财主底儿女们》中，金素痕的出现则证明，女性即便是在形式上走出了家族的大门，或者是有着某些新女性的特征，但是家族的鬼魂却时刻跟随着她，同样地逼迫她走向疯狂和罪恶。金素痕在小说中一开始出现，就与整个蒋家站到了对立的立场上，她的时髦和放荡以及对于丈夫的控制欺骗使得她成为一个罪恶的人物。她出身于一个富有但却变态的家庭，有一个常常骂她为婊子而且有着乱伦行为的父亲和一个放荡丑陋的姐姐，母亲的缺席更进一步地加深了家庭的冷漠无情，在这种畸形堕落的环境中她长大成人并且在和蒋慰祖结婚前就有自己的情人，当她随着慰祖住在苏州时，她表现出了与这个古老守旧、传统而且庄严的家庭的格格不入，她要读书，学法律，敢穿“袒臂的黄底红线的绸旗袍”，她野心勃勃地想要“煊赫的家庭地位，财产，和对亲族的支配权”，借此验证自己超人的管理家政的才能。但是，她并没有能够实现她念念不忘的梦想，父亲金小川的臭名昭著、自己的特立独行使得她在蒋家处于完全孤立的地位，在蒋淑珍过生日时，蒋家人集中表现出了对金素痕的不屑和愤恨。蒋淑珍说：“妹妹啊，我要你点个香烛，也教训教训素痕”；蒋淑媛“轻蔑地笑着走过金素痕”；蒋淑华“因为金素痕的在场，她露出了绝顶的清高”；蒋纯祖“带着困恼的表情，敌意地凝视着走过他底身边的金素痕”；沈丽英愤激地小声说：“要在苏州的话，她就绝对不敢！时髦个屁！她一家子放白鸽！”蒋少祖认为“金素痕是用小孩做新的资本，他说他以为金素痕的头脑是极其腐败的”，“蒋家底人们认为金素痕在嫁到蒋家来以前便怀有财产底企图”，蒋家老妈妈称金素痕为婊子，姑妈“非教训素痕一顿不可！非痛打她！”，“蒋家底熟人们对金素痕总怀着戒备和敌意，他们认为这是由于金素痕，用他们的话说，是罪孽深重的女人”。蒋家人对她生活的不满和鄙视使得她不停地想要冲出这个家门，终于，狡猾的她利用蒋捷三对儿子的疼爱成功去了南京，在南京她终日过着放荡的生活甚至为了和情人相会而彻夜不归，这彻底导致了慰祖的疯狂。在慰祖被父亲带回苏州并走失后，她又颇有心计地将慰祖藏了起来并将自己装扮成了寡妇到苏州去讹诈蒋家，最终气死了蒋捷三。阴差阳错地，蒋捷三死后，本想回来和蒋家和解的素痕却比蒋家姐妹先行到达了蒋家，她再一次地发挥了自己强悍的力量和果敢的手腕，将蒋家的财产席卷一空。似乎，金素痕是成功的，她只身一人与整个蒋家对抗，但是伴随着这些胜利的，却是她自己无穷无尽的失落感和困惑，“社会的眼睛，财产的眼睛，贪婪的男性的眼睛固执地注视着她，使她永远要做出那种自信的，冷笑的，意气高扬的态度来，以掩藏她底可怕的颓唐”。当她和蒋家彻底决裂后，她痛苦地感觉到，“一切已经无法挽回，她是确定地胜利了。她很痛苦，感到悲哀，常常想：怎么会变成这样呢？为了什么呢？”掩盖在这些奋斗背后的，是她无法纾解的心理焦虑和自卑孤独，她所做的一切其实都是一种在变态的心理下对于权力和金钱的追逐，身处于泥沼中的她最终夫死子亡，在多年以后和沈丽英相逢时，她只剩下了憔悴的面庞和带着嘲讽的淡淡笑容的话：

“人生一场梦”。

金素痕的狡诈阴险凶悍和机智、如影随形地伴着她的孤独自卑焦虑以及她身上体现出来的某种张扬个性、争取个人自由的新女性的特质，使得这一人物充满了五味杂陈的传奇色彩。虽然作者倾力和倾情描写的是一个庄严的甚至有些神圣的蒋氏大家族，儿女们各自的奋斗史以及整个家族走向衰颓时所表现出来的悲壮荒凉感，金素痕在整部小说中也只占了很小的分量，她甚至不能算作是一个主角。但是，她的存在不但促成了蒋捷三的死亡，而且成为蒋家最后走向衰亡的最直接的诱因，她强有力的手段如同一记重拳击在蒋家奄奄一息的病体之上，她成为整个蒋家的一个异数，与稳重敦厚的蒋家儿女们构成了强烈的反差。她在狡诈中呈现出了酣畅淋漓的个性的力量，但是，她的力量在反对蒋家这个封建大家族时，却在神经质中走上了一条畸形的不归路而导致了自己的异化。在整个现代文学史上，金素痕虽然没有如同七巧那样具有典型意义而成为一个坐标式的形象，但是，她却在天才作家路翎的不经意描写间成为众多此类家族中恶女人的总括，她既有着潘金莲的淫荡以及邪恶狡诈，又有着王熙凤泼辣精明的才能，同时也有着曹七巧压抑后对于金钱和权力的变态追逐。蒋家人先天的高她一等使得深陷自卑囹圄的她展示出了拓荒者的勇气，在无休止的痛苦的争斗中，她在畸形的欲望伸张中触碰到了个性自由的边角，同时也为这类女性的焦虑和纠葛找到了一个新的出口。

本节重点讨论的是女性欲望的畸形伸张，处于第二性地位的女性在千年的中国传统中，深处于有形的门内，被种种严苛的封建礼教包裹在其中，这些女性常常表现出了焦虑和不安全感，欲望得不到正常发泄的渠道，往往就会表现出种种变形、扭曲。在传统的语境中，她们构成了妇德中所要求的贤良女性的反面，成为恶女人的代表，被人们斥责为淫妇、泼妇，她们也几乎没有好的下场，只能在自作孽中饱尝苦果。潘金莲和庞春梅，这两个中国文学史上最为淫荡的女性，以自己的身体作为筹码，向男性世界攫取自己的利益，在欲望的宣泄中反而最终丧身，欲望在她们这里既有着身体的欲望，同时也有着对于权力和金钱的渴望，这两个构成了不可分割的一体，共同验证着作者对于卷首四贪词就已经注明的对于世人的告诫；其后的任香儿也其实是金、庞二人的余声回响，在向男性世界出售自己的身体时，她显然也成为一个精明的店主；淫荡的女性不但时刻迷醉在自己的欲望之中，而且将与她们有染的男性卷入了万劫不复的漩涡中，她们显然是男性作者们深恶痛绝的对象。但是，一个无需通过这种手段直接驾驭男性的女性，显然也是与她们本身的身份背道而驰的，有着强烈精神病倾向的薛素姐显然是其中最为典型的代表，从一个婚前知书达理的少女到辱骂公婆、虐待丈夫的悍妇，虽然作者用因果报应的框架来加以诠释，但是，从精神分析学的角度讲，她所作出的一系列过激举动其实更源于女性身处于一个封闭的家庭之中而产生的压抑和焦虑情绪，在种种丑怪的面目之后，薛素姐却也颇有讽刺意义地戏谑了父权的权威；赵姨娘这个《红楼梦》中让人厌恶的女性，低下到甚至连亲生女儿都不愿相认的地位，也在一定程度上为她的猥琐和险恶找到了理由；王熙凤这一精明强悍、富有管理才能的女性，她似乎都已经可以僭越男性和女性之间的界限而取得对男性的控制权，她的理性和智慧让她意会到了荣和损的轮回而为自己聚财，但当大厦倾颓之时，她也没有能够力挽狂澜，她的任何僭越的努力都在此付诸东流，越轨的女性遭到了父权社会的遗弃和讽刺；《激流三部曲》中的女性们，她们的恶行常常逃不脱家庭中的龃龉和纠葛，在小奸小坏中为自身争取些微的利益；作为奠定了张爱玲在文学史上地位的重要人物形象，曹七巧在姜家大门中走向变态，她的欲望在被压抑中成为扭曲的金锁，在压抑别人中她似乎获得了纾解自身心理症结的通道，出身于民间的她表现出了与姜家的格格不入，但正是她身上的这种粗俗和野蛮，却不时地对比着姜二爷孱弱的身体而昭示着自身鲜活的生命力；与七巧一样，素痕也是一个家族的异数，她身上融合了众多先前文学中恶女人的特征，但是却在她自己的东奔西突和焦躁中体现了个性自由的曲折和暧昧，从而使得这一人物呈现出了鲜明的时代特征。

第三节　跨越女性身份的藩篱

一、“易装”：僭越者的尝试

内闱的女性在封闭中焦躁甚至走向疯狂，这在很大程度上来源于传统文化对她们身份的规范，在诸多的描写家庭的小说中，作者倾力描绘的是家庭中的是是非非、妻妾们之间的恩恩怨怨以及闺房之中的隐秘情事，女性很少能够脱离这样一个私人空间进入到一个公共空间中去，即便是那些著名的悍妇如《醒世姻缘传》中的薛素姐也没有能够摆脱这一身份对她们的限定，她殴打丈夫、与骗钱的姑子们和不正经的女人们参加庙会，这也只是在挑战着父权社会对于贤妇的规定，对于女性向内的身份，她几乎无能也无心跨越。与此相类似，在这些家族小说中，任何涉及家庭之外的社会活动，都只有男性才能够参加，极少有女性会参与到公共的社会活动中去，即便是能干泼辣的女性，她们的才能也只是主要表现在对于家庭事务的雷厉风行上。但是，家庭的门并不是一堵完全密不透风的墙，在它的开合当中，或隐或显地，常常有些女性悄然地越过了自己身份的界限，成为或者部分地成为男性，将目光延伸到家庭之外的广大的空间，甚至是实现了在男性社会的立足，分享了男性千年的独特权利，而这一跨越，在它的发轫之初，是通过“易装”的策略来实现的。

在中国传统文化中，关于服装有着严格的界限，不但皇帝的衣服和旁人不同，平民百姓和官宦也有不同的衣服，而且，男女之间的衣服也有着严格的区分，服装不仅仅是遮羞御寒的工具，更是一种身份的区别和象征。《礼记·曲礼》规定：“男女不杂坐，不同椸，不同巾栉，不亲授”。[①] 当然，这些规范在各个朝代表现出了不同的特征，关于女性对自身穿着的僭越，历史上也出现过一些女性穿着男性服装的记载，如《晋书·五行志》说：“末喜冠男子之冠，桀亡天下。”[②]《汉书·外戚传》师古注说末喜“美于色，薄于德，女儿行，丈夫心。桀常置末喜于膝上，听用其言，昏乱失道。于是汤伐之，遂放桀，与末喜死于南巢”，[③]在这里，末喜的喜穿男装成为夏桀宠爱她的一个原因，更为严重的是，她的喜好也在后人的眼中直接导致了一个朝代的覆灭。《晏子春秋》卷六则记载齐灵公“好妇人而为丈夫饰者，国人尽服之”，最终为了禁止流行于社会的这一风尚，

---

① 《礼记·曲礼》，陈戍国校注《四书五经》，岳麓书社 2006 年版，第 342 页。

② （唐）房玄龄等撰《晋书·五行志》，《晋书》卷二十七，吉林人民出版社 1995 年版，第 466 页。

③ （汉）班固著，（唐）颜师古注：《汉书·外戚传》，《汉书》第十九册，中华书局 1962 年版，第 3934 页。

齐灵公也不得不舍弃了自己的兴趣。① "唐室大有胡气"②,唐代社会礼教松弛,女性服饰发生了很大的变化,著名的壁画《虢国夫人游春图》中就有很多穿男装的女性。《旧唐书·舆服志》记载:"开元初,从驾宫人骑马者,皆着胡帽靓妆露面无复障蔽,士庶之家又相仿效,帷帽之制绝不行用。俄又露髻驰骋,或有著丈夫衣服靴衫,而尊卑内外,斯一贯矣"。③ 开放的风气造就了有唐一代的辉煌,但是,到了宋代以后,思想界开始反思魏晋至唐代的开放风气,倡导理学,重建道统,这在很大程度上禁锢了女性的自由,贞洁观和风行的缠足恶习使得女性的地位日益低下,这也使得在宋代的文学作品中,"存天理,灭人欲"的同时也消灭了这种某种程度上消弭了性别特征的"易装"题材。但到了明代,这一情况又有所改观,随着明代王阳明"心学"以及市民阶层的兴起,伦理本体已由"理"一转而至"心",由于"心"的本体论地位的提升,被"理"所禁锢的"心猿"终于找到了突围的缺口,它不但如同脱缰的野马驰骋于广阔的草原之上难以驾驭,而且它的不知所止的自我放任的特性,导致了情欲泛滥和礼教的崩坏。与此同时,它也在一定程度上放松了对女性的钳制,一些易装的题材开始在文学作品中出现,明末清初到整个清代的小说,易装成为一个较为多见的主题,其中,女扮男装占了较大的比重。

服装如同闺阁的门一样象征着隔绝,易装不仅仅喻示着对于身份的掩饰,某种意义上,它更是一种僭越。清代女作家陈端生的

---

① 《晏子春秋》第六卷,孙星衍、黄以周校,上海古籍出版社 1989 年版,第 41 页。

② 鲁迅:《致曹聚仁》,《鲁迅全集》第十二卷,人民文学出版社 2005 年版,第 404 页。

③ (后晋)刘昫等撰:《旧唐书·舆服志》,《旧唐书》,吉林人民出版社 1995 年版,第 1198—1199 页。

弹词《再生缘》中所塑造的孟丽君，为了逃避刘奎壁的逼婚，她女扮男装参加科举考试中了状元，官至兵部尚书及丞相，在男性外表的掩饰下，她收了未婚夫皇甫少华为自己的门生，她政绩斐然，深得皇帝的信任，以致皇帝当面赞扬她“千秋世界全凭尔，一国山河尽仗卿”。当身份泄露后，她拒绝回归到女性的角色中去，拒绝皇帝纳其为妃和未婚夫完婚的要求，并宁可伏罪却不愿还原自己的身份。孟丽君的成功不但实现了一个男性在传统文化语境中念念不忘的人生目标，同时，作为一个“伪装的男性”，她更是实现了对女性身份的超越，她的政绩和才华不停地昭示着这样一个荒诞的社会事实：男性和女性的区别有时也就仅仅是源于外表。在家族小说中，由于题材的限制，身份上向内的女性往往没有接触社会的机会，所以常常固守于自己的身份，易装并没有成为女性超越自己身份的主要策略，但也不乏其人，史湘云就是其中的典型。虽然出身于“阿房宫，三百里，住不下金陵一个史”的史家，史湘云由于从小父母去世，被姑奶奶贾母接到贾府，稍大一些以后又被自己的叔婶接回了家，坎坷的身世，使得她没有成为一个淑女，相反，没有了过多的教导反而使得她养成了豪放爽朗的性格。在第四十九回，在雪地中，“众姐妹都在那里，都是一色大红猩猩毡羽毛缎斗篷”，湘云来时，外面穿着被黛玉笑为“孙行者”、“小骚达子”的昭君胡装，里面却穿着男装，“一件半新的靠色三镶领袖秋香色盘金五彩绣龙窄褙小袖掩襟银鼠短袄，里面短短的一件水红妆缎狐肷褶子，腰里紧紧束着一条蝴蝶结子长穗五色宫绦，脚下也穿着鹿皮小靴，越显得蜂腰猿背，鹤式螂形”，众人都笑她“只爱打扮成个小子的样儿，原比他打扮女儿更俏丽了些”。后来，她又和宝玉出主意向凤姐要了一块生鹿肉，和大观园中的女儿们在花园中烤，这一充满生机的

"割腥啖膻"的举止在内敛的女儿国中犹如一股清泉，活泼地激荡在了大观园中，同时也引发了女儿们对于自然天成的自由快意的向往。湘云的这种不羁的性格在第六十二回宝玉的生日中得到了更为完美的表现，"湘云卧于山石僻处的一个石凳子上，业已香梦沉酣，四面芍药花飞了一身，满头脸衣襟上皆是红香散乱。手中的扇子在地下，也半被落花埋了。一群蜂蝶，闹穰穰的围着他。又用鲛帕包了一包芍药花瓣枕着。众人看了又是爱，又是笑，忙上来推唤挽扶。湘云口内犹作睡语说酒令，唧唧嘟嘟说：'泉香而酒冽，玉碗盛来琥珀光，直饮到梅梢月上，醉扶归，却为宜会亲友'。"醉酒的湘云融入在了落英缤纷中，一个"自然之子"的形象跃然纸上，使得这一场景"成为《红楼梦》全书的一个明亮的光斑，令人羡赏，令人欣然"。① 孟丽君的易装是一个女性为了逃脱家庭的劫难而不得不作出的举动，她的成功证明着女性在实现了对于自己身份的跨越后，完全可以与男性一样参与到社会中去，但是，这一人物形象带有着非常多的幻想色彩，是让一个女性借男性的外表去实现的俗世历险，这就如同《穿男人服装的女人》中所说的："刺激的冒险是男人的行为，如果一个妇女进行这种努力，她至少必须穿得像男人。"②与孟丽君不同，湘云的爱穿男装以及不羁的性格并不是要戏剧化地实现一个男性的冒险，她的性格中的男性化以及宝玉性格中的女性化，二者相映成趣，共同构成了《红楼梦》中人物塑造的独特风格，男女性格在形成互补和交叉的同时，也在不时地逾越着二者之间的鸿沟，在弥合中显现出了一定的平等意识。因此，湘云

① 王蒙：《红楼启示录》，三联书店出版社1991年版，第180页。

② ［德］格尔特雷特·雷娜特：《穿男人服装的女人》，张辛仪译，漓江出版社2000年版，第15页。

的男性装扮不是在现实上，而是在个性性格上触碰到了男性的某些特征，而这一特征又不是一般所企望的成功立业的俗世理想，在跨越女性向内的身份限制时，湘云进一步地突破了孟丽君易装的“伪装成一个男性”，她的这一行为是她不恪守内闱的女性规范的表现之一，自由地而不是刻意地游走于男女两性的身份特征下，这在一定意义上使得湘云有了某些个性解放的特点，这个带有着女性主义色彩的行为就如同伍尔夫说的：“性别固然是有差异，但两性也的确会混合。在每一个人身上，性别总是在两极间摇摆，男性或女性的外表，往往仅由衣服来维持，而衣服底下却掩盖着与表面截然相反的性别。由此而产生的复杂、混乱的心态，每个人都是经历过的。”①显然，湘云的易装并不是为了掩盖自己的女性身份，她不同于孟丽君要按照男性社会的准则去幻梦，去实现女性自身的社会价值。易装是湘云性格的一个重要展示，她喜欢“大笑大说”，在众人的眼中她是一个疯疯癫癫的整天“咭咭呱呱”的“话口袋子”，她对待下人的平等态度以及她明净没有心机的内心，这些都无一不在成就着湘云这一近于完美的理想人格。这一人格的形成，很大程度上源于湘云对自身女性身份的忽略和弱化，易装在此处显现出来的女性意识，则在某种意义上超越了孟丽君的易装，而在本质上实现了对于女性性别身份的僭越。同时，对于这一人物充满热情的书写，也证明了作者曹雪芹认同女性、在女性身上寻找理想，摒弃世俗的写作主旨，因此，这也为晚明及清代“尊崇女性”的文人思想潮流提供了一个有力的佐证。

① ［英］弗吉尼娅·伍尔夫：《奥兰多传》，转引自［英］玛丽·雅各布斯：《阅读妇女》，张京媛编《当代女性主义文学批评》，北京大学出版社 1992 年版，第 17 页。

二、才女：进入男性世界

除了史湘云以外，在大多数的女扮男装的题材中，“易装”在成为女性跨越自己身份的一个策略时，往往不得不带有着浓重的幻想色彩，除了孟丽君以外，明中叶徐渭的杂剧《雌木兰替父从军》、《女状元辞凰得凤》，吴伟业的杂剧《临江阁》，王船山的杂剧《龙舟会》，清代女作家王筠的传奇《繁华梦》，何佩珠的《梨花梦》等，这些故事中的女扮男装一般都是让女性在身份上幻化成男性，这些女性白日梦的文本主要是“一种囚禁在深闺洞穴中的女性梦幻”。[①]虽是梦幻，但也体现出了女性不愿固守于自己身份的努力。除此以外，明清时期大量才女也成为女性跨越自己身份界限的另一个现象，这一现象所表现出来的女性的文人化超越了孟丽君式的女扮男装，带有了更多的现实意义。在才女之风盛起之前的小说中，理想的男女性应该是“男才女貌”，“才”是一个优秀男性的标志，女性只要有美貌就可以了，如唐传奇《柳氏传》中写柳夫人是“容色非常”，“翊仰柳氏之色，柳氏慕翊之才”；[②]《霍小玉传》中李益和青楼女子霍小玉相爱是因为“小娘子爱才，鄙夫重色。两好相映，才貌相兼”；[③]《莺莺传》中的崔莺莺也是因为“颜色艳异，光辉动人”而打动了张生；[④]《金瓶梅》中的西门庆的妻妾们也都是在相貌上各有千秋。但是，当明清两代才女大量涌现时，理想中的佳人不但有

① 乐黛云：《无名、失语中的女性梦幻》，《中国文化》1994年第10期，第162页。

② （唐）许尧佐：《柳氏传》，鲁迅辑录，程小明等译注《唐宋传奇集全译》，贵州人民出版社2007年版，第67页。

③ （唐）蒋防：《霍小玉传》，《唐传奇鉴赏集》，人民文学出版社1983年版，第63页。

④ 参见（唐）元稹：《莺莺传》，《唐传奇鉴赏集》，人民文学出版社1983年版，第127页。

貌，更需要有才，世风日炽，出现了很多以家族为单位或者彼此间相联系的女诗人团体，如明末叶绍袁的妻子沈宜修以及她的三个女儿叶纨纨、叶小纨和叶小鸾，都是名噪一时的才女，她们的诗合为一集《午梦堂全集》，备受时人推崇。另外还有清代袁枚的三大女高足：聪明绝世、灵秀通明的严蕊珠；幽艳而诗才杰出的席佩兰；“生而婀娜，有夭绍之容”且“神解尤超”的金纤纤。女作家之多不胜枚举，据胡文楷编著的《历代妇女著作考》收录“自汉魏以迄近代”的女性作家“凡得四千余家”。仅“清代妇人之集，超轶前代，数逾三千”。[①] 另外还有不计其数的女诗人没有出诗集或者将自己的作品付之一炬。这一才女繁荣的空前盛况在传统中国，可谓是一个奇特的现象，女性的展露才华很大程度上得益于男性文人们的鼓励和帮助，他们是女性诗集出版和传播的主要力量，而这些也都源于文人在女性身上找到了某些让他们倾心的特点，这首先是女性的文才和他们对才女边缘处境的认同。从明代开始，文人观念里的理想佳人在美貌之外，还突出了对才的重视，男性文人心目中的美女不只是花瓶式的“窈窕淑女”，而是真正有才华的美女，她们的出现，以红袖添香的方式增加了男性文人的生活情趣，虽然这一现象不得不在某种意义上成为男性文学的点缀，但是，不可否认的是，才女文化的兴起在历来被男性独占的文坛掀起了轩然大波，也成为女性跨越自己身份的一个重要的富有划时代意义的文学现象。在明清两代，文人虽然还居于四民之首，但因为一些文人在科考中长期受挫导致穷困落拓，以及随着资本主义萌芽的发生和思想禁锢的逐渐松动，商人因财富积累而社会地位提升，文人渐感趋

---

① 胡文楷：《历代妇女著作考·自序》，上海古籍出版社 1985 年版，第 1 页。

于边缘，所以认同和自己同病相怜的女性成为才女现象发生的重要原因。在这样的社会背景下，女性的兴趣和生活不再内囿于平凡庸常的家庭琐事和婆媳妻妾之间的龃龉，而是可以从生活情趣和方式上进入男性的世界中去，热衷于琴棋书画，吟诗作赋，举办诗社出版诗集，这些都使得她们身上呈现出了文人化的特征。

在家族小说中，描写才女最多最倾力也最集中的当数《红楼梦》了，小说的开篇作者就指明了以女性为中心的写作意图："忽念及当日所有之女子，一一细考校去，觉其行止见识皆出于我之上"，"然闺阁中本自历历有人，万不可因我之不肖，自护己短，一并使其泯灭也"。但是，作者钟情描写的，并不是一般的女性，而是一个个超凡脱俗的才女，通过对众女性日常生活的描写，小说展示了她们卓越的才艺，她们都博古通今、诗才敏锐、行止风雅且都精通琴棋书画。如同喜好风雅的文人一样，众姐妹分别都有自己的别号，在第三十七回结海棠社时，黛玉认为"既然定要起诗社，咱们都是诗翁了，先把这些姐妹叔嫂的字样改了才不俗。李纨道：'极是，何不大家起个别号，彼此称呼则雅。'"经过讨论，最终诗翁们的别号结果是：林黛玉为潇湘妃子；薛宝钗为蘅芜君；贾探春为蕉下客；贾迎春为菱洲；贾惜春为藕榭；李纨为稻香老农，在第二天史湘云来后，入了社的她也取别号枕霞旧友。由此可见，这些女性建立诗社时，是在有意识地模拟男性文人的吟咏生活，认同风雅的生活情趣，远离世俗的内囿的传统女性的身份定位。改换自己的名字为自己取一个别号，其实也正是她们在这一层面为自己超越女性性别、展示自己卓越的文才而正名，易名在此不是如同孟丽君易装一样的身份掩饰和伪装，却是一种女性才华和真实内心世界的外在表现，是女性在这一意义上"成为"而不是"伪装"为一个文人。为了展示众姐妹的才华，作者不遗余力为她们创造了一个个机会，其中最集中的就是诗社的建立和活动。在第三十七回“秋爽斋偶结海棠社　蘅芜苑夜拟菊花题”、第三十八回“林潇湘魁夺菊花诗　薛蘅芜讽和螃蟹咏”、第七十回“林黛玉重建桃花社　史湘云偶填柳絮词”等以建立诗社为主旨的章节中，大观园中的女性展露自己文才，在这种清雅的环境中彼此交流对人生的感悟，在多次的集社活动以及日常生活中联句、对对子、说酒令等游戏甚至是平常的语言中，她们都显示了自己良好的艺术素养和出色的不同凡俗的才华，而两大女主人公薛宝钗和林黛玉，更是都在学识和才情上不同凡响，平分秋色。她们不但能够作得一手好诗，而且，她们也有着自己对于诗歌写作的独特见解，第六十四回“幽淑女悲题五美吟　浪荡子情遗九龙佩”中，闲中的黛玉以西施、虞姬、明妃、绿珠、红拂为题各作诗一首，宝钗借机论诗：“做诗不论何题，只要善翻古人之意。若要随人脚踪走去，纵使字句精工，已落第二义，究竟算不得好诗。”因此，她赞叹黛玉的这五首诗“命意新奇，别开生面”。在第四十二回“蘅芜君兰言解疑癖　潇湘子戏谑补余香”中，惜春因为贾母叫她画园子时连草木人物都要画上而犯难，宝钗则论道：“藕丫头（惜春）虽会画，不过是几篇写意：如今画这园子，非离了肚子里有些丘壑的，如何成画”，“要看纸的地步远近，该多该少，分主分宾，该添的要添，该藏该减的要藏要减，该露的要露”，“楼台房舍，是必要用界画的”，“安插人物，也要有疏密，有高低”，不仅如此，甚至在作画的笔和纸等工具上，宝钗也显示了自己丰富的学识。虽然如此，作为大观园中最为符合封建淑女规范的知书达理的女性，她还是时不时地显出了一定程度的道学气，如第六十四回她赞叹了黛玉的诗后说：“自古道‘女子无才便是德’，总以贞静为主，女工还是第二件。其余诗词，不过是闺中游戏，原可以会，可以不会。咱们这样人家的姑娘，倒不要这些才华的名誉。”与宝钗相比，黛玉则更多地表现出了一个诗人的气质，敏捷的文思、缱绻的诗情、细腻而敏锐的眼光，这些都使得她在才情这一方面成为大观园当之无愧的佼佼者。在《红楼梦》中，黛玉共创作了19首诗词，其中有绝句、律诗和歌行，每一篇都显示出了她无与伦比的才华。小说不止一次地称赞她过人的才华，如第十八回元春省亲之时，命各人就大观园内的建筑即兴作诗，黛玉不但轻松完成，而且帮助宝玉作了一首，宝玉觉得黛玉作的这首“比自己做的三首高得十倍”；第三十七回，诗社的人们欲以“门”、“盆”、“魂”、“痕”、“昏”五字为韵作七言律，别人都在紧张地思考时，她反倒和丫鬟们在那里开玩笑，等别人全部都做完，她提起纸笔一蹴而就，即成佳句。在生活上，她更是不恪守封建社会对于女性的规范，她的生活重心主要是在诗中而不落凡尘犹如仙子，甚至连女工她也很少做。第三十二回袭人的话从侧面反映了她的这种状态：“谁还肯烦她做呢？旧年好一年的工夫，做了个香袋儿；今年半年，还没见拿针线呢。”关于诗歌，她也有自己独到的见解，当香菱向黛玉请教如何作诗时，黛玉说：“什么难事，也值得去学？不过是起承转合，当中承转，是两副对子，平声的对仄声，虚的对实的，实的对虚的：若是有了奇句，连平仄虚实不对都使得的。”因此可见她在诗歌创作上不墨守成规，任性而为的浪漫主义风格，在她的教导下，香菱也成长为一位诗人，并且加入到了诗社中。另外，第五十回“芦雪庵争联即景诗　暖香坞雅制春灯谜”中，作者描写湘云与黛玉、宝钗、宝琴等人争着联句，这一场景既充满了乐趣，同时也凸显了湘云敏捷的诗才，而她与黛玉的对句“寒塘渡鹤影　冷月葬花魂”更是成为整个小说中凄凉至绝的诗句，是两个少女对于大家族行将没落的最为敏感的体会，同时也是大观园中的女儿们最终悲剧结局的谶语。与《再生缘》中的孟丽君以及《镜花缘》中的唐小山等才女们参加科考的目的不同，《红楼梦》中的才女们重视生活情调的培养，吟诗填词、品茗论禅、琴棋书画等一系列表达她们才气的事例并不是为了在科考上得以折桂，相反，这些都是她们日常生活的一部分，是她们抒发自己内心世界、展示生命的多样性的重要渠道，在这一意义上，她们得以跨越自己的女性身份，实现了女性的文人化。在讨论明清时期的才女现象时，孙康宜认为："这些女诗人强调写作的自发性（重自然、忌雕琢），写作的消闲性（非功利的选择、怡情悦性）及写作的分享性（与二三同好相酬唱）。这种写作的价值观原是十足地男性化的，现在把它与女性联接在一起，等于创造了一种风格上的'男女双性'。"①在这一风气下，《红楼梦》中的才女们也正是通过这种"男女双性"在一定程度上实现了对于自己女性身份的超越。

三、现代娜拉的尴尬处境

陈端生幻梦中男扮女装的女性走向社会，但是在现实中，真正想以女性的身份参加科考而高居宰相之位却是不可能的，《红楼梦》中的才女们在生活上的文人化而导致的"男女双性"，这二者虽然是女性对自己身份的僭越，但是，她们在空间上还仍然是属于闺阁之中的，只能是在某一种意义上的跨越。在《家庭、私有制和国

① ［美］孙康宜：《走向"男女双性"的理想》，《文学经典的挑战》，百花洲文艺出版社2002年版，第306页。

家的起源》中，恩格斯指出："妇女的解放，只有在妇女可以大量地、社会规模地参加生产，而家务劳动只占她们极少的工夫的时候，才有可能。"[①]让女性回到公共空间中去以实现和男性的平等，这一思路在光绪二十九年开始出现，中国女性思想史上第一本系统介绍女权主义理论的小册子诞生，这一事件在理论上迈出了女性解放的可喜一步。作者金天翮有感于"二百兆同胞姊妹"，"不知文明国自由民有所谓男女平权，女子参与政治之说"，于是"苦口陈辞，而著此《女界钟》"，[②]《女界钟》从女性的教育、参政、品德等方面阐释了男女平权的思想，自此，女性革命家、活动家与日俱增，她们的言论主旨都具有明确的权力意识，跨越千年身份的藩篱，也成为她们的首要目标。随着女性活动的日益发展，到了辛亥革命时期，出现了一大批秋瑾一样的女革命家，她们以前所未有的革命热情进行政治活动，各种活动团体如雨后春笋般出现在中国。五四时期，女性运动比辛亥革命时期更进一步，在家庭问题上，恋爱自由，婚姻自主成为女性挣脱封建家庭禁锢走向妇女解放的第一步，有了自主权的女性接着又在教育上获得了与男性平等的权力，在 1915 年由中美合办的私立岭南大学率先开始招收女生，女性和男性开始在同一个学校就读。女性逐渐地开始参加到公共劳动中，职业女性人数增加。巴金《激流三部曲》中的新女性则是这一时代风潮中的弄潮儿，琴以及她的同学们是其中的代表。在小说的一开始，作者便为我们展示了一个新女性的形象，她和哥哥们一起谈论对于政治和社会的看法，她满怀期望地想要到哥哥们的学校去就读，

---

① 恩格斯：《家庭、私有制和国家的起源》，《马克思恩格斯全集》第 21 卷，人民出版社 1965 年版，第 185 页。

② 金天翮著，陈雁编校：《女界钟 · 小引》，上海古籍出版社 2003 年版，第 2 页。

在觉慧的眼中，她是一个勇敢的女子。她崇尚自由恋爱，在与表哥觉民的恋爱中不惧外人的流言蜚语，她帮助受难的女子们逃脱家庭的桎梏，在守旧的高家，她甚至成为高家女儿们心目中的救世主形象，高家女儿们常常因为她的到来而欢欣鼓舞，她所到之处充满了活泼的气氛和女性跨越禁锢的勇气。虽然，在琴的成长道路上，她也会不时地出现一些内心的矛盾和彷徨，但总的来说，作为一个新女性的代表，琴最大限度地展示了当时社会潮流中理想的女性，是女性在空间上离开闺阁的代表，成为女性跨越自身身份藩篱的最直接的力量，同时也是经过了孟丽君、红楼才女们量变后的一次质的飞跃，前者只是在不时地碰撞父权主义脆弱的外沿，琴却直接以最大的勇气直指在父权社会中女性受压迫、牺牲、做玩物的实质，喊出了"要做一个人，一个跟男人一样的人"，"我不走那条路，我要走新的路"的女性千年受压抑和挣扎后的呼声。但是，有意思的是，这一充满了理想色彩的新女性，不可避免地，她拥有着一个男性的领路者，同时也是她的恋人的觉民，恋爱在成为个性解放之表征的同时，更是一种走向新生的力量。《秋》中琴的一句话将这种思想表露无遗，她深情款款地对着觉民说："今天的我，还是你造成的。没有你，我也许会像四表妹那样，我也许会像别的小姐那样；没有你，我也不会跟着存仁、惠如他们认识，我也不会参加我们的工作"，恋爱、革命这二者之间成为互相阐释的关系，恋爱的热情和对恋人的崇拜使得琴走向了集会、办杂志等革命道路，同时，革命也是拯救和保证爱情的重要手段，恋人之间在"去欲望"的前提下，保证了志同道合的纯洁性。因此，剥去了革命和恋爱的层层面纱，再来考察以琴为代表的新女性如何突破身份藩篱，则会发现，新女性在一个男性导师的引导下，重复或者参与到男性的工作中，既而为个性解放和个人的发展增添力量，女性解放是附属于后的。似乎个性解放就包括了女性解放，男女平等就是抹杀了二者的区别，“做一个男人一样的人”，忘记自己的女性身份，才能够谈得上女性解放。但是，既然忘记又何谈解放呢，这一矛盾使得女性对自己身份的跨越在这里被抽象成了一个空洞的能指，因而也失去了自己的本体意义。另外，在《激流三部曲》中出现的领导女同学们剪发的倩如以及逃离大家庭、到上海参加革命活动的淑英，她们的身上也如同琴一样带有着很多概念化的色彩。在平移男性世界的准则来描写女性这一点上，孟丽君和琴们有着本质的类似，但是，并不能因此就否定了《激流三部曲》中的新女性们所带有的意义。孟丽君只是局限在一个女作家的幻梦中，而琴却是真实地走出了女性困守千年的家门，无论如何，先跨出去，这成为琴这样的“五四”娜拉们共同的充满勇气的豪举，是回来还是堕落，没有先跨出去，怎么知道呢。

四、言说自身：《结婚十年》的开拓意义

《激流》中的新女性们热衷于在“和男人一样”的准则上寻找自己解放的道路，但随着“五四”的落潮以及各种革命学说兴起，加之其后到来的战争，使得在“五四”青年眼中富有“个人”和“女性”双重觉醒的“娜拉”有些显得无地自容，尤其是在沦陷区，民族的劫难带来的是高压的言论环境、个人的屈辱、生活的朝不保夕以及及时享乐的现世主义。女性在性别身份上的边缘地位与国家的弱势形成了一种微妙的关系，男性教父在这种环境中的退场让一向以其为导师的女性显得无所适从，但正是在这种环境中，女性却侥幸地成为言说自己的主体，以弱者的身份在时代的洪流中展示着女性

生活的真实境况。在沦陷区的上海，张爱玲和苏青两位女作家是当时红极一时的，她们的成名就是在这样一个奇特的环境中，如同柯灵先生在评价张爱玲时所说的，“日本侵略者和汪精卫政权把新文学传统一刀切断了，只要不反对他们，有点文学艺术粉饰太平，求之不得，给他们点什么，当然是毫不计较的”。[①] 这两位作家都以描写家庭以及都市的中等以上的女性见长，张爱玲着力于通过丰富的想象描述内闱女性的传奇，而苏青却擅长以散文的纪实的笔触翔实地记录女性在大时代的洪荒之中平淡却挣扎的生活历程。张爱玲曾经赞扬苏青：“低估了苏青文章的价值，就是低估了现地的文化水准。如果必须把女人作者特别分作一档来评论的话，那么，把我同冰心、白薇她们来比较，我实在不能引以为荣，只有和苏青相提并论我是心甘情愿的。”[②]苏青直率的性格、平铺直叙的语言、直言谈相的勇气使得她的小说《结婚十年》成为“现代中国小说婚姻实录的佳作之一”。[③] 但是，也正是这种伟大的诚实，使得苏青的小说在书写女性性别体验基调的同时，也就有了跨越历史的力量。当代作家王安忆曾呼吁“寻找苏青”，认为“这城市能撑持到现在，那灯说亮就亮，又是漫漫的一街，都是靠苏青的精神挺过来的。这马路上赶超先进的摩登，十年走完百年的路，也是靠苏青那心劲挺过来的”。[④] 昙花一现般的，苏青很快伴随着上海的重见天日而迅速地谢幕了，1949年后，她退出文坛，以后逐渐走向没落和寂寥，苏青 69 岁辞世，去世

① 柯灵：《遥寄张爱玲》，《柯灵六十年文选 1930—1992》上海文艺出版社 1993 年版，第 382 页。

② 张爱玲：《我看苏青》，陈子善编校《张爱玲集 · 流言》，北京十月文艺出版社 2006 年版，第 244 页。

③ 王德威：《小说中国》，麦田出版有限公司 1993 年版，第 313 页。

④ 王安忆：《重建象牙塔》，上海远东出版社 1997 年版，第 42 页。

时住在狭窄逼仄的几平方米的小房子中，只有家人在身旁照料，晚景凄凉。十几年后，借着女性文学兴起的契机，张爱玲以及“张爱玲的朋友”苏青的名字得以重现，张爱玲热也同时带动了人们对苏青的关注，前者的小说给人的感觉是隔山隔水似的，如同她自己所作的画——巨大的人影从窗口看着一群遗老遗少们，审视中带有着窥探的好奇。但是，苏青的小说却常常令人唏嘘不已，她的两部著名的半自传体小说《结婚十年》和《续结婚十年》描写经过了“五四”洗礼的女性在家庭中作为一个主妇，以及走上社会作为一个职业女性，这二者之间产生的矛盾和隔阂，在突围坚实的男性社会的堡垒时，女性所遭遇的尴尬和艰辛。或许，正是因为苏青直言不讳的大胆的性格，我们才得以透过历史混浊的外表，在她文字喋喋不休的抱怨和诉苦背后，听到女性真实的声音。

《结婚十年》是苏青的代表作，描写的是经过了五四新文化运动以后的女学生苏怀青和自己同校的同学徐崇贤之间婚姻的故事，在两个人恋爱的一开始，他们之间就充斥着新旧混杂的意味。在旧式的媒妁之言后，他们二人开始通过通信彼此了解，此后又在同一个学校就读，婚前的相识也使得二人之间就有着某种自由恋爱的意味，在同学的哄笑声中逃离的身影，那个“穿着白衬衫白西装裤子的颀长的身躯”代替了少女梦想中“白盔甲，插三角旗的英雄影子”，怀青心底里爱慕着自己的未婚夫，“心中觉得快乐而且幸福”，并因此拒绝了很多人的追求。婚礼的进行也是新旧合璧的，坐在传统出嫁姑娘所坐的漆黑而闷气的花轿中，去青年会行文明的婚礼，结婚后夫妇二人分别继续学业，怀青在学校中遇到了应其民，在相处了一段时间以后却因为怀青的怀孕无果而终。经过了连生四个女孩的难堪、在战火中逃生、丈夫的外遇以及夫妇二人感情的破裂、初步地为自己找到了谋生手段、身患结核病怕传染给孩子们而离婚，怀青戏剧性地结束了自己的婚姻生活，进而成为一个以卖文为生的职业女性。从小说的技巧和艺术上说，这部小说似乎不注意语言上的修饰和千回百转，同时代的张爱玲就称苏青的作品是“伟大的单纯”。而这种单纯，却常常是不为别人所接受的，同时期的谭正璧就这样评价过苏青的作品：“我们随时可以在她的作品里读到她的‘赤裸裸’的‘直言谈相’，像‘性欲’‘月经’‘生理需要’……一类在一般文艺作品中不大用到的名词成语，在她的笔下简直是‘家常便饭’。……我对于苏青的大胆直爽，没有女性的扭捏是钦佩的，但是她的过多的‘直言谈相’有时很使我感到肉麻。”他还直说，大多数人读苏青作品“不过是抱着和一般人读《金瓶梅》、《×史》相同的态度”。① 但在“直言谈相”的同时，苏青这种直面自身的勇气却揭开了女性解放的口号中那层暧昧的面纱。将苏青谈论婚姻家庭的散文和这部小说结合起来进行研究，则会对这部小说有进一步的了解，因此发现五四新文化运动中关于妇女解放的诸多缺憾，以及女性在此基础上重新寻找突破自己身份藩篱的可能进路。

有意思的是，在现代文学史上数篇描写家族的小说中，为了突出个人解放的主题，作家们往往把个人和家庭尤其是数世同堂的大家族设置成为对立的关系，封建家长们端着狰狞的面孔扼杀青年的自由，成为双手沾满鲜血的刽子手，而封建家庭伦理所奉行的“父慈子孝，兄友弟恭”的场面也往往被戏剧化地改写成为彼此之

① 转引自盛英：《二十世纪中国女性文学史》(上)，天津人民出版社 1995 年版，第 521 页。

间的格格不入，似乎，家庭脱离了社会，成为一个个悬挂在长廊下的笼子，只要离开它，就可以拥抱蓝天，在此，女性是被归纳在个人之下的，“五四”预约给每个人的光明，似乎在挣脱枷锁之后就一蹴而就。但是，事实并不是这样，鲁迅先生的《伤逝》就描写了出走后的娜拉的悲剧结局，同《伤逝》相比，《结婚十年》则更翔实地描写了婚姻的平常状态，同样都是从自由恋爱走向最终的分手，后者显然没有前者来得惊心动魄，但是，女性娓娓道来的叙事笔触却不像前者在描写涓生和子君二人故事时的匆匆忙忙，而且，最为重要的是，它在一定层面上对于女性是否因为获取了经济权力就可以获得解放、获得与男性平等的地位提出了疑问。在整个小说中，几乎没有出现五四时期家族小说中的那些尖锐的家庭矛盾，虽然有些守旧但是却和善的公公婆婆对怀青很好，在她怀孕和生产以后给她做很多进补的食物，期望抱孙子也只是这一对老夫妇在成规之下守旧的表现，但并没有因此而施各种严苛的手段于怀青。当怀青回家省亲之时，公公婆婆也颇为周到地按照习俗备上大礼。当崇贤从上海放假回来，公公也善解人意地让怀青陪着崇贤坐着，让女儿去厨房帮助料理晚饭。尤其是后来怀青跟着崇贤到上海过小家庭的日子，丈夫在外面有了外遇，怀青却向公公婆婆求救，希望得到他们的声援和支持，以便将丈夫的心拉回到家庭中。在这些琐碎的描写中，我们没有看到沉重的理性思考或者轻歌曼舞的浪漫爱情，婚姻就是婚姻，还原到了本体的状态，虽然是新的旧的交杂在一起，无论是婚礼上的新旧合璧，还是家庭生活中的种种新旧，都自然地混合成为生活的常态。有意思的是，在这些描写当中，我们看到了古代和现代家族小说中一直存在的东西，也即对于日常生活的叙述，这些东西坚如磐石地存在于小说中，与小姑之间的龃龉、对瑞仙和崇贤之间关系的怀疑，这些都时时出现在了以往的家族小说中。在怀青的眼中，小姑子是个歪脖子的丑丫头，“眼珠凸了出来，眼圈上虽涂着青灰的颜色，却掩饰不住她的红眼睑的毛病”，而瑞仙是“脸孔苍白，嘴涂得红菱般的”，这些在某种程度上与本书的上一节提到的《醒世姻缘传》中的素姐有一些类似，即对于出嫁生活的焦虑。在怀青刚刚出嫁到夫家时，她“觉得自己仿佛置身在茫茫无边的大海中央”，“似乎身子驾着一片落叶在大海中飘荡着”，“觉得自己躯壳给摧残了，剩下一颗空洞洞的心，没处安放”，这些心理描写与素姐出嫁前被人掏心的梦境类似，都传达出了一个少女即将在面对新的环境时心中的焦虑，为自己设防，成为她们普遍的做法，只不过，素姐是通过过度的精神分裂似的手段，而怀青却在心理上丑化丈夫身边的年轻女子，将自己与她们推到了敌对的地位。而最终，夫妇之间感情的破裂始于丈夫的外遇，从一个颀长的羞涩的青年到一个事业有成的出入于声色犬马之中的男人，与妻子的种种不协调导致了他们的分手，崇贤在小说中也不是被描写成脸谱式的险恶的男性，如同王国维在评论《红楼梦》时所谈到的，只是寻常的境遇导致了最后悲剧的诞生。从热恋时的亲昵地互称“青妹”、“贤哥”到婚姻中怀青务实地认为“婚姻虽然没意思，但却也能予正经女人以相当方便。一对男女便再没情义些，同睡在一张床上，总也不能相安无事吧?”婚姻的常态一览无遗，爱情的褪色不仅在男性身上，同样在女性身上也得到了表现。经历了五四时期家族小说所描写的女性轰轰烈烈地出走，苏青却实现了一定程度的回归，但并不能因此说苏青的小说就是一种倒退，相反，她直言不讳的女性的生存现实证实，走出了封建家族的大门，恋爱的自由，新思想的冲击，并不能真正地挽救一个女性在婚姻中的失败和给予她们真正的心理慰藉。

在怀青和崇贤从惺惺相惜到最后反目中，一个女性终于因为婚姻的失败而走出了自己的家庭，与“五四”出走的女儿们不同，怀青最终的出走不是主要为了去寻找个人的解放，她的出走某种程度上甚至带着负气的意味，直接的原因是崇贤探病回来后责备怀青不该向父亲告状，导致父亲临死也不原谅崇贤，怀青一怒之下提出了离婚。当然，离婚的动因除了与崇贤感情的破裂、自己生了肺病而怕传染给孩子们以外，还因为她一直是尝试着通过写作这一方式实现自身价值的女性，而这一实现却不是通过革命这样的话语来实现的。耿德华在讨论苏青时将其与谢冰莹《女兵的日记》相比，认为“谢冰莹笔下的人物一开始就与社会习俗不相容。可是，苏青小说里的女主人公却被有意识地刻画成循规蹈矩的年轻妇女，这样，她与社会习俗决裂就不能简单地看作是不可思议的事了”。[①] 不与社会习俗格格不入，却能够从家庭中走出来，这无疑是苏怀青继“五四”革命式的女性后，在女性如何跨越自己的身份藩篱这一问题上的新的路，有点改良的意味，但却诚实而合情合理。苏青本人对于五四时期一些女性思想作出过反思，在《我的女友们》中，文章写到“我”与女友们之间交流的隔膜：“她们正在痛骂男子压迫女子，女人得赶快起来，自谋解放。‘最痛心的是’，她们把话头针对了我说：‘许多有希望的女子，嫁后就完全变了，简直不知道有独立人格！’这类新名词，在四五年前，我也曾把它当过口头禅，如今此调久已不弹，听起来似乎有些深奥。我的意思是，夫妇

① 耿德华：《被冷落的缪斯——中国沦陷区文学史（1937—1945）》，新星出版社2006年版，第86页。

间得互相迁就，互相谅解，难道不‘你一枪，我一刀’的，就没有独立人格了吗？‘独立人格’？我委实不知道自己在什么地方遗失了它？现在该到何处去招寻？但是，事实逼迫着我，又不得不附和着讲些男子薄幸这类话，虽然我至今尚未发现丈夫负心的痕迹。”①在苏青的眼中，理论的高调和现实之间的距离成为“五四”新女性们实现人格独立的障碍之一，而平移男性社会的准则以便实现与男子的平等更是苏青所不赞同的。在谈到女子教育时，她认为新文学的作品，全是男人写给男人看的，“读这类文章读出来的女生，她们在思想上一定仍旧是男人的附庸。她们心中的是非标准紧跟着男人跑，不敢想男人们所不想的，也不敢不想男人们所想的，什么都没有自己的主意。所以我对于一个女作家写的什么：‘男女平等呀！一起上疆场呀！’就没有好感，要是她们肯老实谈谈月经期内行军的苦处，听来倒是入情入理的。”②在否定“跟着男人跑”这条昔日“五四”女性普遍的道路时，苏怀青也为自己选择了职业，作为一个从女性的角度描写对于家庭、婚姻、社会的看法的作家，她尽自己所能地展示了女性人格独立的一条可行道路，在杂志这一媒介上通过喊出女性自身的声音来争取得一席之地，并因此而将女作家这一职业定位成了现实有效的女性突破自身身份的方法之一。正如同埃莱娜·西苏在《美杜莎的笑声》中所说的：“妇女必须参加写作，必须写自己，必须写妇女”，妇女写作可以使得她们“返回到自己的身体”、“实现妇女解除对其性特征和女性存在的抑制关系，从而使她得以接近其原本力量；这行为还将归还她的能力和

① 苏青：《我的女友们》，《苏青文集》下册，上海书店出版社 1994 年版，第207 页。
② 苏青：《我国的女子教育》，《苏青文集》下册，上海书店出版社 1994 年版，第7 页。

资格、她的欢乐、她的喉舌以及她那一直被封锁着的巨大的身体领域”，因此，只有通过写作，“通过出自妇女并且面向妇女的写作，通过接受一直由男性崇拜统治的言论的挑战，妇女才能确立自己的地位”。① 在写作中，苏怀青获得了当一个家庭妇女所不能得到的快乐，“一路捧着稿费回来了，我觉得脚下真个飘飘然了，似乎路上的人都在侧目相看，这是某篇文章的作者哪，这是个这么年青，一个二十一岁的青年女作家”！通过展现女性的现实生活，并因此而初步地涉足文学创作的领域，为自己的生活换取一定的经济保障，怀青在心理上和物质上都获得了前所未有的自足，而且，这一方式也比追随男性革命道路更能够争取到女性说话的权利。但是，如同上面引文中所说的，她还必须面对“男性崇拜统治的言论的挑战”，当她兴致勃勃地以挣得的稿费为丈夫买了叉烧后，丈夫只是冷冰冰地将杂志放到了一边并且劝告怀青以后不要再写作了。苏青在《我们在忙些什么》中就提到了导致女性走向职业的障碍其中之一就是丈夫的阻挠，文章中集聚在一起的女友们愤愤于自己的丈夫“新思想是有的，但结婚后谁都会逼着老婆守旧道德”，“他们决不让妻子有发展或培养能力的机会，只一味用‘男主外，女主内’的道理来压制她，把她永远处于自己的支配之下”。② 在苏青的眼中，“男人是不怕太太庸俗，不怕太太无聊，不怕太太会花钱，甚至太太丑陋些也可以忍耐，就怕太太能干而且较他为强。照社会上一般的观念，女人在男人跟前似乎应该是个弱者，至少也当装得弱

① ［法］埃莱娜·西苏：《美杜莎的笑声》，张京媛主编《当代女性主义文学批评》，北京大学出版社 1992 年版，第 188—195 页。

② 苏青：《我们在忙些什么》，《苏青文集》下册，上海书店出版社 1994 年版，第 52 页。

一些。……女人不妨聪明，却不可能干。能干在家事上犹自可恕，若在社会事业上也要显其才能，便要使男人们摇头叹息。还有女人也不能有学识，因为一般男子也是无甚学识的，他们怕太太发出来的议论远较自己高明得多”。[①] 这种状况在《结婚十年》中被描写得入木三分，丈夫崇贤为了不让怀青写作，甚至抽出时间来带她去跳舞场，去看电影，并且也对她和气了很多。究其原因，一个在经济上甚至可以获得独立的女子，写作意味着男性导师的退场，和女性表达自身的开始，这也理所当然地构成了对男性统治地位的挑战。

在整部小说中，《结婚十年》除了彰显女性在写作上的潜能外，还颇为大胆地对于女性生活的种种进行了描写，从对于小姑等人的不和、到女性生子的体验、女性身体欲望的昭示，苏青都直言不讳地表达了出来。怀青的生育体验是洗去了文化渲染的切身感受：“这样一次又一次地迸着，也不知过了多少时间，在我已有些迷惘，连恐惧悲哀的心思都没有了，只觉得周身做不得主，不知如何是好。痛不像痛，想大便又不能大便，像有一块很大很大的东西，堵在后面，用力迸，只是迸不出来。白布单早已揭去了，下身赤露着，不觉得冷，更不觉得羞耻。”在其他文学作品中被渲染的女性生育的伟大崇高感和新生命诞生的喜悦感在这里统统退出，文字所具有的阐释意义被赤裸裸的生育体验覆盖，还原成了痛苦挣扎的女性身体。除此以外，苏青还常常大胆地在小说中描写女性欲望的身体，对于“饮食男，女人之大欲焉”这一经典的改写成为苏青的

① 苏青：《结婚十年·后记》，《苏青文集》下册，上海书店出版社 1994 年版，第 434 页。

标志性话语，这也同样表现在了《结婚十年》中，但她的描写并不是潘金莲式的纵欲。苏青所描写的是女性正常的生理欲望，她要表现的是一个欲望的主体，而不是被男性欲望化的客体，在和崇贤结婚后怀青回到了学校，她诚实地面对自己身体的欲望："于是我怀春了，不管窗外的落叶怎样索索掉下来，我的心只会向上飘——飘到软绵绵的桃色云霄。而且，从前我对于爱的观念还是模糊的，不知该怎样爱，爱了又怎样，现在我可都明白了。我需要一个青年的，漂亮的，多情的男人，夜夜偎着我并头睡在床上，不必多谈，彼此都能心心相印，灵魂与灵魂，肉体与肉体，永远融合，拥抱在一起。"女性身体在此获得了自由言说的权利，她的欲望和萌动都成为纯粹物质性存在的东西，在去除了所有强加于女性身上或纯洁或邪恶的，在男性权威之下诞生的修辞后，女性的身体通过怀孕、生育以及性等方面昭示了被压抑的经验，而这一经验却是男性所无法想象的。因此，从《结婚十年》对怀青的描写来看，这无疑也是女性在"五四"退潮之后，在男性导师离场之后，面对一片蛮荒之地，女性自主独立地表达自己声音的一种有效探索，而这一探索，在经历了"十七年"文学、新时期文学等时期之后，又重新出现在了当代女作家林白、陈染、海男等的写作之上。从女性跨越自身身份的藩篱这一角度上看，在中国的女性文学史上，苏青的《结婚十年》具有开拓性的意义，无论是女性职业的选择背后所表现出来的获取话语权，还是她在小说中的直言谈相，都使得整部小说在某种意义上成为女权主义的读本。因为从中国和西方女性解放的背景的区别上看，在西方，由于女性的解放源自女性自身独立自觉的发起、组织和壮大，没有男性的合作，男性从运动的一开始就被摒弃于外，所以西方的女性解放运动就有着清醒的男权批判意识。而在中国的女性解放运动中，由于女性缺乏独立性，从一开始，就是附属在社会解放和批判之后，中国的女性往往是在一个男性导师的引导和关怀下走向革命道路的，所以，对于男性的倚重，离不开男性的合作，重社会批判而轻男权批判意识，也就成为中国女性解放中一个致命的缺陷。而《结婚十年》中苏怀青的言说自身显然在很大程度上修改了这一缺陷，这不仅仅成为女性显示自己能力，昭示自身并让自己的欲望反客为主的手段，更为重要的是，这使得一贯领导女性的男性权威受到了挑战，无法如同女性一样切身地言说女性私密的心理感受成为男性领导者的盲点，而苏青的小说恰好正是对这一空白处的填补，同时也为女性跨越身份的藩篱提供了一条新的具有启发性的道路。

在《结婚十年》中，怀青的写作经历是其实现自我价值的一种方式，与此同时，在另外的一些文章中，苏青在扫视了当时的知识女性普遍从事的职业后指出，这些职业并没有能够让女性真正地得到平等，也没有让她们展示个人价值的空间，职业只是生计的手段，或者是平凡庸常生活的时髦装点。如《写字间的女性》中徐小姐纯粹把工作当成打发无聊时光的方法，每天只是打扮好了来这里消耗自己美丽的时光；而身为人母的杨小姐，只是为了获得可怜的维护自己和孩子生活的钱。《看护小姐》中看护小姐们也只是将自己的年轻貌美当作顶要紧的事情，看护妇只是她们临时的职业，在等到钓到金龟婿后就洗手不干了。《家庭教师面面观》中的家庭教师也完全是作为阔人府中的摆设，除了陪孩子玩以外，主要还是陪太太逛街、叉麻将，伺候男主人，而她们乐于从事这一有诸多苦处且价钱不丰的职业主要是因为可以结交阔人，因而提高自己的身份或者谋到更好的出路，这样的职业，当然让女性个人价值的发挥成为一纸空谈。但是，要如同怀青般实现女性的自我价值，冲破男权主义的堡垒，却要付出常人无法忍受的代价，舍弃亲生的子女，独自面对社会的压力和竞争，甚至在自己生病的时候只能自己承受着痛苦，在一个没有真正地实现男女平等的社会，怀青在《续结婚十年》中继续了自己离婚后的种种艰辛，如同张爱玲在《童言无忌》中谈到职业女性时提到苏青说过的话："我自己看看，房间里每一样东西，连一粒钉，也是我自己买的。可是，这又有什么快乐可言呢？"①物质的自立是女性走出家庭的禁锢，实现个人价值的生活保障，但是这种自立却以物质性的坚硬表现了一个职业女性在实现自我价值，以及牺牲自我获取家庭快乐的两难中的无奈和挣扎。

五、曾树生：变异的个性自由

在现代家族小说中，从《激流三部曲》到《结婚十年》中女性为实现自身价值而作出的努力来看，前者归属于一个大的个人解放的社会潮流，要突破的是一个代表封建传统礼教的旧家庭，而后者要突破的是女性对于男性的依附，相比前者来说，显然有着更多的女性意识。如果说怀青对于自己身份的突破来源于作家职业的选择以及对自己欲望的直视，那么，《寒夜》中曾树生的离开小家庭则更多地选择了对于家庭中庸常琐事的厌倦，以及个人对于快乐和自由的向往，但是，这做法却在使得她陷入到了对另一个男性的依附中去的同时，也充满了更多复杂暧昧的意味，因而使得曾树生这

---

① 张爱玲：《童言无忌》，陈子善编校《张爱玲集·流言》，北京十月文艺出版社2006年版，第3页。

一职业女性的形象具有了丰富的内涵。树生和她的丈夫是在上海上大学时的同学，如同五四时期的所有青年一样，年轻时的他们充满了对于自己未来事业的理想，“乡村化、家庭化的学堂”是他们浪漫理想中的事业，在“娜拉”的召唤下，她也是一个勇敢地和丈夫恋爱同居的有着自己独立人格的新女性。可是，社会的现实却轻易地扼杀了他们的理想，文宣成为一个胆小怕事、备受同事和上司欺负的小办事员，而树生则成为一个银行职员，这个职业其实只是把她当作了银行的一个“花瓶”摆设，依靠着自己的美貌和善于交际，她拿着不菲的工资，靠着常常托人做一些投机的生意，她负担着家庭中绝大部分的经济开销。对于这份远离自己年轻时的理想而且身不由己的职业，她也确实产生了厌倦和无奈，她曾向汪文宣表白：“我觉得活着真没意思。说实话，我真不想在大川做下去。可是，不做又怎么生活呢？我一个学教育的人到银行里去作个小职员，让人家欺负，也够可怜了！”但是，事实上，当她作为“花瓶”被摆放在那里时，对于自己身份的侮辱同时也是对她美貌的肯定，在应酬、舞会和交际的成功所带来的虚荣背后，她的所谓的理想也就理所当然地成为一纸空谈，但是吊诡的是，支撑她走出家庭，成为一个追求自由和自身的幸福的女性的，却是五四时期流行的“出走”这样的话语。当她在去兰州或者留下来二者之间徘徊时，汪母的辱骂适时地让她为自己找到了借口，“生命就这样平平淡淡一点一滴地消耗。树生的忍耐力到了最高限度了。她并没有犯罪，为什么应该受罚？这里不就是使生命憔悴的监牢？她应该飞，她必须飞，趁她还有着翅膀的时候。为什么她不应该走呢？她和他们之间再没有共同点了，她不能陪着他们牺牲。她要救出她自己”。从这段话中，我们可以看到，话语在这里被悄然置换，如果拿它和《激流三部曲》相比，则会发现一个有意思的现象，因为爱情而建立的家庭在这里与以前家族小说中的封建大家庭一样，成为消耗生命的监牢，个人的生活成为一种牺牲；而树生决定要飞出去的动力也是如同英雄一样救出自己，觉慧为代表的五四文化是拯救淑英逃离家庭的力量，而树生得以救出自己的也同样有一个男性陈主任。虽然是相同的逻辑表现了一个挣脱家庭的故事，实质却发生了彻底的变化，在树生这里，个人的自由和快乐已经完全等同于了一种物质性的东西，是精美的蛋糕和充满着浪漫情调的咖啡屋就可以代替了的，而树生所摆脱了的家庭的凡庸以及和婆母的龃龉这些东西后去追求的个人解放，也早已被抽去了个人人格独立的精神内核，换成了对于另一个男性陈主任的依附。当她跟随陈主任到兰州去并且过上了自认为幸福的日子时，她提出了和文宣分手，这一事件直接击溃了文宣最后的一线精神支撑，在信中，虽然树生不时地将自己所要追求的快乐、家庭的刻板以及婆母的刻薄作为自己与文宣分手的借口，但是，在信中她不时地恳求着文宣的原谅，之后每个月寄来的生活费以及最后回家看望家人的举动也表现了她心底的忏悔，对于自己自私行为所导致悲剧的无可挽回的自责。可是，在那个荒漠的时代，理想无法实现，人被包裹在现实严峻的考验之下，在公司中担当着“花瓶”般的职务，面对家庭的重担和孱弱的丈夫，任何的努力都如同微风拂过水面般的不留痕迹，没有宗教所预约给你的天堂，除了挽留住以物质和虚假的浪漫为表征的现世，树生还能怎么样呢？在深深地体察了以文宣为代表的一代知识分子理想失落后不得不走向末路的结局后，巴金同样也带着同情刻画了曾树生的痛苦和出走，作者没有一味地苛责她的这种自私行为，在谈到这部小说时巴金说到无论是汪母还是曾树生，都是自私的女人，但是当他“写到曾树生孤零零地走在阴暗的街上，我真想拉住她，劝她不要再往前走，免得她有一天会掉进深渊里去。但是我没办法改变他们的结局，所以我为他们的不幸感到痛苦”。① “没有办法改变他们的结局”成为曾经在五四时期青春激昂现在却逐渐老去的人们的一声无奈的叹息，在这部让自己感到绝望的小说中，作者在哀叹文宣和树生悲剧的同时，也同样在叹息着五四时期青春激情的老去，当抗战这样的关乎民族存亡的时代到来之后，任何追求个人独立的声音已经激不起惊涛骇浪，只能幻化成为戴着面具的虚伪的对于物质的自私追求，以及人和人之间无法弥合的间隔和孤独感，而这一现象却幽灵般的，在今后一次次显出了狰狞的面目。

本节主要考察的是从古代到现代的家族小说中，女性如何一步步地跨越男权社会对自己身份的定位，从而为实现男女之间的平等作出有益的探索。跨越女性身份的藩篱，在文学作品中，刚开始常常通过“易装”这一叙事策略来实现的，清代比较具有代表意义的《再生缘》中的孟丽君在女扮男装后，成功地考取状元并且成为当朝宰相，在被识破后，她拒绝回归女性的身份，这一幻梦式的俗世历险在惊心动魄的故事背后，也不时地肯定了女性的才能并揭示了传统文化对于男女身份区分的荒诞。明清时期的尊女抑男之风在《红楼梦》中得到了充分的表现，同样是穿着男装，史湘云身上所表现出来的文化意义则与孟丽君有所不同，孟丽君是作为一种伪装才穿男装的，而在史湘云那里，她并非想通过易装来“成为”

① 巴金：《谈〈寒夜〉》，李存光编《巴金研究资料》上卷，海峡文艺出版社 1985 年版，第 526 页。

一个男性，这一行为仅仅是她不羁性格的一个证明，在此之后却体现出了她对陈规的不屑和挑战。除此以外，《红楼梦》中对大量才女的描写也是女性跨越自己身份的一个重要表现，在此之前，“男才女貌”才是传统文化对于男女身份的定位，但是，林黛玉、薛宝钗、史湘云等一批才女们出现在大观园中，她们将吟诗作赋、品茗论禅、琴棋书画等高雅之事作为自己的日常生活，在情趣和写作目的上实现了女性的文人化，也因此实现了对于自己身份的僭越。随着五四时期个人解放的潮流，女性解放也随之被提上了日程，如何实现男女平等成为当时一个热门的话题，以《激流三部曲》中琴为代表的新女性在成为一个男人一样的人的口号之下，常常平移男性社会的原则，投身到了革命事业中去。某种意义上，这一做法在抹杀了男女性别差异的同时，也对于女性解放的真实性产生了疑问，但是，作为在社会激荡的转型时期在空间上对自己的身份实现了跨越的女性，琴成为一个颇具开拓意义的女性典型。上海的沦陷造成的特殊环境使得苏青这样的女作家得以戏剧性地走红于文坛，她的《结婚十年》以自己的切身体会，描写了现实生活中女性走出家庭的艰难和可能性，作为一个女作家，苏怀青首先通过书写自己作为一个女性的感受，为自己获得了经济上的保障以及在社会上的话语权，通过真实面对男性无法企及的隐秘世界，女性终于成为言说自身的主体。同样是作为职业女性，《寒夜》中的曾树生却不得不抛弃了自己的理想而成为一个“花瓶”式的女性，面对小家庭中节节升温的家庭矛盾以及懦弱无能的丈夫，在寻求自由和解放的自我安慰下，树生抛弃了家庭而走向了一个有钱人的怀抱，但是，她的这种出走，在个人解放的外衣下掩藏的实质是对物质的崇拜和妥协，以及对于另一个男性的依附。但是，无论如何，在跨越自己身份的藩篱这一点上，家族小说中所表现出来的女性们都是在经历着种种的探索和挣扎，成功和失败如同一对双生子，如影随形。追求和男性的平等成为女性与生俱来的心理情结，但这又是无法一蹴而就的，甚至当社会发展到今天，我们还在望洋兴叹这种平等的遥不可及，但是，谁又能说前辈们的脚步不是深深浅浅地留在岁月泥泞的栈道上，她们带着血泪和欢笑的身影不是永远地飞扬在曼妙的云端呢？

第三章　作为一种文化心理的疾病

第一节　疾病思维方式的运用

从人出生的一开始，疾病作为如影随形的亲密朋友就时刻伴随在每个人的身边，它是健康的孪生姐妹，是人永远无法逃脱和避免的宿命。在其长期的发展过程中，它的存在意义已经不仅仅是夺去人健康和生命的罪魁祸首，而是已经同社会生活的各个方面结合了起来，形成了独特的文化内涵，有着众多的象征和隐喻。如同亚·蒲伯所说："疾病是一种早期的老龄。它教给我们现世状态中的脆弱，同时启发我们思考未来，可以说胜过一千卷哲学家和神学家的著述。"①在中国的传统文字的演变中，"疾"字在甲骨文中是一个人的腋下有一支箭，王国维《观堂集林·毛公鼎铭考释》中说："疾之本字，象人亦下箸矢形，古多战事，人箸矢则疾矣"，②古代战争比较多，参加战争的人中了箭，就是"疾"，"病"，据《说文解

① ［英］亚·蒲伯：《论疾病》，林石编《疾病的隐喻》，花城出版社 2003 年版，第 57 页。

② 王国维：《观堂集林·毛公鼎铭考释》，《王国维先生全集 初编》第十一卷，台湾大通书局 1976 年版，第 4881 页。

字》,“病,疾加也”,是在程度上比“疾”更为严重的。在中国的医疗文化史上,早期的甲骨文上就记载了先民用鱼、枣以及艾叶治疗疾病的卜辞,而早期的医疗是和巫术密切相关的,巫医通过巫术这种特殊的心理疗法成为中国最早的医生。先秦时期诸子的著作中也常常论述到饮食调养等方面的问题,对当时医学的发展产生了一定的影响。《黄帝内经》是先秦时期论述疾病和养生的最为重要的文献,它奠定了中医治疗的理论基础。两汉时期的医学理论体系已经基本形成,在阴阳五行、脏腑经络等方面比先秦有了更进一步的提高。随着这些早期的中医理论的奠定,中医成为中国文化中不可或缺的重要部分,随着人们对于医疗知识的进一步研究深入,到明清时期,已经形成了稳定成熟的中医体系,各种有关医疗和疾病的记载见诸历史记载、笔记小说等作品中,一些作者为了显示自己丰富的学识,常常在自己的作品中对各种疾病的由来和治疗进行论述,其情形蔚为大观,成为后人研究作品的一个有趣的话题。近现代时期是中国历史上的大变革时期,尤其是五四新文化运动开始以后,领导人们以先锋激进的姿态批判传统文化,鲁迅、郭沫若等一批人更是有着学习西医的经历,据此而提倡西医而将中医斥为“有意无意的骗子”,但是,完全否定中医也只是他们的一种态度,中医在他们的日常生活中也常常发挥着功效,如许广平就曾经因为吃了几粒白凤丸而治好了历经几个月的疾病,鲁迅也曾经说《本草纲目》“是很普通的书,但里面却含有丰富的宝藏”。① 无论如何,西医的到来成为中国医疗史上的新鲜血液,打破了长久以来

① 鲁迅:《南腔北调集·经验》,《鲁迅全集》第四卷,人民文学出版社 2005 年版,第 554 页。

中医独尊的局面，为中国的医疗史增添了诸多有益的成分，同时作为新文化运动的一个重要方面，它也为新文化运动对传统的批判提供了一个有力的武器。但是，无论是"中医"还是"西医"，它们在疾病以及治疗的思维中，都有着一个最为基本的准则，即疾病是对于健康的身体造成危害的、需要被诊治从而使得身体恢复健康的一种存在，任何患了疾病的人就是一个非常态、与众不同的人，是需要经过治疗才能够进入正常社会中生存的。从这个思维方式生发开来，任何异于常态的、偏离了正常的运行轨道的行为言语或者思想等，都可以成为疾病，而要让其恢复正常，则需要通过治疗来达到。

一、传统知识分子：自信的医者

用疾病来隐喻社会以及个人生活的失常混乱，是中国传统文化的一个重要方面，如王阳明的关于良知一个经典病理诊断："良知犹主人翁，私欲犹豪奴悍婢。主人翁沉疴在床，奴婢便敢擅作威福，家不可以言齐矣。若主人翁服药治病，渐渐痊可，略知检束，奴婢亦自渐听指挥。及沉疴脱体，起来摆布，谁敢有不受约束者哉？良知昏迷，众欲乱行；良知精明，众欲消化，亦犹是也。"①在疾病和治疗的思维方式下，只有通过服药治病的方式治疗好（即消除）"主人翁"的私欲，家才可以言齐，在这里，疾病的治疗和通过良知消除私欲，在逻辑上是完全相同的。除此以外，疾病还常常被用来隐喻国家的混乱，如戊戌变法前，严复在论述国家之事时，就用了身体这一比喻，"盖一国之事，同于人身。今夫人身，逸则弱、劳则强者，

① 王阳明：《王阳明全集·传习录拾遗》，红旗出版社 1996 年版，第 1130 页。

固常理也。而使病夫焉，日从事于超距赢越之间，则有速其死而已。今之中国，非犹是病夫也耶?”[①]“夫所谓标本并治者，岂非以救时之道通于治病者夫? 盖察病而知致病之原，则其病将愈，唯病原真而后药物得，药物得而后其病乃有瘳，此不易之理也”。[②] 后来的康有为也通过“病夫”来比喻中国当时的状况，提出以变法来治疗中国的疾病:“圣人譬之医也，医之为方，因病而发药，若病变，则方亦变矣。圣人之为治法也，随时而立义，时移而法亦移矣。”[③]虽然，严复和康有为对中国的诊断和治疗手段都有所不同，但是，二者都同时以患病的身体隐喻当时的中国，要使其富强，则首先要对其疾病进行治疗。以这些事例为代表，诸多的思想家都不约而同地用疾病和治疗这样的思维模式对人格修养、社会现实等方面进行讨论，患病的人、人格上的缺陷、国家的孱弱，这些都可以被看作是疾病。找出疾患的原因所在并用合适的方法加以治疗使之恢复正常，是疾病和治疗的思维模式下的共通之处。

这样的思维方式自然也会影响到文学的写作，文学和治疗之间有着千丝万缕的联系，文学作为一种主观的创作活动，大体上可以从两个方面与治疗发生关系。其一就是文学本身对于作者的治疗功能，这一功能一定程度上类似于心理治疗上患者的倾诉，文学是作者宣泄感情，舒缓自己内心张力，寄予理想的地方，如历史上的一些文人，就往往通过写作来书写和宣泄自己的感情，魏晋时期的很多文人有服食五石散(由钟乳石、紫石英、白石英、硫黄和赤石

---

① 严复:《原强(修订稿)》,《严复集》,中华书局 1986 年版,第 26 页。
② 严复:《原强续篇》,《严复集》,中华书局 1986 年版,第 36 页。
③ 康有为:《日本书目志序》,《康有为全集》,上海古籍出版社 1992 年版,第 583 页。

脂等五种药物组成)的习惯,服食后药性发作,全身发痒发热,性格上变得暴躁狂傲,[①]写作便在某种程度上成为舒缓这种狂躁情绪的治疗方法,也就因之诞生了中国文化史上有名的魏晋风度,产生了阮籍、嵇康等一批狂狷不羁的诗人。刘勰在《文心雕龙》中分析汉代扬雄的话"言,心声也;书,心画也"一语后认为:"声画形,君子小人见矣。故书者,舒也。"[②]另外,刘勰还对"箴"提出了自己的看法:"箴者,针也,所以攻疾防患,喻针石也,斯文之兴,盛于三代。"[③]这些都表明了写作对于一个人起到的心理治疗作用,可使人舒缓情绪,甚至防止和治疗疾病。通过书写这样的倾诉方式,作者将自己的感情与他人"分享","这种共通的心境在'我'与'他者'间发生共鸣,双方分享,使倾诉者'我'获得心灵上的补偿、慰藉,也获得了共赴危难之决心和勇气"。[④]

除此以外,文学的治疗功能还主要表现在,疾病和治疗的思维方式在作品中的运用。图姆斯在论述医患关系时说:"医患关系是一种独特的'面对面'关系,它建立在对于患者病情的体验基础上,并且这种关系具有一种特殊的目的需牢记在心(即病人的治愈)。治疗的行动也许包括,但不限于,疾病的治愈。然而,治疗显然是以治疗者对患者的生存困境的某种理解为先决条件。这样一种理解只有当医生(或治疗者)清晰地关注特定患者所体验的病情时才

---

① 参见李良松、郭洪涛:《出入命门——中医文化探津》,中国人民大学出版社 2007 年版,第 9 页。

② (梁)刘勰:《文心雕龙·书记第二十五》,《文心雕龙义证》(中),上海古籍出版社 1989 年版,第 918 页。

③ (梁)刘勰:《文心雕龙·铭箴》,《文心雕龙义证》(上),上海古籍出版社 1989 年版,第 409 页。

④ 余丰:《倾诉与转移——医者眼中的文学疗效》,叶舒宪编《文学与治疗》,社会科学文献出版社 1999 年版,第 150 页。

能获得”。[①] 将文学视作诊断社会或者人生中某种疾患的工具，并提出治疗的手段，开出药方，这其实正是传统文人对于这种医患关系的表现，身处于社会之中，体验社会的症结所在，使得自己成为对于社会的治疗者。这种方式也是他们通过考取功名直接在庙堂之中参与治国之外的，另一个“以天下为己任”的“悬壶济世”的方法，在作品中以医者的眼光诊断出疾患之所在，并提出治愈的方法，这是中国传统小说中通用的思维方式。这一做法在中国传统的家族小说中也不例外，不管它是否真的达到了这一目的或是本于这一目的，一般在序或者跋中，作者总不会忘记标志出他的作品的教喻目的，如《歧路灯》自序说此书“可以感发人之善心”；《醒世姻缘传》希望自己的著作能够使人“于一念之恶禁之于其初”，能够“劝将来君子开卷便醒”；《金瓶梅》更是通篇不忘提醒读者对酒色财气这“四贪”的警戒。在“家国同构”的框架下，“第一奇书”《金瓶梅》通过以西门庆为首的一群纵欲之徒的生活和下场，表达了作者对于晚明时期“私”和“欲”泛滥的社会现状的诊治，在笑笑生的诊断中，整个国家的衰败源于奸臣当道，小说的第十七回宇文虚中弹劾奸臣的奏折：“臣闻边境之祸，自古有之……然未闻内无蠹而外有腐朽之患也。语云：霜降而堂钟鸣，雨下而柱础润。迪吉逆凶，必然之理。譬若病夫，腹心之疾已久，元气内消，风寒外入，四肢百骸，无非受病，虽卢扁之能救，焉能久乎？今天下之势力，正犹病夫尪羸之极矣。君犹元首也，辅臣犹心腹也，百官犹四肢也。陛下端拱于九重之上，百官庶政各尽职与下。元气内充，荣卫外扞，则虏

① ［美］图姆斯：《病患的意义：医生和病人不同观点的现象学探讨》，青岛出版社 2000 年版，第 136 页。

患何由而至哉?”以病夫腹心之疾和元气的残缺来形容有奸臣的朝廷,只有治疗好这些顽疾,才能够像抵抗疾病中外来的风寒一样消除边境之祸,达到治愈国家疾患的目的。小说中奸臣的主要表现就是结党营私,贪污受贿,在西门庆的贿赂之下,上至朝廷的一品官员都对其网开一面,使得西门庆不但生意兴隆而且官运亨通,而西门庆为了自己利益所作出的种种努力,其实也正是在一个理性荒芜的时代,人性中对于物质的痴迷和变态追逐。因之可见,一个“贪”字概括了作者对于整个社会病因的诊断,“所谓贪,就是将人的存在定位在身体欲望的满足之上,建立在对外在之物实在性的认识上。这种自信本心,惟心是从,执持于物,惟物是求的执我和执有,自会导致人的道德迷失、存在迷失和形上迷失”。① 既然找出了病因,则需要开具药方,在小说中,笑笑生先是让主人公们纵情声色,然后在纵欲的极点走向悲剧的结局。阅读小说的人无论如何也不能忘记西门庆最终因肾水枯竭而亡的痛苦场面、李瓶儿的血崩而亡、潘金莲被武松杀死,其五脏六腑都与身体分离且无人收尸,这些场面所造成的恐怖效果如同一柄达摩克利斯之剑,悬在了纵身体之欲望的人们的头顶,让阅读过此书的人在面临贪欲之时便会联想到这些恐怖场景,如同当头棒喝,遏制住纵欲的洪流。如同东吴弄珠客《金瓶梅序》中所说的:小说“盖为世戒,非为世劝也。余尝曰:读《金瓶梅》而生怜悯心者,菩萨也;生畏惧心者,君子也;生欢喜心者,小人也;生效法心者,乃禽兽耳”。② 而能够使

① 冯文楼:《四大奇书的文本文化学阐释》,中国社会科学出版社 2003 年版,第 301 页。

② 东吴弄珠客:《金瓶梅序》,黄霖编《金瓶梅资料汇编》,中华书局 1987 年版,第 2 页。

得君子生畏惧之心的，也就恰恰是这些恐怖场景的设置，使得人们能够达致良知而唤回对于社会的道德意识，从而起到警世的作用。除此以外，作者还通过宗教这样的治疗方式来达到对欲望的遏制而重新树立人们对于道德的敬畏之心，正如欣欣子序言中所说的："无非是明人伦，戒淫奔，分淑慝，化善恶。知盛衰消长之机，取报应轮回之事，如在目前，始终如脉络贯通，如万系迎风而不乱也"，[①]通过"报应轮回"，确立宗教的治疗力量，在繁华和死亡的对等中，一切皆空的宗教道德凸显了出来，"如梦幻泡影，如电复如露"指出了贪欲的虚妄，回归道德，实现对于人生的"明悟"，才是真正应该做的从红尘中解脱的事。正如同林安梧所说的：无论是儒、道还是佛教，其中都"隐含着一套极为可贵的治疗学思维"，"都强调道德实践、心性修养的优先性"，[②]作为一种治疗的手段，在《金瓶梅》中，宗教的关怀显然是致力于昭示物质和欲望的虚无，唤回人们的道德之心，从而达到作者诊治社会疾患的目的。不仅如此，作者在诊断社会的病情，开具了药方之后，还很关心疗效如何，小说的结局是以西门庆的妻子吴月娘的善终为明证，证明了去除贪欲，皈依佛教的人获得的完美的结局，"此皆平日好善看经之报也"。在作者的眼中，如果能够放弃对于贪欲的痴妄，回归到道德之路上去，则完全可以治愈个人以及社会的疾病，国家就能够去除内忧外患，个人也可以获得善终。从以上的论述来看，在《金瓶梅》中，疾病和治疗的思维方式成为整部小说的内在构架，支撑了小说

① 欣欣子：《金瓶梅词话序》，黄霖编《金瓶梅资料汇编》，中华书局 1987 年版，第 1 页。

② 林安梧：《中国宗教与意义治疗》，台湾明文书局股份有限公司 2001 年版，第 2 页。

的体系脉络,促进了故事情节的发展,从诊断出自个人至整个社会的疾病之根源"贪",到为其开具的药方即致良知、回归道德之心、在宗教治疗的框架下重新开启敬畏之心,再到最后吴月娘等人的善终,这一切所体现出来的疗效,都使得作者自觉地站立到了一个"医者"的高度,俯瞰患病的芸芸众生,作者身上体现出来的是传统知识分子"悬壶济世"的人生理想,以及他们医治社会疾患的自信。

以《金瓶梅》为代表,中国古代的家族小说几乎都采用的是这样的一种思维模式,即从诊到治的过程。《醒世姻缘传》描写了晁大舍和狄希陈前生后世的轮回,前生的晁大舍因为射杀了白狐精而且纵容小妾逼死正妻计氏,后世晁大舍投胎为狄希陈,计氏和白狐精分别投胎成为他的妻妾整日折磨狄希陈。在小说的"弁语"中,环碧主人指出当时家庭中的泼妇现象,"你和他和颜悦色的妆那羊声,他擦掌摩拳的作那狮吼;你做那先意承志的孝子,他做那蛆心搅肚的晚娘;你做那勤勤恳恳的逢、干,他做那暴虐狠愎的桀、纣;你做那顺条顺绺的良民,他做那至贪至酷的歪吏;舍了人品,换不出他的恩情;折了家私,买不转他的意象。虽天下也不尽然,举世间到处都有"。作者将这种悍妇现象用一个形象的疾病来加以比喻,"就如脖项上的瘿袋一样,去了愈要伤命,留着大是苦人"。面对这种社会上普遍存在的疾病,作者给其开出的诊断书是前生后世的轮回所导致的,前生种下的因在今世就成为果。而要去除这样的病痛,与《金瓶梅》中类似的是宗教的救赎。在狄希陈即将被妻子素姐害死时,僧人胡无翳使用法术救他生还,在其指点之下,狄希陈虔诚念诵《金刚宝经》一万卷,终于"口内常有异香喷出,恶梦不生,心安神泰",而素姐则是"饮食日减,皮肉日消,半个月不能起床,不惟没了那些凶性,且是连那恶言恶语都尽数变得没了"。

而僧人能够对狄希陈施加援手也主要是因为狄希陈前生晁大舍的母亲常行善事，虔信佛教且终日诵经。因之可见，与《金瓶梅》相类似的是，在对于“疾病”的治疗上，《醒世姻缘传》也采用的是宗教道德这一药方，积善行德多诵经文中所树立的道德敬畏感成为治疗社会国家甚至是家庭内部“疾患”的药方，无论是治疗人的贪欲还是化解家庭内部的矛盾，它都像万验灵丹一样屡试不爽。这种处处使用的灵丹妙药在发挥其神力时总是将人导入了超验的境地中，但是，如果没有碰上这样的高人，得到他们的指点，“疾病”的治愈似乎就成了悬念。与此不同的是，在另一部家族小说《歧路灯》中，作者没有通过一个神奇的僧道，而是在现实的层面实现了对“败家子弟”这一“疾病”的治疗。小说的主人公谭绍闻少年时父亲去世而失教、母亲溺爱加之先生无能和狐朋狗友的引诱，逐渐地陷入到了赌博的深渊中去，输得倾家荡产最后甚至卖掉了祖坟上的树，而且参加到了制造假币的活动中。每当他因为在赌场上输掉巨额银两或者因之牵连上官司而吃尽苦头后，他总是下定决心要痛改前非戒赌，为了能够警醒自己，他曾经恳请老师写下戒赌的箴言，“每日口头念诵几遍”，也曾经在忏悔中撞墙、被逼得离家出走甚至自杀，但是，赌博的快乐一次次地诱惑他违背自己的诺言。作者用“疥疮”这一形象比喻了谭绍闻的这种堕落：“这就如疥疮挠的流出了血，害疼起来，所以再不敢去挠。及至略好了些，这心窝里发出自然之痒，又要重蹈覆辙。况且伶俐不过光棍，百生法儿与他加上些风湿，便不知不觉麻姑爪已到背上，挠将起来。”以“疥疮”这一疾病来喻示戒赌时的反复和煎熬，如何治好这一疾病，作者并没有如同《金瓶梅》和《醒世姻缘传》中的那样在宗教中找到治疗的方式，而是在对于子弟的教育中找到药方，这其实也就是小说数次提到的绍闻之父谭孝移的临终遗言:“用心读书,亲近正人”。虽然这一训诫因为父亲的离世而常常失去功效,但是历经了数次的反复,绍闻最后的悔悟,以及得以高中也时刻在证明着此训不虚,只要能够认真地听从执行这一训诫,就可以远离堕落而且光宗耀祖。在《歧路灯》写作的年代,赌博之风盛行,很多的富家子弟因为参与其中而倾家荡产,面对这样的社会疾患,作者李绿园诊其病因是家教上的欠缺和流氓的勾引,而要治疗的方法就是子弟的“用心读书,亲近正人”,小说的大团圆式的结尾中,谭绍闻和儿子都得以金榜题名,家业再次振兴,这些“疗效”自然也显示了作者作为一个诊治社会疾病的医生“药到病除”的高超医术。在这一系列以疾病和诊断为思维模式的家族小说中,我们可以发现,作家们都是自觉而且自信地将自己定位成一个“医者”,从他们所设置的故事可以看出,他们自信可以通过国家、社会、家庭等疾患的症状,找出病因所在,施以针药便可使其痊愈。在这一医者的思维背后,其实是传统知识分子自觉成为“道”之代表者的心理表现,在《士与中国文化》中,余英时先生就指出源于中国古代礼教传统的“道”,是一个安排人间秩序的文化传统,而传统知识分子的“以天下为己任”、“居庙堂之高则忧其民,处江湖之远则忧其君”的社会责任感主要就是因为他们代表着“道”,“道”尊于“势”(政统),根据“道”的标准来批评政治社会之事,是传统知识分子的职责所在。① 所以,当作为“史之余”的小说在针砭时事时,仍然没有完全脱离载道的身份,在疾病和诊治的思维模式中,代表着“道”的知识分子理所当然地站在了“医者”的位置之上。

---

① 参见余英时:《士与中国文化》,上海人民出版社 2003 年版,第 96 页。

二、现代知识分子:“医者”形象的嬗变

中国传统的知识分子在成为道的代言人的同时,也培养了他们参与社会的信心,四民之首的地位,使得他们自觉地成为专业性的医者。传统文化中道统尊于政统,符合道统的政统才是被认可的,而传统知识分子通过科举考试实现的仕进之路也使得道统和政统在很大程度上合为一体,通过参与到政治中,传统知识分子为自己找到了载道的一条重要途径,因此这也是他们充满自信的一个关键原因。但是,清末科举考试的取缔,使得他们参与庙堂的道路轰然倒塌,缺少了庙堂这一媒介和平台,知识分子如何维护自己“道”之代表的身份,随之而来的新文化运动开发出了一条新路。新文化运动在全盘否定传统的同时,启蒙运动所推崇的民主、科学、平等、自由、个人解放等新的名词代替了传统的“道”。新文化运动者们为了宣扬这种新“道”,实现启蒙的目的,就在庙堂之外自建了一座“广场”。据陈思和先生的论述,这是一个介于国家政权和民间社会之间的知识分子的领域,知识分子希望自己的启蒙主义理想能够在此实现,“广场意识”,就是指“中国知识分子近似于模仿伦敦海德公园的一种实验:他们幻想站在一个空旷无比的广场上,头顶湛蓝的天空,明朗的太阳,脚下匍匐着芸芸众生,仰着肮脏、愚昧的脸,惊讶地望着这些偶像,他们向民众指出,哪里是光,哪里是火,从此世界上就有了光和火”。[①] 在“五四”知识分子的眼中,民众是愚昧的和需要被启蒙的,而发现民众的愚昧其实也就是

---

① 陈思和:《试论知识分子转型期的三种价值取向》,《上海文化》,1993 年创刊号。

诊断出他们的疾病之所在，而给他们开出药方以治愈疾患。但是，在疾病和诊治的思维模式下，与传统知识分子不同的是，“五四”知识分子在启蒙民众、担当一个医者的同时，常常看到病因之所在却无法开具药方，或者甚至可怕的是，他们不但无法将启蒙这一药方施行下去，却发现自己其实也是一个患者，正日益经受着疾病的煎熬。

在新文化运动的参加者中，很多人有着学医的背景，如鲁迅刚开始是在仙台大学学医，在日本东京帝国大学学医的郭沫若后来转向了诗歌创作，和郭沫若就读于同一所大学的郁达夫也放弃了医学转到经济部，最后走上了文学的道路。为什么这么多人都是从医学转向了文学而且最终成为新文化运动的中坚力量呢？鲁迅先生弃医从文的典故具有很大的代表性，青年时代的鲁迅因为父亲的病逝而感觉到中医不过是些“有意无意的骗子”，因而去日本学习医学希望能够改善中国的医疗状况，促进国民对于维新的信仰。但是，当就读于日本仙台的鲁迅在看到一些时事影片后意识到医治好中国人身体上的疾病只不过是增加了几个无聊的看客时，他意识到真正需要的，如同他自己所说，“我们的第一要著，是在改变他们的精神，而善于改变精神的是，我那时以为当然要推文艺，于是想提倡文艺运动了”，①文艺运动是他“揭出病苦，引起疗救的注意”②的一项医疗方案。鲁迅早期的文章《摩罗诗力说》中就显示了鲁迅对文艺“伟力”的深信不疑，但是，随着《新生》的失败

① 鲁迅：《呐喊·自序》，《鲁迅全集》第一卷，人民文学出版社 2005 年版，第 439 页。

② 鲁迅：《南腔北调集·我怎么做起小说来》，《鲁迅全集》第四卷，人民文学出版社 2005 年版，第 526 页。

和《域外小说集》遭受到了冷落，鲁迅进入到了一段沉默的时期，在相信毁坏“铁屋子”的希望有“必无的证明”下，他重新面对启蒙运动时，则走上了一条新的道路，也即“‘诊者’和‘治者’角色的分离”。[①] 这一分离是在失败后意识到了文学力量的有限后诞生的，而文学力量薄弱其实与“五四”知识分子所处的“广场”有关。政治现状的混乱和文化体系上的矛盾使得“广场”缺乏稳定性，没有了如同传统知识分子所赖以“宏道”的政统，仅仅依靠一个本身就充满了矛盾的空间就想启蒙民众，这显然有着很大的挑战和理想色彩。于是，在面对自己药方的无效时，“五四”知识分子很大程度上就失去了传统知识分子的自信，而自觉地从“治者”的位置上退了下来，专注于一个“诊者”的身份定位，这之中充满了痛苦和无奈，同样，这也可以被看成是启蒙运动发生变化的一个重要表现。

疾病与诊治的思维方式同样也存在在巴金的小说中，作为一个刚开始就致力于社会运动的作家来说，关注社会的种种疾患是其主要的目的。在《激流三部曲》中，巴金描写了封建大家族日落西山的凄凉晚景以及它对于青年的禁锢和毒害，封建大家族在无情地按照封建纲常的标准扼杀青年们的幸福时，却也不断地为自己培养了蛀虫而导致病患。巴金用一个疾病形象比喻了这一现象，在《谈〈秋〉》中，巴金回答一个读者对于小说题目含义的提问，“《秋》里面写的就是高家的飘落的路，高家的飘落的时候。高家好比一棵落叶树，一到秋天叶子开始变黄变枯，一片一片地从枝上落下来，最后只剩下光秃的树枝和树身。这种落叶树，有些根扎不深，有些根扎得深，却被虫吃空了树干，也有些树会被台风连根拔起，那么树叶落尽以后，

① 曹禧修：《“诊者”与“治者”的角色分离》，《文学评论》2003 年第 6 期。

树也就渐渐地死亡”。无疑，导致整个高家走向没落的直接原因是克安、克定那样的败家子们，他们沉迷在阔少爷的生活当中，挥霍变卖家族的财产以满足自己的享乐。但是，当小说中大家族走向没落的挽歌慢慢升腾起来时，人们却不时地看到，大家族中真正受到伤害的却是那些渴望幸福和自由的青年，觉新那样的善良但却懦弱的年轻人的生命在大家族的阴影中逐渐走向衰弱，而要实现个人的自由，似乎只有挣脱大家族的禁锢而走向外面的世界。于是，小说就出现了这样的两种疾病，大家族被蛀虫蛀蚀的疾病，以及软弱的青年们在家族中的“作揖主义”和“无抵抗主义”这样的疾病，要治疗前者，则需要使用如同觉慧批判克安、克定时所使用的礼教这一药方，觉慧能够义正辞严地谴责他们勾引老妈子欺侮丫鬟、吃鸦片、包妓女、卖公馆这样的丑事，他所依靠的准则是礼教的规范和爷爷的遗嘱。但是，要治疗觉新等青年在封建大家族中经久压抑所产生的疾病，却需要“大胆、大胆、还是大胆”地冲溃封建礼教。显然，作者清晰地看到了疾患之所在，但在治疗上，却存在着犹疑和矛盾。在《家》的重印后记中他就说自己的小说“像个并不高明的医生开的诊断书那样，看到了旧社会的一些毛病，却开不出治病的药方”。同样，在《憩园》中，作者也通过杨梦痴可恶、可悲却也可怜的一生表达了他对这类家族蛀虫的复杂感情，但是，如何拯救，他也只能如同作品中的黎先生一样无能为力了，而这种无可奈何的状况也正如同巴金所说：“一个人不大容易知道自己的病，所以要请医生来诊断开方。我连一点点医理也不懂，更不用提给自己拿脉看病了。”①不能够充满

① 巴金：《谈〈憩园〉》，李存光编《巴金研究资料》上卷，海峡文艺出版社 1985 年版，第 472 页。

自信地如同传统知识分子一样为社会疾患开出药方，这与一部分“五四”知识分子在实践中面临理想失落的现状密切相关，当政治、社会都处于动荡不安的状态之下，“广场”早已经就成为一个暧昧不明、岌岌可危的空间所在，启蒙运动在民众面前变得疗效甚微，知识分子对于自己文学救国的理想产生了怀疑，鲁迅先生就曾经说过：“中国现在的社会情状，止有实地的革命战争，一首诗吓不走孙传芳，一炮就把孙传芳轰走了。自然也有人以为文学于革命是有伟力的，但我个人总觉得怀疑，文学总是一种余裕的产物，可以表示一民族的文化，倒是真的。”[①]《寒夜》中的汪文宣就形象地成为这些失落了理想的知识分子的典型。在战争的烽火中，曾经和妻子一起对教育事业充满理想、不顾陈规陋习和妻子同居的汪文宣，为了维持生计不得不当一个小公务员，他的善良、软弱、胆小怕事使得他成为同事领导欺负的对象，回到家中，面对母亲和妻子之间无法消弭的矛盾，他只有忍住内心的煎熬受住两边同时袭来的怨气。无穷无尽的公事、慌乱的避难、微薄的工资、家庭的矛盾，这些都不时地将文宣推向了绝境。面对现实狰狞的面孔，理想在哪里呢，除了在遥远的记忆中挥挥苍白的衣袖外，还有哪里能够供理想存在呢。在文宣这里，年轻时理想似乎成为一个妖冶的妓女，在动听妩媚的虚情假意中将人关闭在她淫荡诱惑的房间之中，当青春的热情为她燃烧殆尽后，走出春意盎然的院落，原来外面是飘摇中的荒漠，冷漠、现实、隔阂中充满了令人窒息的、被蛆蛀蚀了的腐朽尸体的死亡的气息。文宣在步入了自己的中年后，就淹没在了

① 鲁迅：《而已集·革命时代的文学》，《鲁迅全集》第三卷，人民文学出版社 2005 年版，第 442 页。

这样的气息之中，一步步地走向自己的末路。如何挽救他呢，作者无法作出解答，只有任其在战争胜利的欢呼声中走向死亡，“但是我没法改变他们的结局，所以我为他们的不幸感到痛苦”。

看到了痛苦所在，却束手无策地看着悲剧的发生，更为重要的是，作者们发现他们自身也正处于这种悲剧之中，这样的心理在某种程度上源于整个新文学中的忏悔意识。陈思和先生早在《新文学整体观》中就对此话题有过详细的论述，他指出，新文学中的忏悔意识是受到西方现代思潮影响的一种意识，而五四时期的文学主要是从“忏悔的人”这条道路接受影响的，《狂人日记》中狂人对于自己的忏悔，或许自己也吃了几片人肉而不自知；郁达夫对于自己畸形的性心理的刻画，这些都是“五四”知识分子在认识到人自身价值的基础上，对于自身血脉之中所遗传的无法更改的罪恶的忏悔。[①] 巴金作为“五四”精神的重要代表者和继承者，这种忏悔意识也同样在他的身上存在着，在 1980 年的《关于〈激流〉》和《关于〈寒夜〉》中，巴老仍然念念不忘对这种意识的坚守，经历了“文革”之后，他的感情又一次与数十年前实现了跨时空的结合，“挖得更深一些，我在自己身上也发现我大哥的毛病，我写觉新不仅是警告大哥，也在鞭挞我自己”；“那么在小职员汪文宣的身上，也有我自己的东西。我曾经对法国的朋友讲过：我要不是在法国开始写了小说，我可能走上汪文宣的道路，会得到他那样的结局”。[②] 这种意识到了巴老的晚年，就形成了他《随想录》的基调，同时也是“五四”知识分子的忏悔意识在当代的重要承传。也因为这种意识

① 参见陈思和：《中国新文学整体观》，上海文艺出版社 1987 年版，第 195—218 页。

② 李存光编：《巴金研究资料》上卷，海峡文艺出版社 1985 年版，第 441、537 页。

的存在，在其家族小说中，身为“医者”也同样是“患者”的巴金就无法为社会的疾患自信地开出药方，但是这种疾患，正如同高旭东在《鲁迅：在医者和患者之间》中评价鲁迅时所说的：“正是新文化运动反传统之后，觉悟的个人从传统的牢笼走出来，在自由的荒原上体认存在的结果。因此，这种病症才能够穿越空间，表现出整个现代人的困境。”①也正是这种集“医者”和“患者”于一身的现代知识分子的身份定位，才使得小说中在批评的同时也处处充满了对于汪文宣、觉新等人的同情。这些在疾病和治疗的思维模式下产生的小说不但使得作家某种意义上从说教者的身份定位——传统社会中的士以及启蒙知识分子的“广场意识”——中解脱了出来，而且这种解剖社会、他人以及自己，品尝自己本心时的复杂的情感体验也使得小说本身充满了张力，从而表现出了丰富的艺术特色和极高的艺术水准。

与古代家族小说相比，疾病和治疗的思维模式在现代家族小说中得到了重要的突破，在继承了传统知识分子“以天下为己任”的社会责任感后，他们仍然致力于诊断社会的疾患。但是，由于不再有着“庙堂”这一传道的平台而是站立在“广场”之上，动荡的政治现状和较为混乱的理论体系使得这一空间充满了不确定性，启蒙运动的效果并不如同理想中的那么显著，加之“五四”知识分子身上所具有的忏悔意识而使得自己也成为“患者”之中的一员。这些都促使了“五四”知识分子从诊治社会疾患的传统角色，逐渐地向“诊”和“治”分离。但是，也正是这样的一种分离，使得小说中的疾病和治疗的思维模式发生了变化，这一变化是知识分子向现代转化的一个重要

① 高旭东：《鲁迅：在医者和患者之间》，《山东大学学报》1991年第1期。

表现，不盲目而简单、过分自信地给社会疾患贴上自己的药方，在棘手的社会问题面前展示自己感情的奔突，对解决问题的万验灵丹持冷静的怀疑态度，这是疾病和治疗的思维模式在现代家族小说中的一个重要变化。鲁迅先生在谈论翻译时曾经谈论过一段恩格斯的话，认为这段话“对于现在的中国，也是很有意义的”，[①]这段话现在翻译为“即使作者没有提出任何的解决办法，甚至作者有时并没有明确地表明自己的立场，但我认为这部小说也完全完成了自己的使命”。[②] 因此可见，“诊”和“治”的分离是以鲁迅为代表的一部分“五四”知识分子的心理历程。但是，也恰恰是这种“诊”和“治”的分离背后所体现出来的矛盾张力和作者感情的徘徊痛楚，也才使得作为一部反映社会问题的小说不仅仅停留在了它的社会病历的身份上，而是凸显了其自身丰富的文学性。小说在这一意义上脱离了传统“稗官野史”中所隐含的“载道”角色，而在某种程度上回归到了自身，个人切身投入到了社会现实当中，不是高于社会的看客，小说也就不再是带有说教意味的窥探者，而是结合了社会批判性和个人性的，具有生命力的对于人生和社会的阐释者。

第二节　疾病的生成：惩罚还是天命

一、疾病：养生学的反面教材

无论是中国古代还是现代的家族小说，它们在描写一个家族

---

① 鲁迅：《南腔北调集·关于翻译》，《鲁迅全集》第四卷，人民文学出版社 2005 年版，第 569 页。

② 鲁迅：《南腔北调集·关于翻译》注释六，《鲁迅全集》第四卷，人民文学出版社 2005 年版，第 571 页。

的历史，其盛衰演变，或者是家庭中夫妇妻妾之间的琐碎小事时，不可避免地总要描写到人的疾病，作为与健康和常态生活同时存在的疾病，在其生成之初就具有了与生命等同的文化意义。它的存在就是生命的存在，疾病的消亡也就表示着生命的永逝，即便有的时候人处于健康状态，但是疾病却总是在下一个驿站钟情地等待着你的光临。很大程度上，当人们无法逃离生和死的轮回时，也其实就无法离开病患这一永存于生命力之中的神奇的存在，在漫长的人类文化史上，当诞生和死亡具有了非常多的文化象征意义时，疾病也同样成为诱使人们思考生命之意义的一个强大动力。如同德国的波兰特所说："疾病是不受欢迎的，而又是人人都能体验的基本经验之一。这个前提使下面的情况成为可能，即人们可以借助疾病引申涉及一些经验和认识，这些经验和认识超越了生病这一反面基本经验。在文学介体和语言艺术作品中，疾病现象包含着其他意义，比它在人们的现实世界中的意义丰富得多。"①在成为超越了自身意义的文化存在时，疾病的多样性也使得自身具有了不同的隐喻意义，疾病的来源、疾患存在于人体的部位、疾病治疗的方法，这些都成为隐喻得以存在和千姿百态的源源不断的力量。

作为一种破坏人的身体健康的反面力量，疾病如何诞生，这成为思考疾病文化的一个重要话题。人类早期的先民常常将疾病归结为一种神秘的因素，即神魔的作祟或者是神对于人类罪恶的惩罚。法国当代著名的社会学家布留尔考察了多位旅行家的游记后

① ［德］波兰特：《文学与疾病——比较文学研究的几个方面》，叶舒宪编《文学与治疗》，社会科学文献出版社 1999 年版，第 255 页。

得出了这种结论，在原始先民的眼中，“在老挝，所有的病，不管什么病，从最轻的到最重的病都是由愤怒的神灵或不满意的死人造成的，傣族人的医学几乎完全不知道自然原因；在孟买，柯里族的土人们把损害男人、妇女或者儿童以致牲畜的健康的疾病，只要是病，都想象成是恶魔或受辱的神的行动造成的；在白尼罗河地区，即使认为疾病不是由什么敌人的阴谋直接造成的，鬼魔诱惑的观念也永远是占统治地位”。① 在古希腊时期的荷马所著的史诗《伊里亚特》中，联军统帅阿加门农抢走了阿波罗神庙祭司的女儿，被触怒的神灵在希腊军队中降下了瘟疫，使得军队的大多数人都因此去世。而《俄狄浦斯》中，因为杀害了前忒拜城国王的人一直没有受到惩罚，因此瘟疫就肆无忌惮地吞噬国人的性命。《圣经》中也同样充满了诸多因为做坏事而遭到天惩因此生病的事例。在古老的中国，这样的观念也一直存在着，民间至今流传的“驱瘟神”等巫术仪式其实也就是神魔导致疾病这一观念的表现。但是，自从先秦开始，中国的巫术和医疗就发生了分化，中医遵循一套与巫术不同的诊断和治疗法则，在中医理论观念中，疾病主要是与人的主观情绪或行为紧密相关的，关于人的生病部位和导致生病的缘由，《黄帝内经·素问·阴阳应象大论篇》最早提出：“怒伤肝，悲胜怒”，“喜忧心，恐胜喜”，“思伤脾，怒胜思”，“忧伤肺，喜胜忧”，“恐伤肾，思胜恐”。② 在强调中庸、凝神静气、心平气和的养生理论中，唯有保持平和的、不偏不倚的状态才是正常的，过度的“怒、悲、喜、恐、思、忧”这些非正常状态下的情绪都会使得人的自然的身体

---

① 余凤高：《病魔退却的历程》，山东画报出版社 2001 年版，第 8 页。

② 《黄帝内经·素问·阴阳应象大论篇》，崔为译注《黄帝内经》，黑龙江人民出版社 2003 年版，第 31—33 页。

偏离正常运转的轨道，都会导致疾病。中医注重养生，即在疾病诞生的源头上通过自身的修身养性避免疾病的发生。这一理论包含了与西方的天惩说不同的出发点，也即人生病主要是由于自身在情绪上或者是行为上的缺憾所造成的，这种缺憾超出了罪恶的范畴，更与个人人格的修养联系到了一起，不完美的人格代替了罪恶而成为疾病的诱因。孔子说过："君子中庸，小人反中庸。君子之中庸也，君子而时中。小人之中庸也，小人而无忌惮也"，这里的"时中"，据孔颖达的解释，"此覆说君子中庸之事，言君子之为中庸，容貌为君子，心行而节其中，谓喜怒不过节也，故云君子而时中"。[①] 这便是讲君子要做到时时节制自己，使自己的言行和情绪保持得恰如其分，既不过分也无不及。孔子在这里讲的是个人的人格修养，这其实和中医理论中的养生之道是在一个出发点上产生的，彼此是可以相通的。于是，修炼个人人格的每日"三省吾身"同时也就可以被看成是防止疾病的重要手段，通过这种自省，人们不仅仅可以防止罪恶和疾病的产生，更重要的是，这也成为锻炼人格的一个有效通路，完美的人格和没有疾病的身体互相阐释，成为同构的关系。但是，作为一个社会中的人，除了通过有意识的修行，才能够摒弃世俗生活中的种种情绪，大部分人都无法超脱凡俗，而不得不出现《黄帝内经》中所说的那些导致疾病的情绪，这些都在历朝历代的文学作品中有所表现。传统的文人常常都以自己的博闻强记而骄傲，很多的文人也精通医理，先秦的孔孟和诸子的著作中大都有关于医理的论述，因为对历代医学著作的研读，很多

① 《礼记·中庸》，李学勤主编《礼记正义》，北京大学出版社 1999 年版，第 1424 页。

的文人不但能够成为医生，而且这些知识也被他们用到了自己的著作中，体现出了他们多方面的知识建构，如著名的《史记》中就有着很多的医学知识，主人公们的疾病和治疗都通过司马迁之笔得到了更为专业的记载和分析。北宋以后，文人从医与日俱增，范仲淹的“不为良相，愿为良医”代表了很大一部分文人的心理，著名史学家司马光和郑樵都编著了很多的医学著作，前者著《医问》在当时产生了很大影响，而后者则写了《本草成书》、《草木外类》等六种医学著作，宋代的苏东坡、陆游，元代的关汉卿、王恽、虞集、许衡、吴澄，明代的宋濂、方孝孺、高季迪，清代的俞正燮、黄以周、杭世骏、陆心源、朱彝尊、孙星衍、钱谦益、俞樾、蒲松龄、刘鹗等文人都是精通医理的著名例子，①这些都使得他们的文学作品呈现出了多彩的艺术特点。在医理方面的丰富知识使得传统文人在写作时，除了习惯地使用寻找疾病和开出药方这样的思维模式进行创作外，他们在作品中也常常会将疾病以及治疗作为推动故事情节发展的重要动力，在家族小说中，这样的情形也不例外，通过对这些作品中疾病的分析，我们可以看出作者对于人生和社会的见解。

疾病作为惩罚，在中国古代的家族小说中也并不是没有例子，如《醒世姻缘传》中的泼妇薛素姐最终的生病而亡就是因为丈夫念了《金刚经》而致的，但这种病症却在意义上只是作为一种简单的道德敬畏感的重新树立而存在的，并没有任何的医理，也不能体现传统文人在医学上丰富的知识，而中国古代家族小说中所描写的疾病所蕴涵的却远远超出了惩罚的意义。在著名的《金瓶梅》中，

① 参见李良松、郭洪涛：《中国传统文化与医学》，厦门大学出版社 1990 年版，第 24—27 页。

从饮食上看，西门家族中就极其注重养生，根据四时气候的不同，中医讲究春、夏、秋、冬都应该有不同的饮食习惯，于是我们看到《金瓶梅》中四季饮食的不同都是符合中医的养生法则的，春夏之际的食谱上，常常出现莲子、菱角等性寒或平的食物，冬季的食物则较为性温，如小说中记载的冬令时节的山药炖羊肉，则是属于冬季进补的重要食物。“法自然”是这些养生理论的基础，将个人看成是自然的一个部分，随着气候的转化通过食物来维持体内阴阳冷热的平衡，这是小说中的养生之道。但是，如果偏离了中庸平和的生活秩序，则需要通过治疗来使得身体恢复正常，拿西门庆来说，因为他整日沉湎于房事，并通过各种催情之物和助兴之药来达到兴奋的极点，为了进补，他的食物中就经常出现一些补肾壮阳的食物，如腰子、人乳等物。在最后他生命垂危之际，他的情人郑六儿送来了一些进补的食物：“送了一盒鸽子雏儿，一盒果饼顶皮酥”，“炖烂了鸽子雏儿，小玉拿粥上来，十香甜酱瓜茄，粳粟米粥儿”，鸽子雏儿具有益气补肾的作用，这是为西门庆脱阳而致的疾病最好的食补。但是，即便是这样的大肆进补，也不能够拯救他纵欲过度所消耗的身体，一切的努力都无法使得他的身体保持平衡，最终肾水枯竭而死。关于他的死因，作者其实在刚开始的序中就作出了评价，“合天时者，远则子孙悠久，近则安享终身，逆天时者，身名罹丧，祸不旋踵”，这里的天时，从养生的角度看，与作者书中所描写的各样的食谱一样，是指人要顺应自然的规律，保持平和和中庸的状态，暴发户式的纵欲和大起大落，必然会对人体造成极大的损害，这也就是西门庆最终走向死亡的直接原因。在小说中，除了西门庆以外，由于纵欲而导致疾病丧生的还有李瓶儿、庞春梅等人，她们也同样是因为毫无节制地放浪自己的欲望而导致了死神的来临。因此，从中医的养生理论上看，他们的疾病和死亡是一种违背天时，违背自然规律，背叛“法自然”的身体和养生原则的表现，这些都是人所处的环境和个人的性格特征所带来的必然后果。疾病在这里不是与生俱来而是后天产生的东西，试想，从小说作者的角度出发，如果《金瓶梅》中的这些人能够理智地对待自己的欲望，能够注重养生和节制，那么，悲剧就可以避免。欲望的放浪行骸，身体的出轨和狂欢成为作者对于社会症结的诊断，在小说里，无节制的欲望既导致了一切的罪恶和道德的沦丧，同时，西门庆等人的悲惨下场也不停地在昭示着这种生活中的错误导致疾病，最终夺取人的性命的可怕现实。与西门庆等人正相反的是，小说中的正面人物吴月娘，与潘金莲、李瓶儿等人比较，小说中仅有少数描写到关于她和西门庆性事的地方，而且都不像西门庆和潘、李等人那么追求变态的快感，对于欲望的节制加上她的善良宽容，最后享有了寿年七十、无疾而终的美好结局。这一完全相反的现实同样也在告诉人们作者对于疾病的看法，即疾病来源于后天的不恰当的生活习惯，而这些习惯的恶劣又往往可以和一个人的人格修养相等同，优秀的品质、完美的人格修养和丰富的养生经验一起建构了一个健康无疾的身体，在这里，疾病是作为一种缺陷而非罪恶的必然结果，受到惩罚的原因主要是由于患病者自身在养生上的误区所导致的，例如西门庆就认为自己在强大的经济能力和性能力的背景下不必节制，可以为所欲为。这种罪恶在作者看来是与“天时”也即以自然规律为准则的养生之道的不合，却并非是由于人无法避免的罪恶所带来的可怕的灭绝种族式的天惩，作者在于给出一种反思，指出人生活之中可以修改的错误，借以完善和加强社会的道德机制。

同样，在《歧路灯》和《林兰香》这样的小说中，作者也指出了个人在性格上的缺陷，以及生活中与养生之道的相左所导致的疾病。《歧路灯》中的谭孝移，是一个为人端方、学问醇正却在处世和生活上谨密小心之人，正是因为他过分的恪守礼教的规范甚至到了迂腐的程度，他不允许自己的儿子小时候到邻居家里去玩，在发觉教授儿子学问的先生不称职时，却碍于面子不肯辞退先生，这些性格都导致了他常常将一些事情郁结在心中，过度的思虑使得他的身体出现了种种病状。他刚开始出现病状是在他出任外省之官后，事务繁忙的他觉得胸膈疼痛，而"念及家事"，"心中闷怅，又添了几分"。(第九回)作者从中医的病理角度对其疾病给出了诊断："总缘人生有性有情，情即性之所发。若是遇的事有点趣儿，听的话有个味儿，心中就可以不致郁结"，"况又有家事在心，鞭长莫及，不免有些闷闷"。后来回到家里以后因为看到儿子看《金瓶梅》、《西厢记》等书，就"猛然一股火上心，胃间作楚，昏倒在地"，加上以后所请医生的无能，乱用药，导致了孝移最终的死亡。《林兰香》中的燕梦卿是一位传统规范中的贤良的女性，为了救父亲，她不惜舍身为奴，为了遵守自己曾经的婚约，她也不惜舍身为妾。但是，她却是一个心思缜密的女性，为人处世处处心存小心，过多的思虑伤害了她的脾胃，以致有了水泻的病根，最后当她看到丈夫寄来的家书中只有四首送给其他几位妻妾的诗时，便觉得"凉气从脚跟逼至腹下，以及胸前顶门。如有人一按，遂眼黑耳鸣，不省人事"，"昏然迷去"，最后"神消气散，奄然死去"。《黄帝内经》中提到："思伤脾"，过多的思虑伤及脾胃，这也同样是谭孝移和燕梦卿致病并最终死去的主要原因，虽然，他们并不是如同西门庆那样作为一个道德沦丧而致病的代表而存在，但是，为人处世上的过度谨慎小心其实也是作为一种生活上的缺陷而存在的，它所导致的心情郁结而致病同样也是古代小说中一个重要的致病因。无论是西门庆的疾病和死亡所昭示的对于道德沦丧者的惩罚，还是谭孝移和燕梦卿性格的缺陷导致的疾病，这些疾病都无疑是后天带来的，作者都试图通过种种对于疾病源头的分析来提醒人们，即如果能够遵守养生之道，吸取他们致病的经验教训，那么，疾病就可以避免。

二、《红楼梦》：疾病的天命所在

在上面分析的这些小说中，疾病都是作为一种恶果而存在的，它存在的主要目的是夺取人的性命，作者对于疾病这一关键词的使用也一般是停留在中医医理的角度上，疾病很少作为审美对象而存在。但是，这一状况到《红楼梦》中得到了改变，作者既在医理方面对于疾病给出了解释，疾病也作为烘托主人公性格和风度的审美而存在，更为重要的是，疾病在《红楼梦》中比在前面所论述的这些小说中，更具有宿命的性质，是一种人存在于世界的无法避免的天命所在。如同人的生命一样，疾病就是一种存在，是一种本身就有着生命力的东西，它与健康共同构成了人的生活，虽然我们总在避免着疾病的到来，但是直到现今科技发展到这样的高度，人总也还不能够自信地宣称已经能够逃避疾病在自己身体中时时刻刻的威胁。如果说人从生到死就是一种无法避免却又充满趣味的历程，那么，疾病同样也应该是这一历程中的一些颇为重要的音符，共同成为生命交响曲中的宏大乐章，如果说人的生存过程是一种必然，那么从某种意义上看，与其紧密相连的疾病其实也是一种必然，用中国传统中对于这种人所无法扭转的现实的定义来看，也可以将疾病实看成是一种“天命”。“天命”是《红楼梦》中疾病的主要来源，在此处论述中主要是指具有宿命论色彩的无法更改的一种因缘际会，而非孔子的“天命”观中所指的可以以人之“德”作为自由维度的个体存在，在明清小说中，这种富有宿命色彩的“天命”是一个重要的话题。“君权神授”是天命观在明清历史小说中的一个重要命题，“天命”不仅仅意味着受命之人有着过人之处，更为重要的，“天”作为一个无限崇高的存在，昭示着它的碌碌子民无法更改的真理性的事实存在。明清的历史小说中无论是帝王将相的诞生，还是他们最终的获胜，都是由“天命”来注定的，如赵匡胤是赤须火龙降临，朱元璋是玉帝身边的金童下凡，李世民是紫薇星，刘邦是赤帝之子，他们的奋斗之路其实都是如同唐僧取经途中的受难一般，必定会终成正果，他们对手的一切努力其实都是徒劳，成为陪练式的人物。这种“天命观”在《红楼梦》中主要就是表现为黛玉、宝玉之间的恋情、黛玉的病以及金陵十二钗的人生历程以及她们的悲欢离合。在小说的第五回“游幻境指迷十二钗　饮仙醪曲演红楼梦”中，作者就先行通过宝玉在太虚幻境中的游历指出了众女子的命运，这一提纲挈领式的总括在某种程度上成为整部小说叙事脉络的框架之外，更昭示了作者的“天命”观，也即众女性在人世中所演练的，其实都是早在太虚幻境中设置好了的，人生如同舞台，真正的导演和编剧在一个凡人所不能及的“幻境”之中，这一“幻境”在话语的表达方式上替代了历史小说中的“天”，但是二者本质上其实是相同的。因为本节重点讨论的是家族小说中人物的疾病，所以，在此处，笔者将考察《红楼梦》中的天命观在各个主人公的疾病上的体现。林黛玉在小说的第三回刚出场时，众人见她“身体面庞虽怯弱不胜，却有一段自然的风流态度，便知她有不足之症”，而她所自述的癞头和尚为其开出的治病之方却也有着神秘的色彩，“若要好时，除非从此以后总不许见哭声；除父母之外，凡有外姓亲友之人，一概不见，方可平安了此一世”，(第三回)这一诊断其实是世外高人对于天机的泄露，黛玉的疾病带有着天命的色彩，来源一段前生的姻缘。在小说的第一回，作者就描写了这种敏感多情、忧郁多愁的疾病的由来，“西方灵河岸上三生石畔一株绛珠草，有赤霞宫神瑛侍者，日以甘露灌溉，这绛珠草始得久延岁月。后来既受天地精华，复得雨露滋养，遂得脱却草胎木质，得换人形，仅修成个女体，终日游于离恨天外，饥则食蜜青果为膳，渴则饮灌愁海水为汤。只因未酬报灌溉之德，故其五内便郁结着一段缠绵不尽之意”，为了报答石头的灌溉之恩，绛珠仙子要跟随下世为人的石头投胎，“把我一生所有的眼泪还他，也偿还得过他了”。(第一回)“三生石”的典故源于唐代李源和和尚圆观两世的因缘，同样也预示了黛玉和宝玉姻缘的前定，“受天地之精华，复得雨露滋养”这一幻境预示了黛玉以后的超凡脱俗和聪敏过人，“游于离恨天外”指黛玉天生就充满了离恨别绪和对于人生丰富敏感细腻的体悟，“蜜青果”这一食物预示了黛玉先天就是多情之人，“饮灌愁海水”指出黛玉体内存在着多愁的因子，“报灌溉之德”指出了宝黛爱情以及黛玉以泪还恩的因缘。所有的这一切都成为日后黛玉性格和生活的纲领，无论故事发展到何种的地步，因缘际会中预先设定的结局总无法更改。黛玉的多愁善感，在第五回中宝玉游幻境时，作者也再次地在仙子们所演奏的《红楼梦》的曲子中提到了这种天命的性格：“想眼中能有多少泪珠儿，怎经得秋流到冬尽，春流到夏”。据《黄帝内经》所述：“忧伤肺”，前世的因缘所注定的多愁善感的性格造成了黛玉肺部的疾病，过多的忧郁和感时伤怀使得她时时地咳嗽耗尽了生命，直至在最后宝玉和宝钗成亲之时达到了离恨的顶点，黛玉在极度的悲伤和绝望中咯血而逝。作者多次提到黛玉因情而生的疾病，在最后宝钗许配给宝玉已经经过家族的讨论确定下来后，第九十六回中黛玉从傻大姐那里得知了这个消息后去找宝玉，二人在这里也彼此道明了疾病的由来，二人的相思导致了彼此的疾病，宝玉的疯癫和黛玉的心窍被迷其实都是二人之间相爱却又不能相守，有缘无分的结果。而他们之间的爱情以及最终梦散高唐般的结局，其实也早就在前生的因缘中已经确定了的，今生所作的一切其实都是一种因果的演练，如同小说中的“好了歌”一样，任何的努力都是徒劳，都是对无形的如椽大笔所书写的神谕的图解。疾病对于黛玉来说，完全是天命之所定，伴随着她的出生和生活，伴随着生命的存在而存在，并不是如同燕梦卿们那样是由于后天的环境而产生的。同样，小说中的另外一个女性主角宝钗所生的病同样也带有着天命的性质，在第七回“送宫花贾琏戏熙凤　宴宁府宝玉会秦钟”中，周瑞家的和宝钗聊天，谈到宝钗的疾病，同样也是癞头和尚为其诊治的，“他说我这是从胎里带来的一股热毒，幸而先天壮，还不相干；若吃寻常药，是不中用的。他就说了一个海上方，又给了一包药末子作引子，异香异气的，不知是哪里弄了来的”，这个药的配方都是用非常巧合的东西所构成，称为“冷香丸”。对于宝钗疾病的分析和药方的开具，体现了曹雪芹在中医医理方面的丰富知识，同时，这也是疾病在小说中带有天命色彩的一个表现。作为看破红尘、解读天命的象征人物，癞头和尚又一次地出现在了治病这一情节之中，“从胎里带来的一股热毒”指出了宝钗疾病的先天色彩，而医治的“海上方”同样也为宝钗的疾病增加了神秘的色彩。宝玉在游太虚幻境中听到的仙子们所唱的[终身误]一曲其实就是宝钗的命运写照：“都道是金玉良姻，俺只念木石前盟。空对着,山中高士晶莹雪;终不忘,世外仙姝寂寞林。叹人间,美中不足今方信。纵然是齐眉举案,到底意难平。”作为传统文化中的贤良女性薛宝钗,虽然嫁给了贾宝玉,但是,却不能如同林黛玉一样和他心意相通,最终贻误了自己的终身幸福。与林黛玉不一样,宝钗总是劝说宝玉用功读书,走仕途经济之路,这些做法在宝玉的眼中是“混账”的,使得二人之间产生了很大的隔阂而无法成为惺惺相惜的知己。但是其实如同“胎里带来的一股热毒”一样,宝钗也曾经在少年时喜欢读《西厢记》一类的写情之书,只不过这种天生的对于自由和热情的向往被家庭的教育强行压制住了。在宝钗的疾病当中,“冷香丸”某种意义上就成为一种压制宝钗先天的热情的隐喻,癞头和尚的再次现身其实也是在进一步地完成命运对于宝钗性格的塑造,药效所至,宝钗就成为符合封建妇德规范的淑女典范,只不过,这也使得她的命运走向了[终身误]中所唱的凄凉结局。除了林黛玉和薛宝钗这两个在《红楼梦》中具有代表性的女性人物之外,我们可以看到,别的在小说中描写到的很多疾病其实都有着天命的色彩,例如贾宝玉失玉之后的精神失常,晴雯最后病死的结局等,这些其实都不时地在印证着太虚幻境中早就拟好了的、个人命运的预先设定。疾病在《红楼梦》中表现出了强烈的“天命”色彩,与前面论述过的几部小说中疾病的后天生成的特征不同,疾病本身就是一种无法避免的存在,与人的性格命运和生命紧密相连的,在这里它具有一种无法更改的,先天的,宿命的性质,并不是随着人的意志来改变的。虽然,无论是林黛玉的肺结核还是薛宝钗胎中带出来的热毒,从中医医理的角度都可以找到相应的证明,但是,作者似乎所要强调的并不在于疾病的诊治或者是给予人们一些养生方面的建议,通过这些疾病的描述,曹雪芹时刻展示出来的是一种自省性的对于人自身命运的认识，掩盖在宿命论和历史虚无主义之下的，是作者作为一个传统的知识分子对于人生的反思，以及对于个人和社会强烈的悲剧意识。作为“天命”的疾病也就超越了历史小说中简单的“君权神授”式的“天命”观，而成为一种真理性的存在，昭示了人生命之中无法改变的某种神秘的因缘，以及变化莫测的人生际遇之后的某些恒常。

三、游离者的悲剧

疾病在《金瓶梅》中被从中医医理的角度上解释成一种含有惩罚意义的，由于人格的缺陷而带来的恶果，在《红楼梦》中被设置成为一种本体性的“天命”所在。到了五四时期的家族小说中，它又在某种程度上成为一种不符合“天时”的表现，只不过，这里的天时，并不是传统文化中“道”的体现，而是新文化的历史潮流。从晚清开始的种种对于身体的论述都与民族的危亡，强国保种联系在一起的，身体的健康成为国家强盛的一个重要条件，拿晚清时期关于女性裹足的论述来说，康有为认为：“欧美之人，体直气壮，为其母不裹足，传种易强也。迴观吾国之民，羸弱纤偻，为其母裹足，故传种易弱也。今当举国征兵之世，于万国竞，而留此弱种，尤可忧危矣”![1] 而谭嗣同则崇尚“动”，崇尚“威力、奋迅、勇猛、大无畏、大雄”的气质，这些都是从功利的角度希望国民身体的强健可以促使国家的强盛。而蔡锷、梁启超、蒋百里等人发起的国民改造运动同样也是要通过对人身体的锻炼使其强健，而达到改变“国力孱

① 康有为：《请禁妇女裹足折》，《中国近代史资料丛刊·戊戌变法资料》，神州国光社 1953 年版，第 242 页。

弱，生气消沉，扶之不能止其颠，肩之不能止其堕"[1]的现状。到了新文化运动中，虽然，新文化的口号是提倡民主和科学，打倒孔教，呼吁个性的自由，个人的解放，陈独秀等人也曾经批评过当时流行的军国民教育，但是，在国家和身体的关系问题上，新文化运动还是和前者在逻辑上有着某些相似之处。《新青年》批评当时青年的身体是"手无缚鸡之力，心无一夫之雄，白面纤腰，妩媚若处子，畏寒祛热，柔弱若病夫"，[2]以至于国民性的孱弱和对外的卑屈。鲁迅先生《摩罗诗力说》中所崇尚的"雄强"之美，这些其实都是在肯定着身体的健康对于国族命运的重要作用。所以说，在国民的健康和国家的振兴上，新文化运动和蔡锷等人提倡的国民改造运动有着很多共同点，都是将个人的健康和国家的命运联系在了一起，只不过二者的进路不同，"新文化运动希望能以人的解放、个性的解放和身体的解放作为起始，来达到国家的最终独立解放；而军国民运动则是试图透过国家生存能力的集体优先培养，来达到个体能力的抒发与树立。为了要达到这个目的，身体的机械化发展和精神意识的一致培养成为后者的主要工作。这个个人在前、国家在后，或者国家在前、个人在后的发展顺序，是新文化与军国民运动在面对身体的存在时，具有的重要差别"。[3] 在这样的背景下，疾病就在某种意义上告别了《金瓶梅》中的惩罚和《红楼梦》中的天命，成为一种与国家现状紧密相连的象征。国力的衰弱可以被看成是疾病，个人在封建礼教下遭到压抑也可以产生疾病，伴随着传统文化的消亡的守旧者的疾病则可以看成是殉葬者的象征。据一

---

① 奋翮生（蔡锷）：《军国民篇》，《新民丛报》1902 年第 1 期。
② 陈独秀：《今日之教育方针》，《青年杂志》第一卷第二号，1915 年 10 月 15 日。
③ 黄金麟：《历史、身体、国家》，新星出版社 2006 年版，第 56 页。

些学者统计，“疾病在五四小说中的出现频率很高，在小说中，‘病’字的出现频率明显高于古代小说，更远远高于十七年小说”，而“病字出现频率高的作品也通常被认为是更具代表性的五四小说作品”。① 在这一时期的家族小说中，疾病同样也是作为一种极具代表性的隐喻而存在的，《激流三部曲》作为这一时期家族小说的代表，同样也描写了很多关于疾病的问题，而且，这些疾病大多发生在守旧的或者是无力与旧势力抗争因而被吞噬的人们身上，而那些站在新文化运动的洪流之中，勇于与旧的家庭斗争甚至决裂的人们，总是那样的健康而富有朝气。《家》中的梅表姐，是一个如同黛玉一样美貌、多情、富有才华和多愁善感的女性，小说正面描写到她的时候，她已经成为一个出嫁后经过了丧夫之痛又回到了娘家的女性，年轻时和觉新的相恋又无力抗争导致了日后的悲剧。经历了众多的磨难后回到娘家的她，在觉慧的眼中，当她微笑时，“是凄凉的微笑，是无可奈何的微笑，她的额上那一条使她的整个脸显得更美丽、更凄凉的微笑，因了这一笑显得更深了”，终日的忧郁压抑，与自己的爱人面对面却又相隔万里的痛苦，使得她一步步地走向了死亡，肺结核夺走了她的性命，当爱人觉新赶到时，她已经成为一具尸体，“安静地躺在床上，眼睛微微闭着。头发飘散在枕畔，瘦削的脸像纸一样白，额上那一条皱纹显得更深了。她的嘴唇微微张开，好像要说什么没有说出来就断了气似的。嘴唇是红的，还有一点血迹，好像已经揩过了，但是没有揩干净”。与林黛玉一样，她也死于忧思过多引起的肺病，但是前者在小说中却是扮演

① 谭光辉：《症状的症状：疾病隐喻与中国现代小说》，中国社会科学出版社2007年版，第182页。

着一个天命所致的角色，这种天命是一种带有对于人生悲剧感悟的、宿命式的、人力所不能及的存在，而后者却是作者用来谴责封建礼教之罪恶的武器，沦陷在其中的年轻人，在本该鲜花般绽放的年纪，却因为郁郁而最终去世。梅表姐的恋人觉新，是个善良但却肩负着家庭重担的男性，过多的顾虑使得他无法与家庭相对抗，只能一次次地妥协在旧势力之下，他的身体虽然没有如同梅一样快速地走向灭亡，但是作者也在小说中一次次地提到他的咳嗽以及吐血等一系列疾病加深的症状。再比如枚表弟，他生活在一个守旧的家庭中，懦弱胆小，根本无法如同觉慧们一样与旧家庭对抗。他的生活中根本就没有自己的任何意愿，而是完全在父亲周伯涛的导演下演绎，甚至他的结婚，也只是成为封建婚礼的一场表演，他“穿着长袍马褂，听人指挥，举动呆板，衣服宽大，活像一个傀儡”，在属于他自己的“重要的喜庆的日子”，“他已经感觉到了压迫，却没有得着自己盼望的鼓舞和安慰。这种情形更减少了他的喜悦，增加了他的恐惧”。没有自由、没有属于自己的快乐，枚以一个瘦弱、苍白、胆怯的可怜虫形象走完了他短暂的一生。除了这些被封建礼教压抑后患病的青年外，恪守家庭规范或者是礼教的执行者们，也随着岁月的洪流逐渐走向了衰亡，这之中典型的要算高老太爷和二叔克明，作为封建守旧人物的代表，他们坚信封建伦常而不越轨，他们用礼教教育子弟，在扼杀青年人幸福和自由的同时，他们自己也逐渐地病入膏肓并走向死亡。与这些患病的人们恰恰相反的是，怀着新文化的信仰的青年们，却都有着健康的身体和充沛的活力，新文化运动带给了他们与旧家庭作斗争，争取个人自由、个性解放的勇气和理论支持，在这些发泄和疏通压抑的孔道之中，他们不但一扫梅表姐们的凄凉，而且，从医学的角度上看，敢作敢为、充满希望的个性经历也是他们身体健康的关键所在。与梅相比，面对自己恋爱和婚姻的阻力时，觉民和琴并不是选择顺从，而是勇敢地与旧家庭作斗争，觉民以自己的离家出走作为要挟，得以解除了和另一个自己所不爱的女性的婚约，而和琴走上了自由恋爱的道路。觉慧、淑英，也都是因为在家庭中感觉到对于自己的压抑，毅然走出家门去寻找自由和真理。在这一富有代表性的家族小说中，“物竞天择，适者生存”的进化论思想在很大程度上显现了出来，作为封建礼教的身体力行者或者妥协于封建礼教的威严的人们，都成为社会进化洪流中的被淘汰者，身体的疾病在这里也就是个人在社会发展中被淘汰的隐喻，既来源于医学意义上长期压抑后产生的身体病变，同时也源于社会达尔文意义上的优胜劣汰。而身体在生物性层面上的健康，使得它成为一种富有潜力和美好未来的象征，因此也就自然和社会的进步、对于新思潮的积极参与、勇于和旧势力作斗争等这些充满希望的事情联系到了一起。通过健康或者患有疾病的身体阐释个人在社会中的地位、行为和未来，这是疾病在《激流三部曲》中的主要表现。与西门庆的纵欲丧身所带来的恶果和《红楼梦》中的天命相比，某种意义上，疾病在《激流三部曲》中也可以看作是一种“天命”，只不过，这种天命并不是《红楼梦》中的那种神秘的不可移易的力量，新文化运动的潮流代替了神秘的天道而存在，成为左右人的命运，或者说决定人身体健康与否的力量。这一“顺者昌逆者亡”的思维使人想起孔子《论语・乡党》中孔子的“时”之说，孔子在这里所说的“山梁雌雉，时哉时哉”①中的“时”，就有把握时运之意，而把握

① 《论语・乡党》，陈成国校注《四书五经》第一卷，岳麓书社 2006 年版，第 113 页。

时运同样是孔子"天命观"中的一个重要命题。只有把握机会的人,才能得到天命的眷顾,从这一意义上看,觉慧等为代表的新青年也正是把握时机,与时俱进的人,个人的自由和解放、民主和科学在成为青年们所追求的目标的同时,还替代了孔子天命观中的"天",成为一杆新的标尺和宗教。如同物种进化途中的被淘汰者一样,疾病在梅芬和枚表弟以及二叔克明的身上,成为被时代潮流遗弃的最恰当的隐喻。另外,《憩园》中的杨老三因为没有任何自己谋生的能力,依靠祖产寄生虫般地生活,最终穷困潦倒生病而亡,他其实也就是《激流三部曲》中克安和克定等人下场的补充,在一棵行将腐朽、根已经烂去的大树中生活着,无论是克明般的枝叶树枝,还是克安克定般的蛀虫,都最终会随着这棵大树的消亡而死去,皮之不存,毛将焉附,轰轰烈烈的大潮涌来之时,旧其实也就成为死亡的代言词,疾病则是加速其生命进程的一个必要手段,促使一切与新相对立的东西全部快速地走向万劫不复的黑暗中去。

关于"五四"潮流的力量,张爱玲有一句话说得很经典,在她的《谈音乐》中,她这样说道:"大规模的交响乐自然又不同,那是浩浩荡荡五四运动一般地冲了来,把每一个人的声音都变了它的声音前后左右呼啸嘁嚓的都是自己的声音,人一开口就震惊于自己的声音的深宏远大;又像在初睡醒的时候听见人向你说话,不大知道是自己说的还是人家说的,感到模糊的恐怖。"①五四运动的这种权威性的力量,在张爱玲的眼中显得是有些霸道和不近人情,以自由民主相标榜的五四运动,在张爱玲这里却淹没了个人的声音,个

① 张爱玲:《谈音乐》,陈子善编选《张爱玲集・流言》,北京十月文艺出版社 2006 年版,第 179 页。

人的无力感在历史的洪荒之中毕现无遗。张爱玲的小说常常是要在寻常的生活中寻找到传奇，在她的《传奇》再版的序中，她这样说道："将来的荒原中，断瓦残垣里，只有蹦蹦戏花旦这样的女人，她能够夷然地活下去，在任何时代、任何社会里，到处是她的家。"①与此相同的，她也在《倾城之恋》中表达了她对人生和命运的看法："在这兵荒马乱的时代，个人主义是无处容身的，可是总有地方容得下这对平凡的夫妻。"张爱玲对于凡俗而平庸的生活充满了感情，她对于碌碌生存着的人们充满了温暖的体恤，她也希望从他们的生活中提炼出她自己人生哲学中安稳的底子。但是，张爱玲是一个敏感的作家，虽然她总是有意识地回避时代潮流的裹挟而试图为世俗正名，与此同时，她还是无奈地看到，她所爱的颓靡守旧而又平庸的普通人，在新的潮流面前，他们的命运也只能是渐渐地随着夕阳的西沉熄灭下去。从这一角度分析张爱玲笔下那些可怜的平庸的而且毫无出路的人们，他们的最终患病死亡其实某种意义上也来源于和社会达尔文主义相类似的，优胜劣汰的生存法则。虽然，张爱玲并没有如同巴金一样充满热情地描写新青年们的健康和光明的未来，她也没有兴趣通过对这些新青年的描写来反衬旧式人物的绝望，但是，旧的一切无可奈何地走向衰亡却是她和巴金的家族小说中表现出来的一个共同的话题。疾病和种种不健康的畸形的形象在张爱玲的小说中比比皆是，用以表达她对于那个远离潮流的、被历史抛弃了的、可悲的遗老遗少们的生活和命运的最为直观的审视和想象。《金锁记》中，七巧的丈夫"坐起来，脊梁

① 张爱玲：《〈传奇〉再版的话》，陈子善编选《张爱玲集·倾城之恋》，北京十月文艺出版社2006年版，第458页。

骨直溜下去，看上去还没有三岁的孩子高”，畸形的身体构成了张爱玲对于高门深院中的人们形象的表达。与巴金小说中的克明类似的是，张爱玲笔下守旧的人们不但自己生活在陈旧的空气中，他们也将别人束缚在了充满腐朽细菌的空气中，七巧因此也似乎就“过上了残废的气”，这气息逐渐地透到了她的夹袄中，渗到她的皮肤里，直至与她的血一同流淌，将她锻炼成了阴险狠毒到了疯狂地步的女鬼，在无光潮湿的门内世界中，青面獠牙地将别人的幸福吞噬，从而企图以此来疗治自己的痛苦和深入骨髓的疮疤。而《花凋》中的郑先生则是“长得像广告画上喝乐口福抽香烟的标准上海青年绅士，圆脸，眉目开展，嘴角向上兜兜着，穿上短裤子就变了吃婴儿药片的小男孩，加上两撇八字须就代表了即时进补的老太爷，胡子一白就可以权充圣诞老人”，这个“酒缸里泡着的孩尸”在女儿面前不像父亲，在妻子面前不像丈夫，当川嫦的病情或许会因为云藩开出的西药而有转机时，他只是担心会因为这些开销而生活艰难，他仿佛只是家庭中的一个叫做“丈夫”和“父亲”的摆饰，与劣质仿红木的博古架上那粗糙的仿制古董一样，无用老气却又时时体现着没有底气的虚荣。在《花凋》中，父母是寻常的守旧的自私的父母，恋爱是一种没有选择余地的身不由己的恋爱，张爱玲展现给我们的，是一个不温不火的、没有剧烈的矛盾冲突却日益走向死亡的门内世界。一个旧式的女子川嫦就在这里走向了年轻生命的终点，疾病所带来的畸形的身体在川嫦的身上得到了最为震撼的展示，在川嫦疾病日益加重时，她的“脸像骨架子上绷着白缎子，眼睛就是缎子上落了灯花，烧成两只炎炎的大洞”，李妈背她下楼，“趴在李妈背上像一个冷而白的大白蜘蛛”，她上了街，发现“到处有人用骇异的眼光望着她，仿佛她是个怪物”，恐怖的充满鬼气的意象在这里达到了炉火纯青的地步，旧式的美丽少女终于成为后花园中游荡着的凄凉的女鬼，永生永世地隔绝在了时代无法触碰到的幽暗之中。而那被妻子管着的年过六旬的米先生（《留情》）也是“整个像个婴孩，小鼻子小眼睛仿佛不大能决定他是不是应当要哭。身上穿的西装……就像打了包的婴孩，也是直挺挺的”，这样的婴孩式的人物，去看望将死的前妻也要小心地向现任太太申请，如此可笑而可悲的事情得以发生自然也不会出乎读者的意料之外，无论是他的现任太太对他手下留情（“恩准”他去看望前妻），还是米先生去对他的前妻尽留情之义务，这些情义都是渺小无奈的，甚至带着些虚假和不情愿、不得已。张爱玲笔下人物都如同她自己的父亲一样，“懒洋洋灰扑扑地活下去”，活在了有着“古墓的清凉”，“永远是下午，坐久了便觉得沉下去”（《私语》）的房间中，等待着末日的来临。在张爱玲的小说中，疾病和丑怪的身体共同完成了她对于旧式人物的想象，患病的和畸形的身体形象地将一个维系了千年的时代的老去，和生活在其中的个人因为无法跟随时代而导致的畸形奇异地融合在了一起，象征着被时代所遗弃的人们的无可奈何的人生。与世隔绝的被风雨剥蚀了的大门成为他们苟延残喘的最后阵地，他们在门内的世界中我行我素，让这个本来古墓般的世界更加清凉，门内人人都因着了这凉气咳嗽着，重的如川嫦般生着肺痨，病入膏肓。

综上所述，西门庆的暴病而亡象征着一个善于钻营的暴发户纵欲过度的惩罚，《红楼梦》中的种种疾病则是与人的生命共同产生的带有宿命色彩的天命，而到了现代文学的家族小说中，疾病的生成则与社会有着很大的关系。无论是巴金笔下的梅表姐、克明还是张爱玲笔下的各种旧式的人物，在他们的身上，疾病大多数是来源于和社会潮流的格格不入，当他们被抛弃在社会潮流之后时，社会身份上的边缘感带来的就是生理上的缺陷，疾病很大程度上其实就可以被看作是这种心理的外在展示。除了上面论述过的人物以外，现代家族小说中所描写的另外一些人的疾病也同样带有着这样的特点，如路翎《财主底儿女们》中纯祖的精神狂躁以及肺结核、巴金《寒夜》中汪文宣的肺结核（对于这两个人疾病的分析，将在下一节中详述），虽然，在这两个人物的刻画上，并没有如同前面的论述过的人物一样带有着社会达尔文主义的色彩，但是，与克明们相类似的是，纯祖和文宣都不同程度地表现出了对于社会的某种游离和边缘状态，他们都无法在社会的洪流中寻找到他们的位置，无休止的寻找和无可奈何的妥协使得主人公们流离失所，生命在无所依托中耗尽，只留下了最后的几声哀鸣，消散在了历史的洪荒之中。

第三节 肺病和精神病：罂粟花的绽放

一、肺病的审美意义

据医学史记载，肺结核在 17 世纪才成为流行病，1650 年到 1675 年是其第一个发病的高峰期，到 1730 年，发病率有所下降，但到了 1750 年又开始了一轮新的爆发。自此以后，肺结核作为结核病中最为主要的一种，成为一种灾难性的致人于死地的可怕疾病，在 19 世纪，很多人被这种疾病夺去了生命，据统计，从滑铁卢战役到第一次世界大战爆发前，20—60 岁的成年人中，肺结核的死亡率是 97%。直到 1943 年链霉素被瓦克斯曼和他的学生在实验室中发现并于 1944 年投入使用，肺结核作为一个终结生命的杀手才得到了遏制而成为一个可以被治愈的疾病。① 肺结核是由结核杆菌感染肺部而引起的疾病，病理特征为结核形成和干酪病变，病初有轻微咳嗽或咯痰，或有四肢结节性红斑。部分病人表现为胸痛、咯血。常见的全身症状有周身不适，精神萎靡，易倦乏力，性情烦躁，心悸，食欲减退，体重减轻，盗汗，不规则低热，两颊潮红。历史上很多的名人都患过此病，作家更是比比皆是。徐志摩曾经以极其华丽动人的语言描写了与 20 世纪备受人赞叹的美貌的新西兰女作家凯瑟琳·曼斯菲尔德的一次见面，这位女作家不仅貌美如同大自然的杰作，而且文思细腻，文笔优美，对于生活充满了敏感丰富的想象，被认为是一位和俄国作家契诃夫相媲美的小说家，但是，她却是一个肺结核患者，在年仅 35 岁时便因此而香消玉殒。勃朗特三姐妹都患有肺结核病，这些患病的经历使得她们在饱受痛苦之时，也为她们的创作提供了素材和灵感，夏洛蒂·勃朗特的《简·爱》中就描写了劳渥德学校的学生们生活在很差的环境中，在一次肺结核的传染中，80 个女孩子中一下子就病倒了 45 个，很多人死在学校里，马上就被悄悄埋掉。简·爱的好友海伦·彭斯也死于这次传染病发作之中，而这一人物形象则是以作者自己的妹妹安妮作为原型的。在艾米莉·勃朗特的《呼啸山庄》中，有着美丽的大眼睛，热情乐观的弗兰西斯·厄恩肖也是因为患肺结核病而死亡的。俄国著名作家契诃夫一家都患有肺结核，而他本人则于 1904 年死于此病。19 世纪英国最著名的三位浪漫主义

① 参见余凤高：《飘零的秋叶——肺结核文化史》，山东画报出版社 2004 年版，第 2 页。

诗人拜伦、雪莱、济慈都患有肺结核。20 世纪著名的德语小说家、现代主义的文学大师卡夫卡也饱受肺结核之苦,并在 42 岁时就因此而去世。在中国现代作家中有很多人也身患此病,鲁迅先生就患有肺结核以及由此引起的胸膜炎、支气管哮喘等症,仅仅活了 56 岁就与世长辞;著名的女作家萧红也患有肺结核,最后年仅 30 岁就痛苦而不甘地结束了生命;郁达夫也曾经在 20 多岁就患过肺结核病,他的日记和书信中就经常记载了有关的身体状况;巴金年轻时也患有肺结核病,并因此耽误了他报考北京大学,而不得不回到上海疗养,在他患病期间所写的小说《灭亡》中的主人公杜大心就是一个患有肺结核的热血青年,《爱情三部曲》中的熊智君也患有肺结核,在与吴仁民恋爱后竟然神奇地痊愈,可是在与他人恋爱后又复发;陈真的肺病也让他在激情燃烧中投入到工作中,仿佛就是一个"雪山下的火山",后来的作品《寒夜》中胆小懦弱的可怜人汪文宣也是一个肺结核患者;苏青也曾经受此病的困扰,她的《结婚十年》中的苏怀青就因为患上了肺结核而不得不离开自己的孩子,苏青的弟弟冯和侃也是因为有肺结核而耽误了出国深造的机会,在郁郁寡欢中最终因此而亡。另外,老舍、蒋光慈、叶紫、无名氏、冰心等人也都曾经不同程度地患过肺病,可以说,肺病作为一个非常常见的疾病,曾经带给了很多的艺术家不同的疾病体验,它的存在已经不仅仅限于一种医学范畴中的定义,而是作为一种疾病文化而存在着,对很多艺术家的身心和创作产生了极大的影响。

肺结核曾经被看作是艺术家和作家的疾病,它所带来的种种生理上的特征如颓废、瘦弱、精神亢奋、敏感以及发红的两颊使得它不但可以促进作家灵感的瞬间迸发,而且也使得它成为一种美的标志。歌德曾经认为,与"健康"的古典主义相反,浪漫主义是

“病态的”。法国诗人波德莱尔以一个女人的面容来谈他对于美的理解，他认为“美”就是“能够同时满足感官并引起愁思的迷蒙梦境的；它暗示着忧郁，疲倦，甚至餍腻之感，或者暗示着相反的感觉——一种热忱，一种生活的愿望，同失意或绝望所产生的沉闷心情中的怨恨相结合”。[①] 勃兰兑斯的《十九世纪文学主流》中用“浪漫主义病院”来形容德国的那些浪漫主义的作家们，因为在这些作家的心目中，疾病是超越健康的，是可以给予他们灵感的。德国的浪漫主义者洛瓦利斯认为：“人只要开始爱好疾病或痛苦，他在那一霎时也许可以体验到最诱人的逸乐，可以浑身充满最高度的积极的喜悦。……所有的精华不都是从疾病开始的吗？不完全的疾病是灾祸。完全的疾病才是享乐，而且是更高级的享乐。”[②]肺结核恰恰就是这样一种疾病，它所导致的种种非凡的心理特征，它所带来的种种病态之美，使得它成为众多艺术家偏爱的疾病形象之一，如世界著名的小说人物茶花女玛格丽特就是一位患有肺结核的女性，作者深情地描写她的美貌，她的身体苗条，脸上则因为常年的低烧而呈现出了美丽的玫瑰色，这些因为患病而呈现出来的难以描绘的风韵使得她当之无愧地成为中外文学史上最美丽的女性之一。在她的身上，烙印着作者小仲马浪漫主义的情调，肺结核所带来的美貌在浪漫主义风声鹤唳之时，成为验证其美学观念的最为主要的途径之一。

将疾病当成一种美，在中国的早期的文学作品就有过这样的

---

① 转引自余凤高：《飘零的秋叶——肺结核文化史》，山东画报出版社 2004 年版，第 152 页。

② 勃兰兑斯：《十九世纪文学主流》第二卷，人民文学出版社 1997 年版，第 187 页。

事例，如《庄子·外篇·天运》中就有关于美女西施的故事："故西施病心而矉其里，其里丑人见之而美之，归亦捧心而矉其里"，丑人"知矉美而不知矉所以美"。[①] 这里所说的就是西施因为害心疼之病，而抚着胸口的样子有一种纤弱病态的美。西施患的并不是肺病，中国最早的关于肺结核的记载，见之于《史记·扁鹊仓公列传》，说的是东周战国时期："济北王召臣意诊脉诸女子侍者，至女子竖"，意指出该女子"竖伤脾，不可劳，法当春呕血死"，到了春天，竖果真"仆于厕，呕血死"。[②] 用现代的医学常识来看，文中提到的女子竖的种种症状有肺结核的可能。但在这个记载中，作者仅仅是将其作为一个病例来记录，并没有提到这个女子是否因为患肺结核而呈现出怎样的美貌。总体来说，在宋代以前，中国古代审美中关于女性的美貌一般都是注重一种肉体的健康之美，如曹植《洛神赋》中所形容的："翩若惊鸿，婉若游龙，荣曜秋菊，华茂春松"，[③] 这一审美观念到唐代时发展到极致，唐代作为一个开放繁盛的王朝，女性审美中崇尚体态丰肥和阳刚之美，唐代的杨贵妃就是其中最为典型的例子。而到了宋代以后，女性的阴柔之美逐渐得到了人们的认可，清瘦纤细成为女性美的标准，《西厢记》中的崔莺莺就是当时美女的代表，她"淡白梨花面，轻盈杨柳腰"，"翠裙鸳绣金莲术，红袖鸾销玉笋长"，"解舞腰肢娇又软，千般袅娜，万般旖旎，似垂柳晚风前"。[④] 在中国古代的家族小说中，从《金瓶梅》开始，小

① 庄子：《庄子·外篇·天运第十四》，郭庆藩辑《庄子集释》第二册，中华书局1961年版，第515页。

② （汉）司马迁：《史记·扁鹊仓公列传》，中华书局1994年版，第2805页。

③ 曹植：《洛神赋》，赵幼文校注《曹植集校注》，人民文学出版社1984年版，第283页。

④ （元）王实甫：《西厢记》，王季思校注《集评校注西厢记》，上海古籍出版社1987年版。

说中的美貌的女性主人公一般都遵循清秀之美的原则，如西门庆初次见到潘金莲时，在他的眼中，潘金莲是“粉浓浓红艳腮儿，娇滴滴银盆脸儿，轻袅袅花朵身儿，玉纤纤葱枝手儿，一捻捻杨柳腰儿，软浓浓白面脐肚儿，窄多多尖俏脚儿”，显然，在这里，女性的轻盈摇曳和阴柔是她们美貌的标准。虽然，这些美貌不同于宋代之前的健康之美，带有着某种病态美的特征，但是将真正的生病所导致的生理特征当作美貌的，则要从《红楼梦》中的林黛玉开始，关于她的经典的病态美的描写，则要算她初见宝玉时的场景了：“两弯似蹙非蹙笼烟眉，一双似喜非喜含情目。态生两靥之愁，娇袭一身之病。泪光点点，娇喘微微。闲静时如娇花照水，行动处似弱柳扶风。心较比干多一窍，病如西子胜三分”。肺病所带来的蹙眉，气喘，愁容以及柔弱静谧的体态成为林黛玉的标志性之美，而因此带来的多愁善感也是她美貌的另一表现。在小说的第二十六回中，当黛玉去怡红院敲门，正生气的晴雯没有听出她的声音不给她开门，伤心之时她就“独立墙角边花阴下，悲悲戚戚，呜咽起来”，作者描写了她的忧郁之美甚至对身旁的鸟雀都产生了影响：“原来这黛玉秉绝代姿容，具稀世俊美，不期这一哭，那附近柳枝花朵上的宿鸟栖鸦一闻此声，俱忒楞楞飞起远避，不忍再听”，病态的身体和忧郁感伤的情调相结合，成为林黛玉所患肺结核的审美化的表达。除了这些外在的表现以外，肺结核之所以常常和某些杰出的艺术家联系在一起，是因为它的某些生理上的特征可以激发病人心理上的与众不同，勒内・杜博斯和琼・杜博斯的《肺结核》一书指出，“这种传染病菌产生的毒素和引起的虚热，能激发人的智力，活跃艺术创造力”，“在一定的范围内，任何原因引起的发热都会强化人的情感，敏锐人的感受力,从而使思维更加清晰,更加敏捷”。[①] 这些肺结核患者的心理特征也正验证了黛玉敏感多愁的生理基础,这同时也是她非凡才华的一个重要来源,这些特征使得她在大观园数次的诗会之中,总是能够崭露头角技压群芳,这一才女和美女双重组合也正展示了当时的文人之中普遍的对于女性美的标准。从林黛玉开始,肺结核作为一种审美,以其多愁善感、柔弱多姿和富有才华,成为继西施捧心、《牡丹亭》中杜丽娘相思成疾的消瘦惆怅之美这些“病态美”之后的,又一种女性病态美的典型。对于这种疾病的审美,一直到现代文学中仍然可以看到,如《家》中的梅就是其中一个最为典型的例子。

二、肺病:孱弱者的象征

与林黛玉类似的是,梅也是一个美貌而多愁的女子,爱情和婚姻的悲剧,忧郁感伤毁灭了她身体的健康,病体又进一步地增加了她的愁绪,她的微笑因此也带上了惆怅之美:“是凄凉的微笑,是无可奈何的微笑,她的额上那一条使她的整个脸显得更美丽、更凄凉的微笑,因了这一笑显得更深了。”在小说的很多地方,我们都可以看到一个柔弱的被愁绪紧紧包围着的女性形象,女性因为肺结核而带来的病态美以及心理上的敏感和多愁在她身上得到了体现,这也是梅和黛玉这两位家族小说中的女性肺结核患者的最大共同点。与曹雪芹竭力通过黛玉的这些特征来褒扬她的超凡脱俗不一样,巴金虽然也在通过这些带有病态美的特征描写梅的静好,但

① [美]杰弗里·梅耶丝:《疾病与艺术》,顾闻译,《文艺理论研究》1995 年第 6 期。

是，他却没有因此而上升到对于梅的赞美中去，而是更多地倾注了自己对于这样一个美好的女性的同情。在论述心理病理学和创造性的关系时，波兰特提出了这样的意见："艺术天才是否通过疾病以及由此带来的对人的极限状况的了解而得到促进，或者因此遭到戕害而局限到一个特定的领域"，[①]在这里，疾病对于作家来说，是有着两个方面的影响的，它让生命的能量得到升华并因此使得作家的创造力得以扩张，但是另一方面，它也有可能磨灭生命的锋芒和活力而使得作家的创造变得狭窄。从这一思路看黛玉和梅的区别则会发现，肺结核对于她们两个人来说虽然共同地都有着病态之美，但是，疾病让黛玉成为作者所肯定的超凡脱俗的仙女，升华了她生命的魅力，她的才华横溢、她的摒弃世俗、她与宝玉的木石前盟，这些都与她的肺结核这一疾病构成了互相阐释的关系，彼此勾连。但是，肺结核却让梅的生命走向衰亡，疾病带给她的美貌，与她的爱情和婚姻的悲剧构成了不和谐的音符，生命的活力在这里逐渐消耗，肺结核不再如同《红楼梦》中一样成就了黛玉的超凡脱俗，而是改变了它的隐喻意义，成为封建礼教毒害青年的罪证之一。

从肺结核的美学意义上说，我们还可以看到《家》中的梅和《红楼梦》中的林黛玉所具有的传承之处，但是二者在隐喻意义上已经有了很大的不同。到了现代家族小说的另外的一些肺结核患者的角色上，这种美学意义上的传承在很大程度上已经不复存在了。疾病所带来的种种生理上的反应使得人们脱离了对它的审美想

① ［德］波兰特：《文学与疾病——比较文学研究的几个方面》，叶舒宪主编《文学与治疗》，社会科学文献 出版社 1999 年版，第 265 页。

象，如《激流三部曲》中的三叔克明和枚表弟，他们同样也是因为患肺结核而死亡的，但是，在他们身上，却看不到林黛玉式的病态美，或者是拜伦式的浪漫色彩，而是回归到了疾病的自身，肺结核在他们那里成为一种与孱弱、死亡、颓败等意义相结合的东西。作为一个无力与家族作斗争的青年，枚表弟在压抑颓废中走向死亡，从他刚出场的那一刻，一个病态的人物形象就跃然纸上，“脸长长的，上面没有血色，穿着不大合身的青缎子马褂，杏黄色团花袍子。他规规矩矩地坐在角落里，把两只手放在膝上，低着头，垂着眼，不跟人讲话，也不去看别人”。循规蹈矩，胆小懦弱，枚表弟如同傀儡一样生活在父辈们的控制之下，就连自己的婚姻大事，也完全没有任何个人的自由。同样作为被封建大家族毒杀了的青年，枚和梅在本质上有着类似之处，但是枚的身上却没有了肺结核所具有的审美功能，病态已经不再作为一个美学意义而存在，而是直指死亡。巴金笔下的克明（以作者的二叔为原型，也患有肺结核），是一个守旧的、守护高家家族的封建家长，他常常在封建礼教下扼杀了青年的自由和前途，他竭力想把后辈们培养成一个个孝子以继续维护家族的尊严，延续一个封建大家族的寿命。但是，他那一声声的充满病菌的虚弱的咳嗽却无可挽回地伴着大家族逐渐走向灭亡，作为一个封建卫道士，他成为孤立无援的垂垂老人。在有着克安、克定这样的“蛀虫”和觉慧这样的叛逆者的家里，他孤独的身影再也无法支撑起高家的大树了，肺结核作为生命的终结者，成为他在努力和挣扎中消耗尽生命以及传统家族制度走向明日黄花的最好隐喻。

虽然，在《激流三部曲》中，有着梅、枚以及克明这样的肺结核患者，他们是封建家族走向死亡的随葬，但是作者在对他们投以同情的目光时，主要将热情放在了觉慧那样的叛逆者的身上，觉慧等人的出走预示着希望的到来，个人的自由在冲出封建家族大门的那一刻得到了释放。但是到了《寒夜》中汪文宣的身上，枚表弟却似乎又从历史的坟茔中走了出来，在国破家亡、硝烟弥漫的凄风冷雨之夜，将灵魂附到了一个如同觉慧般曾经出走过的人的身上。在写作《寒夜》之前，巴金以自己在1944年在贵阳中央医院的一次住院经历为素材写作了《第四病室》。[①] 在一个三等的病房中，住着割胆囊的、患伤寒的、断手烧伤的和害性病的种种病人，通过他们在医院中治病或者死亡的经历，作者将整个社会现实与之相连。巴金在1960年的后记中曾经说到："第四病室，一间容纳二十四张病床的外科病房，可以说是当时中国社会的缩影。在病室里人们怎样受苦，怎样死亡，在社会里人们也同样地受苦，同样地死亡。"如同在真实的社会中一样，第四病室中也充斥着人间百态，冷漠残酷的现实也将这个小小的病房囊括在其中，即便是行将就木之人也不能幸免。在冷峻地批判现实的同时，作者却设置了杨大夫这样一位热情善良的女医生的形象，她的存在为冷酷的现实平添了一丝暖意，关于这一形象的由来，作者说道："我很想明确地说像杨木华大夫那样善良的知识分子在当时的社会里活不下去，她一定会得到悲惨的结局。然而写到最后我的想法变了，我愿意留下一点希望，哪怕是渺茫的希望也好"，[②]可是很快，作者就否认了这种希望的存在，汪文宣就是这样一个走向绝望的人物形象。作为一个曾经如同觉慧般勇敢地挑战世俗，充满理想的青年，却遭遇到了

① 参见巴金：《谈〈第四病室〉》，李存光编《巴金研究资料》上卷，海峡文艺出版社1985年版，第498页。

② 同上，第503页。

现实的挑战而成了逃兵，在上司同事的欺负、母亲和妻子的争吵中，文宣患上了肺结核，死在了那个抗战胜利到来的时刻，渺茫的希望随着这个肺结核患者最后虚弱喘息的结束而永远地关上了大门。作者在后记中说到自己对于文宣悲惨结局的思考，“我没有在小说的最后照‘批评家’的吩咐附加一句‘哎哟哟，黎明！’并不是害怕说了就会被人‘捉来吊死’，唯一的原因是：那些被不合理的制度摧残、被生活拖死的人断气时已经没有力气呼叫‘黎明’了”。在《寒夜》中，傀儡般地被生活牵着，懦弱可悲的文宣与数年前作者所描写的枚这一形象有很大程度的契合之处，只不过，枚是从出生的一开始就在漠漠中走向死亡，而文宣却是从理想走向最终的绝望，前者是死在了封建大家族封闭、封建礼教的禁锢之中，而后者却在经历了“五四”的洗礼，个人解放的奋斗之后在残酷的现实社会中走向穷途末路。在这两位人物的身上，命运似乎开了一个玩笑，转了一圈后又以相同的方式结束了他们的生命，“‘胜利’给我们带来希望，又把希望逐渐给我们拿走”。① 渺小的人物，无论是如同枚和克明一样与时代潮流逆向行走，还是如同文宣一样曾经站立在潮流浪尖，鲜血淋漓的现实还是将他们抛入了低谷，小人物永远成了廉价的牺牲品，在国破家亡的飘摇中、在战争对于西方文明的否定中，五四时期曾经流行一时的个人主义还是失去了自己存在的环境，开始了流浪之路。

三、蒋纯祖：狂躁的肺结核和神经症患者

而流浪永远是带有着波希米亚风格的，浪漫主义的、个人自由

① 巴金：《〈寒夜〉后记》，李存光编《巴金研究资料》上卷，海峡文艺出版社 1985 年版，第 522 页。

的但是又充满着落拓、孤寂和无家可归色彩的一种人生旅行。路翎的《财主底儿女们》中的蒋纯祖其实就是这样的一位流浪者，同样是一位肺结核患者，他的存在既不同于黛玉、梅般的病态美，也不是枚、文宣等人在孱弱和任人宰割中走向灭亡，他的存在，更是一种肺结核病症的极端表现，甚至带着一定程度的神经质的成分。肺结核和神经症，这两朵文学史上的恶之花，在纯祖的身上得到了奇特的结合。在提到肺结核所引发的种种心理症状时，杰弗里·梅耶丝在《疾病与艺术》里曾经引用埃丽丝在《英国天才人物》中对肺结核患者个性所下的定义，肺结核患者们常常“具有强烈的情感，本能性、利己性；富于直觉、幻象、理想；受苦受难、逃避现实、敢于反抗”，“他们的心理特征是精神亢奋，过于激动，好拟宏大的计划、为了完成这些计划会作出狂人的举动……自我主义、对事物冷漠、神经衰弱。……（肺结核患者）常有热病行为、性情反复易变、感觉敏锐、经常显露出非凡的才华”。① 这些表现其实在很大程度上与神经症的某些表现有共同之处，在整部小说中，我们看到一个热血青年不停地在社会中经历着碰壁、个人主义的损毁。活泼稚嫩而又充满野性的纯祖的第一次出现是在小说的第一部第三章蒋淑华的喜筵上，“一个穿短裤的、兴奋而粗野的少年跳上了门槛。他用明亮的眼睛看着大家，怀着一种敌意”，这个青年野心勃勃地企图征服整个世界，年轻人的狂热和激情在他的身上得到了夸大的表现，个人主义的宏大理想发出了最为耀眼的光芒。但是，当南京燃烧起了熊熊大火，他跟随一群败兵朱谷良们一起，他的人生历

① ［美］杰弗里·梅耶丝：《疾病与艺术》，顾闻译，《文艺理论研究》1999 年第 6 期。

险就此展开了新的一页，个人主义也开始遭到了现实的挑战，他的身体也逐渐地埋下了疾病的祸患，同时也逐渐地出现了神经症的种种症状。兵荒马乱的环境、人为了基本的生存不择手段，这些残酷的现实都在对抗着纯祖的对于生命的理解，周围的环境和现实似乎和纯祖永远处于敌对状态，“旷野上的蒋纯祖，向残酷的环境要求人道，要求对‘别人底生命底意义’的理解，演剧队的蒋纯祖，则向革命组织、集团要求尊重个性”。[①] 身边的环境总在与一个青年的理想发生着冲突，他似乎永远无法融合进去，但是他以自己“个人底傲岸的内心”对抗着集体，使得自己在内心和青年们当中成为一个英雄般的人物。在演剧队中，“在集团底纪律和他相冲突的时候，他便毫无疑问地无视这个纪律；在遇到批评的时候，他觉得只有他底内心才是最高的命令、最大的光荣和最善的存在”，可是，这种个人主义的自信却在集体中受到了批评。这种冲突在演剧会的批判会上达到了顶峰，在整个批判会上，纯祖“在仇恨的激情里面，成了优美的雄辩家”，对于演剧队中以王颖为首的教条主义的激烈反叛，使得纯祖产生了“锋利的快感”。但是当他意识到个人和集体的分裂时，纯祖又感觉到颤栗，“这是他底青春里最深刻的颤栗”。在这里，个人主义的以自己的内心为最高准则和革命队伍中的纪律形成了隔离，而纯祖却在这二者之间发生了分裂，他既想保持个人的自由，同时又希望能够与群众相结合，但是这两者在他这里却是无法调和的，这其实也就是王颍对他的批评使得他颤栗的原因。在《神经症与人的成长》一书中，作者提到了神经症的一种表现即神经质的自尊，这种自尊源于患者对于自身完美性

① 赵园：《艰难的选择》，上海文艺出版社 1986 年版，第 318 页。

的追求，以对理想化自我的骄傲取代了实际的自信和自尊，患者对于自己的这种特性感到无比的自豪，而且在这种自豪的基础上对于他人提出苛刻的要求，但是，一旦这种自尊崩溃，患者就会马上陷入自我轻视和绝望的困境中。① 从这个角度看，纯祖的个人主义其实已经不仅仅是新文化运动中所张扬的个性解放和自由，而是成为一种将个人扩大化了的，执拗而偏激地追求心目中的那个理想自我和荣誉的做法。出身的高贵，个人主义的深刻烙印，促使了他神经质的自尊的滋长。所以在整部小说中，纯祖总是在刻意地无视纪律或者批评的存在，在整个社会中，他将自己看作是最高定律，但是，他的这种过分强调自己的做法却又面临着现实秩序的挑战，使得他的自信和理想走向了神经质的自尊，并因此使得他走向疯狂。作者不止一次地提到了这种疯狂的缘由："每一代青年生长出来，都要在人们称为社会秩序的那些墙壁和罗网中做一些强暴的奔突，然后，他们中的大多数，便顺从了，小的一部分，则因大的不幸和狂乱的感情而成为疯人"，"人们相信自己获得了全新的生活，相信自己是最善最美丽的，如果突然失望了，人们就会痛苦得濒于疯狂"，神经质的自尊在遭到了以王颖为首的纪律的批评之后，当王颖击中要害地指出纯祖的脱离人民时，他的以自我为最高准则的骄傲内心在霎时间崩溃，使得他走向了绝境。但是，他还在不停地努力着，到了乡场以后，这种情形其实变得更为严苛，激烈的感情奔突最终导致了纯祖身体的损毁，而这种疾病，恰好是在心理特征上带有着某些神经质特征的肺结核。纯祖在石桥场小学做

① 参见[美]卡伦·霍尔奈：《神经症与人的成长》，张承谟、贾海虹译，上海文艺出版社 1996 年版，第 80—108 页。

一些实际的工作，这似乎是使得纯祖的心灵得以找到归宿的一条途径，可是不久后，在各方势力的胁迫下，小学面临破产，这也同时意味着纯祖即将又要开始自己的流浪之路。在小学濒临破产之时，纯祖的病彻底地走向了绝境，“关于蒋纯祖病情，关于人类底疾病，详细的描述，是不可能的；肉体底毁伤，暴露了出来，累积的，无穷的刺激，常常招致可怕的麻木不仁”，在这里，疾病对于身体导致的损伤其实也隐喻了纯祖一次次在社会现实中的碰壁，而多次的伤害同样导致了对于自己身体，也对于整个社会和理想的麻木不仁，导致了绝望的来临，绝望同时也暗示着纯祖生命即将的终结。当他的病情日益加深，他的因为神经质的自尊和受到打击后的症状则更为明显，我们常常可以看到纯祖的种种极端化的神经症表现，“在黑暗中，他在床上翻滚，觉得自己是飘浮在波涛汹涌的大海上。他心里忽然甜蜜，忽然痛苦，忽然充满了力量，体会到地面上的一切青春，诗歌，欢乐，觉得可以完成一切，忽然又堕落进深刻的颓唐，恐怖地经历到失堕和沉没——他迅速地沉没，在他底身上，一切都迸裂、溃散；他底手折断了。他底胸膛破裂了”。这种心理变化其实某种意义上可以被看作是一种人格分裂症的症状，纯祖在一个极端高傲、一个极端低迷的两种状态之下摇摆不定，承受着忽上忽下的刺激性的痛苦，在他生命到了尽头的时候，他的这种神经症的症状也表现得最为明显。在纯祖奋斗的一生中，他所表现出来的过多的热情、抑郁、自我、骄傲和天才等特征和肺结核的症状正好吻合，同时这些症状又恰好与神经症有着诸多契合之处。虽然，他的肺结核是到了乡场以后才逐渐地表现出来，但是，在路翎天才的笔下，纯祖的性格和经历、肺结核、神经症这三者其实从一开始就成为不可分割的整体，对这些状态的描绘同时也透露出了中国20世纪40年代的知识分子面对现实时所具有的焦躁、彷徨、苦闷和忧郁的心理特征。

四、疯癫：超越之途

文学作品中的这些精神方面的疾病在心理学上得到解释的同时，它所具有的文学性和隐喻色彩却又在一定程度上成为超越医学范畴的存在。在文学作品中，癫狂的状态往往是可以与某种神秘的具有先知色彩的真理性的东西相联系的，它的存在也可以是对于现实社会的一种带有荒诞色彩的反叛和颠覆。历史上很多天才式的人物都曾经是精神病患者，如哲学家尼采，在他不到20岁时就经常出现头痛等疾病症状，到30多岁时就成为一个精神病人，常年住在精神病院直到最后的去世，而他的那些著名的哲学论著也就是在他的生病期间写成的。生活在19世纪的荷兰著名画家、后期印象画派的代表人物凡·高，就是一位精神病患者，他曾经因此割去了自己的一只耳朵，并且因为精神病发作而自杀身亡，但是在这种癫狂状态下所创作的作品《向日葵》、《星夜》等都成为世界上不朽的天才巨作。在文学作品中，精神病人也是一个备受关注的对象，如陀思妥耶夫斯基的作品《白痴》中的梅什金公爵的癫痫病，西班牙作家塞万提斯的作品《堂吉诃德》，莎士比亚的《哈姆雷特》，这些作品中的人物都成为极具代表性的疯癫者。在中国现代文学中，很多作家都曾经涉足过疯子这一题材，鲁迅先生就是一位热衷于描写人的精神病的作家，《狂人日记》中狂人的迫害狂和精神病，《长明灯》中六顺的精神病，《白光》中陈士成的精神病；孙俍工的《疯人?》，许钦文的《疯妇》，冰心的《疯人日记》，周作人的《真的疯人日记》等，这些人物通常都有着一个共同的特点，在被常人看作精神病的同时，他们还都是作为与整个传统文化对立的，具有着超越常人感知力的、以癫狂的话语表达真理的精神斗士。通过描写这些疯子，五四时期的作家们表达了他们对于现实的愤懑，以及对于批判传统的高度热情。他们作品中的疯子在寻常人的眼中是疯子，而正是这些疯子，才一针见血地揭露了流淌在人类血脉之中某些恐怖的因子，才高高地站立在了众生之上。在《财主底儿女们》中，除了蒋纯祖所表现出来的疯狂之外，他的哥哥蒋慰祖也是一位精神病患者，慰祖是蒋捷三最为宠爱的儿子，父亲的宠爱和妻子金素痕的工于心计使得他如同一位孩子，活在了单纯却颓废的生活中。但是，当他深爱的妻子背叛了他，他的精神被彻底地击垮，对于整个社会的厌弃使得他最终选择了自杀，在他自杀前，他感觉到"南京底沉重的呼吸声消失了，一切声音消失了，虽然江涛在下面怒吼，他却站在绝对的静寂中。对于他，一切都死寂、冷漠、无意义"，这一段心理描写与金素痕的寻欢作乐形成了鲜明的对比，俗世的快乐和欲望与慰祖自杀前的冷漠，死亡与狂欢，冷与热这些分属于两极的东西在这里得到了奇特的融合，产生了极大的张力和令人恐怖的效果。如同《红楼梦》中的"好了歌"一样，单纯的慰祖以自己的自杀展示了一种带有历史虚无主义色彩的醒悟。慰祖以自己的自杀使得自己成为一个顿悟人生虚空实质的人物，而张春田则是通过自己的放诞行为挑战着世俗的准则、展示着自己内心的焦灼和对现实社会的逼视。作为一个曾经受过新文化的熏陶，乐于奉献的人物，为了办学，他不惜变卖家产，"在石桥小学危急的关头，在乡场的冷潮狂暴地掷过来的时候，在人生底隆重的悲惨里，他一次一次地卖去田地、山头"，他的妻子常常无法维持家庭的开支，而疯狂到想要杀死自己抽大烟的母亲。但是，张春田的形象却是一个疯癫者，“他穿着西装，同时穿着和尚的鞋子，受到了杭州警察的干涉，他拖着很长的竹竿在西湖底苏堤上追赶漂亮的女人”，“他满脸胡须，身上发臭，眼睛滚圆、明亮、灵活”。他的外表的放诞不羁和他内心的崇高人格构成了鲜明的对比，如同福柯所认为的那样：“艺术作品与疯癫共同诞生和变成现实的时刻，也就是世界开始发现自己受到那个艺术作品的指责，并对那个作品的性质负有责任的时候”，在福柯那里，疯癫是一种策略，因为“世界本身的任何东西，尤其是它对疯癫的认识，不能使世界确信它可以用这类疯癫的作品来证明自身的合理性”。① 从这个角度看，张春田的疯癫恰恰是对社会现实的一种否定和质疑，现实世界的不合理在他的疯癫中得到了戏剧化的展示，这也同时表现了一代知识分子在理想失落之后的绝望和对于世界荒诞性的体悟。在整部《财主底儿女们》中，我们随处可见激荡冲突的情感、焦躁狂热的情绪、混乱不安的社会现实、疯狂的人物，这些都是天才的路翎对于现实的敏锐感觉，而作者的这部煌煌大作，或许也可以看作是他日后在一次次打击中成为精神病人的谶语。

肺结核和精神病，作为可以影响人物的精神状态的两类疾病，如同罂粟之花的盛开一样，它既可以导致人走向死亡，同时，它的存在也可以是一次美丽而诱惑的灵魂出窍。从黛玉的肺结核所具有的审美功能、肺结核对于黛玉超凡脱俗的衬托，到梅芬的病态美、肺结核作为一个使得她走向衰弱的疾病，到枚表弟和克明身上脱去了审美功能的肺结核，最后再到纯祖的肺结核和精神病的奇

---

① ［法］米歇尔·福柯：《疯癫与文明》，刘北成、杨远婴译，三联书店 2003 年版，第 268—269 页。

异结合，精神病所具有的对于社会的颠覆意义，疾病从各个方面渗入到了文学创作的边边角角，成为文学作品中不可或缺的一种叙事策略，并因此从这些迥异于正常生活轨道的角度展示了作家们对于生命的领悟。

结束语

对于中国的每一个知识分子来说，五四新文化运动在形形色色的西方思潮的裹挟之下，显得那样的轰轰烈烈、充满了青年人的激情。个性的解放、个人的自由和平等，这些充满蛊惑力的字眼都时刻冲击着千年中国古老腐朽的躯壳，各种西方思想纷至沓来，无政府主义、自由主义、马克思主义、实验主义等，都极大地解放了中国人的思想，震荡着人们的神经。为了实现这些颇为诱惑的理想，新文化运动者们常常将矛头指向了传统，传统文化成为他们主要的批判目标，从否定传统儒家的道统到否定因之而产生的各种伦理规范、学术构建甚至是语言，这些都体现出了“五四”知识分子在对待传统的态度上所具有的先锋意识。陈思和先生在其《试论“五四”新文学运动的先锋性》中就提出：“在 20 世纪前二三十年的中国文学发展的过程中，我们不妨把“五四”新文学运动中某些激进因素（不是“五四”新文学的全部）看作是一个异军突起的先锋派文学运动，也就意味着“五四”新文学运动内部存在着一个与同时代的文学主流之间“断裂”的形态，而从晚清到民初的文学向“五四”

新文学发展的总体过程则是当时中国文学的主流。”①混乱的时世、千年文化在人们身上的根深蒂固，这些都促使新文化运动者们常常表现出了激越的背离传统的姿态，而发出惊人之语。如在否定孔子之道时，胡适就说：“正因为二千年吃人的礼教法制都挂着孔丘的招牌，故这块孔丘的招牌——无论是老店，是冒牌——不能不拿下来，捶碎，烧去！”②在胡适要求文学改良的《文学改良刍议》发表后，陈独秀称赞他为：“首举义旗之急先锋”，认为当时的中国文学中，“贵族文学，藻饰依他，失独立自尊之气象也；古典文学，铺张堆砌，失抒情写实之旨也；山林文学，深晦艰涩，自以为名山著述，于其群之大多数无所裨益也”。③ 鲁迅先生则从多个方面对传统进行了有力的批判，他认为统治者“一面制礼作乐，尊孔读经…… 而一面又坦然地放火杀人，奸淫掳掠，做着虽蛮人对于同族也还不肯做的事”，④“尊孔，尊儒，专经，复古，由来已经很久”，但其目的却是为了“怎样敷衍，偷生，献媚，弄权，自私，然而能够假借大义，窃取美名”。⑤ 在否定传统文化的同时，他还给出了青年们读书的建议：“我以为要少——或者竟不——看中国书，多看外国书。”⑥有的学者则从汉字入手，主张“废灭汉文”，认为“欲废孔学，不可不先废汉文；欲驱除一般人之幼稚的野蛮的顽固的思

① 陈思和：《试论“五四”新文学运动的先锋性》，《复旦大学学报》（社科版）2005年第6期。

② 胡适：《胡适文集》第二册，北京大学出版社1998年版，第610页。

③ 陈独秀：《文学革命论》，《新青年》第2卷第6号，1917年2月1日。

④ 鲁迅：《华盖集·马上支日记》，《鲁迅全集》第三卷，人民文学出版社2005年版，第350页。

⑤ 鲁迅：《华盖集·十四年的“读经”》，《鲁迅全集》第三卷，人民文学出版社2005年版，第138页。

⑥ 鲁迅：《青年必读书》，《鲁迅全集》第三卷，人民文学出版社2005年版，第12页。

想，尤不可不先废除汉文”，“欲使中国不亡，欲使中国民族为二十世纪文明之民族，必以废孔学，灭道教为根本之解决，而废记载孔门学说及道教妖言之汉文，尤为根本解决之根本解决”。①汉字也因为其中所带有的传统文化的因子而遭到了批判。上面所援引的这些例子只是五四新文化运动中的反传统思想的一小部分，在当时，政治、思想文化、文学以及社会生活的各个方面都受到了西方文化的影响，同时也都不同程度地出现了反传统的倾向。这一运动的影响之大、程度之深、范围之广泛，确实对传统文化构成了很大的冲击，甚至有的学者认为五四新文化运动是“全盘的反传统主义”，而且构成了一种“断裂”，这种激烈的对于旧文化的全盘摒弃的思维方式也促成了“文化大革命”的产生。② 诚然，林毓生教授的话在某种意义上突出了五四新文化运动的特点，但是，在整个运动当中，是否先驱者们就是如此地与传统割裂，或者说，即便是反传统，他们是否真的达到了将传统完全扫除的目的呢？

林毓生教授在研究“五四全盘反传统主义的根源”时曾经提出，正是因为传统的一元论式的“借思想文化以解决问题”这一思想模式在“五四”知识分子中得到了继承，所以导致了“五四”反传统的“全盘”化。③ 这一观点切中肯綮地指出了新文化运动反传统的一个重要特征，但是与此同时，这一观点却也从另一个方面表明，五四新文化运动者们与传统之间的千丝万缕的联系。

① 钱玄同：《中国今后之文字问题》，《新青年》第4卷第4号，1918年4月15日。

② 参见[美]林毓生：《中国意识的危机》，穆善培译，贵州人民出版社1986年版，第2—10页。

③ 同上，第43—49页。

流淌于血脉之中的、遗传性的种种民族性因素并不是随着各种西方思潮的卷袭就此分崩离析的，而是无处不在地留存在每个中国知识分子身上的。现实生活中的鲁迅，常常表现出种种符合传统规范的行为，通过他日记的记载可以得知，他在母亲60岁的时候，也是遵循古训祭祖祭天。而且，从小在家乡的学习，去日本留学后跟随章太炎先生学习，以及他自身的勤奋钻研，这些都使得他在古代文化上也有着很深的造诣，作为讲稿的《中国小说史略》、《中国小说历史的变迁》、《汉文学史纲要》到现在仍然对于中国古代文学的研究有着极大的指导作用。关于鲁迅受传统文化的影响这一话题，很多的学者都已经提出了自己的见解，例如郜元宝教授就通过对鲁迅作品所涉及的与“心”相关之处的研究，从而分析指出：“他的文学一直是《摩罗诗力说》所确认的‘心声’、‘内曜’，就像《汉文学史纲要》对屈原文学的界定——‘凭心而言，不遵矩度’，或者《魏晋风度及文章与药及酒之关系》所推崇的魏晋文学家的‘师心使气’。”①这一论述清晰地指出了鲁迅的思想中对于传统文化的继承，传统文化已经通过他的环境、他的学习以及他生活中的种种深入到了他的思想深处。另外有很多的现代作家也都曾经回忆过他们学习传统文学的经历，对于曹禺来说，“甚至几千年前的书，像《左传》、《春秋》和孔夫子的书，还有《古文观止》上的一些文章，也给我打开了一个宽广的世界，使我眼界开阔起来”。② 朱自清也深受传统文化的影响，在传统文学上颇有造诣，这些都源于他从小所受的家庭

① 郜元宝：《鲁迅六讲》，北京大学出版社2007年版，第27页。
② 田本相：《曹禺传》，北京十月文艺出版社1988年版，第19页。

教育，在一篇题为《买书》的文章中，他就说：“那时候不买旧书，因为家里有。”①这样的例子不胜枚举，传统的书香门第的家庭环境，使得“五四”知识分子们其实很难完全从传统文化的影响中摆脱出来。关于新文学与旧文学，鲁迅先生就说：“新文学和旧文学之间难有截然的分界”；②而周作人则在其《中国新文学的源流》中谈到白话文时指出五四新文化运动，“其根本方向和明末的文学运动完全相同”，而且“古文和白话并没有严格的界线，因此死活难分”。③ 同时，他还认为“胡适之的‘八不主义’，也即是复活了明末公安派的‘独抒性灵，不拘格套’和‘信腕信口，皆成律度’的主张”。④ 而且，胡适自己也承认自己的“历史的文学观念论”“固然是达尔文以来进化论的影响，但中国文人也曾有很明白的主张文学随时代变迁的。最早倡此说的是明朝晚期公安袁氏三弟兄”。⑤ 总之，在面对古代文化时，“五四”知识分子们并没有因为在态度上的激烈因而就与传统决裂，如同汪晖教授所说：“‘态度’作为一种心理倾向，它总是指向一定的对象”，“‘五四’新文化运动最重要的特征就是它的对象性：对于中国传统文化和社会的批判和怀疑”，“各种思想学说在‘态度的统一性’支配下构成了一种怀疑主义的意识形态”，“‘五四’思想与个人经验的深切联系体现了一种激情的力量，而激情的‘激烈性’又总是与它

① 朱自清：《买书》，《朱自清全集》第四卷，江苏教育出版社 1990 年版，第353 页。

② 鲁迅：《准风月谈·扑空》，《鲁迅全集》第五卷，人民文学出版社 2005 年版，第 366 页。

③ 周作人：《中国新文学的源流》，华东师范大学出版社 1995 年版，第 58—59 页。

④ 同上，第 57 页。

⑤ 胡适：《中国新文学大系·建设理论集·导言》，上海良友图书公司 1935 年版，第 19 页。

的短暂性与非理性相联系的”。① 从这一角度看，我们就可以理解新“五四”知识分子们在对待传统文化的态度上，所表现出来的种种犹疑和矛盾之处。与此同时，这种“态度的同一性”所带来的激情背后的短暂性，也在一定程度上导致了“五四”的落潮，从而使得新文学呈现出了某种嬗变，而它们与传统的关系也跟随着这种变化出现了不同的景象。

在对待家族的态度上，五四新文化运动主要的目的是要将人从封建家族的束缚中解脱出来，“从前的人，是为君而存在，为道而存在，为父母而存在的，现在的人才晓得为自我而存在了。我若没有我，则社会，国家，宗族那里会有?”②但是，现代作家中有很大的一批人是出自封建大家族的，对于家族的人情冷暖以及大家族中生活的现实都有着切身的体会，因而在对待封建家族的态度上，也显出了种种复杂暧昧的景象。家族的环境、生活中家人的温暖成为留存于他们记忆中的美好，如巴金就在回忆自己的童年时，深情地说道:“父母的爱，骨肉的爱，人间的爱，家庭生活的温暖，我的确是一个被人爱着的孩子。在那时候一所公馆便是我的世界，我的天堂，我爱一切的生物，我讨好所有的人，我愿意揩干每张脸上的眼泪，我希望看见幸福的微笑挂在每个人的嘴边。”③冰心也曾经说过:“自己也承认家庭对我是情深的，因为自幼家中便是极融洽的，母亲也是大家族人家的女儿，诗词根底有一些，人的性格差不

① 汪晖:《中国现代历史中的“五四”启蒙运动》，王晓明主编《二十世纪中国文学史论》上卷，东方出版中心 2003 年版，第 149—154 页。

② 郁达夫:《中国新文学大系·散文二集·导言》(1917—1927)，上海良友图书公司 1935 年版，第 5 页。

③ 巴金:《我的幼年》，《巴金选集》第十卷，四川人民出版社 1982 年版，第 92—93 页。

多全靠家庭环境——不是说有钱没有钱——陶冶出来的。”①当然，除了记忆中的美好以外，大家族中人与人之间的倾轧也同样存在着，巴金就回忆当自己的父亲去世以后，那个充满爱的公馆就“变成了一个专制的王国。仇恨的倾轧和斗争掀开平静的表面爆发了。势力代替了公道”。② 大家族中严格的规范，等级的鲜明也常常带给生活在其中的人们压抑沉闷之感，“这个家庭的气氛是十分沉闷的，很别扭。我父亲毕竟是个军人出身的官僚，他的脾气很坏，有一段时间我很怕他。……整个家沉静得像座坟墓，十分可怕”。③ 对于大家族亲情和温暖的眷念以及对于大家族中压抑气氛的憎恨，这一爱恨交织的情绪常常笼罩在整个现代文学对待家族的态度上。于是在《激流三部曲》中，我们看到，作者一方面站在新文化的立场，鼓励青年们大胆地走出家庭，挣脱封建大家族的牢笼，走向外面自由的天空，因此将父权代言人“父亲”作“恶魔化”处理，谴责他们成为压抑青年人自由甚至因此导致年轻生命逝去的刽子手。另一方面，作者也同样站在了传统伦理的立场，言之凿凿地批判了克安、克定等人作为大家族蛀虫的罪恶，这类不肖子其实和古代家族小说中的不肖子是一脉相承的，例如古代家族小说《歧路灯》中的谭绍闻，他们都是不遵循家训，为了一己之乐，导致整个家族走向了倾家荡产的窘境。另外，家族中的恶女人，如《激流三部曲》中陈姨太、四太太等人也在某种程度上类似于古代家族小说如《金瓶梅》、《醒世姻缘传》中的那些恶女性们，她们成为大家族中

① 子冈：《冰心女士访问记》，范伯群编《冰心研究资料》，北京出版社 1984 年版，第 103 页。

② 巴金：《我的幼年》，《巴金选集》第十卷，四川人民出版社 1982 年版，第 94 页。

③ 曹禺：《我的生活和创作道路》，杨杨等选编《文人自述》，杭州大学出版社 1998 年版，第 393 页。

争权夺利、导致大家族混乱的重要诱因。而在对待那些美好的女性的态度上，新文学的作家们也常常认同古代女性贤良的标准，从古代家族小说《林兰香》中的燕梦卿、《歧路灯》中的孔慧娘，到《激流三部曲》中的瑞珏、梅芬、蕙儿，她们都是美丽而且奉献隐忍的女性，作家们在描写她们的同时，都在不同程度上表达了对这些女性的赞美。另外，很多现代作家在描写大家族时所表现出来的对于旧式人物走向衰亡的感伤，以及作品中展示的大家族衰落背后的挽歌色彩等，这些都无一例外地表明了“五四”知识分子对于传统的暧昧态度，作为一个生于斯长于斯的知识分子，他们即便对于传统抱着决裂的态度，但是在某种程度上这种决裂却是不能够完全实现的。

当然，因为时代背景的不同，各个时代的文学一定会有它区别于其他时代文学的特征，当“五四”这样一场巨大的变革到来，各种新的迥异于传统的思潮轰轰烈烈地在古老的中国土地上呼啸时，传统虽然无处不在地生存着，但变革却成为这个时代的主流。从家族小说来说，现代家族小说和古代家族小说有很多共同的主题，但这些主题的内涵却在发生着演变。《激流三部曲》在批判克安、克定那样的“不肖子”的同时，更对于家族的叛逆者觉慧们持激赏的态度，他们大胆地对于传统家庭伦理的挑战，无疑是现代知识分子们塑造的追求个性解放、个人自由的斗争之路上的勇士。而琴和鸣凤这样的追求个人恋爱自由、男女平等的女性，也同样是作者倾力赞美的美好女性。作为与家庭决裂的方式，离家出走成为古今家族小说中的一个经典场面，从《金瓶梅》中孝哥儿的出家所表示的对于欲望的“明悟”，到《红楼梦》中宝玉在体验了生命的无常之后回到了逍遥之游中，再到《财主底儿女们》中纯祖在游荡中所体现出来的，为个人主义寻找归宿的孤独感和使命感，这一演变体现出了一个经历过五四运动的现代知识分子在“五四”落潮后的彷徨，以及他们身上具有的，刘易斯所说的现代知识分子“边缘化”的特征。与此同时，父亲在这部小说中也一改曾经的“恶魔化”形象，而成为一个以蒋捷三为代表的慈爱、智慧而沉重的父亲形象，甚至，父亲在《四世同堂》中再次登上了权威的宝座，成为如同钱默吟那样的革命领导者。在父权社会中，女性常常是以低于男性的身份而存在的，被禁锢在深宅大院中的女性，长期的压抑扭曲了她们的灵魂，在门内女性之间的龃龉和争权夺利当中，张爱玲笔下的曹七巧成为现代文学史上一位典型的女性，在她因压抑而变态的同时，她曾经的民间身份所带来的生命力，也不时地反衬着封建大家族走向没落的必然。而《财主底儿女们》中的金素痕在成为一个恶女人的同时，也在某种意义上体现出了追求个性自由的时代特征。跨越女性身份的藩篱同样也是这些小说中的一个重要话题，《再生缘》中孟丽君的“易装”是女性跨越自己身份藩篱的第一步，在“模仿”中实现了女性的梦想，而《红楼梦》中的诸多女性则从生活方式上的文人化这一角度实现了跨越，做一个“与男人一样的人”成为琴这样的新女性的口号，但是这一女性解放却是附属于整个以男性为主导的社会革命之后的。而苏青的《结婚十年》却独辟蹊径，通过对女性自身的描述为女性跨越身份的藩篱进行了一次颇具意义的试验。疾病作为一个思考社会问题的方式，在其隐喻社会问题这一点上，古今家族小说中都有着相通之处，所不同的是，古代家族小说的作者常常表现为一个自信的医者，而现代家族小说的作者却常常出现了“诊”和“治”的分离，有时甚至他们自己本身就是一位“患者”。肺结核，从黛玉到梅芬，在审美上有着一脉相承之处，但是后者却同时也隐喻了一位旧式少女的衰亡。这一疾病到了纯祖身上，却又和神经症的种种症状结合起来，共同展示了一位现代知识分子痛苦的追寻之路。通过以上这些主题在古代和现代家族小说中的演变可以看出，现代文学是根植在传统的土壤之中的，它并没有与传统决裂，而是与传统之间有着很多的相通之处，这使得我们在面对它们时，会感觉它们像是两个神秘的夜神，在冥冥之中勾连交流。五四新文化运动虽然态度激烈，但从某种意义上说，它并没有和传统“决裂”，而更多的是在新的时代潮流下对传统的创造性转化。对于每一个中国人来说，家是一个极其重要的概念，家族在风风雨雨中的经历和坎坷，其实也从某种角度展示了社会历史的变迁，而作为描写家族的小说，它的身上更是承担了非常多的文化内涵，因此，在古今演变的研究框架下对它们进行探寻是一个有意义的话题。将古代家族小说和现代家族小说放置在一个共同平台上，将它们视作整个中国文学史的一部分来进行研究，考察它们在主题上的继承和演变，是本书的目标，但是由于此课题涉及的范围很广，论著中无法面面俱到地对每一篇家族小说、每一个主题作出考察，而且对于每个主题的研究也不能够做到巨细无遗滴水不漏。因此，冒着这样的危险，在痛并快乐当中，我完成了这本书，不到之处，还请各位读者批评指正，以便日后再作进一步的思考和修改。

参考文献

1.（明）兰陵笑笑生：《金瓶梅》，王汝梅、李昭恂、于凤树校点，齐鲁书社，1987 年版。

2.（清）西周生：《醒世姻缘传》，齐鲁书社，1993 年版。

3.（清）曹雪芹、高鹗：《红楼梦》，人民文学出版社，1997 年版。

4.（清）随缘下士：《林兰香》，中华书局，2004 年版。

5.（清）李绿园：《歧路灯》，齐鲁书社，1998 年版。

6. 侯忠义主编：《中国古代珍稀本小说》，春风文艺出版社，1994 年版。

7. 鲁迅：《鲁迅全集》，人民文学出版社，2005 年版。

8. 巴金：《巴金全集》，人民文学出版社，1999 年版。

9. 老舍：《四世同堂》，北京十月文艺出版社，1998 年版。

10. 路翎：《路翎文集》，安徽文艺出版社，1995 年版。

11. 张爱玲：《张爱玲集》，北京十月文艺出版社，2006 年版。

12. 苏青：《苏青文集》，安徽文艺出版社，1994 年版。

13. 盛伟编：《蒲松龄全集》，上海古籍出版社，1998 年版。

14. 王国维：《王国维先生全集》（初编），台湾大通书局，1976 年版。

15. 人民文学出版社编辑部编:《唐传奇鉴赏集》,人民文学出版社,1983 年版。

16. 李大钊:《李大钊选集》,人民出版社,1959 年版。

17. 陈独秀:《独秀文存》,安徽人民出版社,1996 年版。

18. 康有为著,姜义华、吴根梁编校:《康有为全集》,上海古籍出版社,1987 年版。

19. 梁启超:《梁启超集》,中国社会科学出版社,1995 年版。

20. 梁启超:《饮冰室合集》,中华书局,1989 年版。

21. 李学勤主编:《尚书正义》,北京大学出版社,1999 年版。

22. 李学勤主编:《毛诗正义》,北京大学出版社,1999 年版。

23. 李学勤主编:《礼记正义》,北京大学出版社,1999 年版。

24.(汉)班固:《白虎通义》,上海古籍出版社,1992 年版。

25.(汉)班固著,(唐)颜师古注:《汉书》,中华书局,2000 年版。

26.(汉)司马迁撰:《史记》,中华书局,1994 年版。

27. 陈戍国校注:《四书五经》,岳麓书社,2006 年版。

28.(元)脱脱等撰:《宋史》,中华书局,1977 年版。

29. 郭庆藩辑:《庄子集释》,中华书局 1961 年版。

30.(汉)董仲舒著,(清)苏舆注:《春秋繁露》,中华书局,1992 年版。

31.(清)钱泳:《履园丛话》,中华书局,1979 年版。

32.(唐)房玄龄等:《晋书》,吉林人民出版社,1995 年版。

33.(后晋)刘昫等:《旧唐书》,吉林人民出版社,1995 年版。

34.(春秋)晏婴著,(清)孙星衍、黄以周校:《晏子春秋》,上海古籍出版社,1989 年版。

35. 胡文楷：《历代妇女著作考》，上海古籍出版社，1985 年版。

36. （明）王阳明：《王阳明全集》，红旗出版社，1996 年版。

37. （清）严复：《严复集》，中华书局，1986 年版。

38. （梁）刘勰：《文心雕龙》，上海古籍出版社，1989 年版。

39. 赵幼文校注：《曹植集》，人民文学出版社，1984 年版。

40. 崔为译注：《黄帝内经》，黑龙江人民出版社，2003 年版。

41. 尹奎友等评注：《中国古代家训四书》，山东友谊出版社，2000 年版。

42. 陈大康：《明代小说史》，人民文学出版社，2007 年版。

43. 向楷：《世情小说史》，浙江古籍出版社，1998 年版。

44. 章培恒、骆玉明主编：《中国文学史》，复旦大学出版社，2007 年版。

45. 章培恒、梅新林主编：《中国文学古今演变研究论集》，上海古籍出版社，2002 年版。

46. 章培恒、胡明、梅新林主编：《中国文学古今演变研究论集二编》，上海古籍出版社，2005 年版。

47. 谢桃坊：《中国市民文学史》，四川人民出版社，1997 年版。

48. 石昌渝：《中国小说源流论》，三联书店，1995 年版。

49. 刘世德编：《中国古代小说研究》，上海古籍出版社，1983 年版。

50. 陈美林：《章回小说史》，浙江古籍出版社，1998 年版。

51. 杨义：《中国现代小说史》，人民文学出版社，1986 年版。

52. 韩南：《中国近代小说的兴起》，上海教育出版社，2004

年版。

53. 鲍震培:《清代女作家弹词研究》,南开大学出版社,2008年版。

54. 勃兰兑斯:《十九世纪文学主流》,人民文学出版社,1997年版。

55. 曹书文:《家族文化与中国现代文学》,中国社会科学出版社,2003年版。

56. 谭桂林:《长篇小说与文化母题》,湖南师范大学出版社,2002年版。

57. 方锡德:《中国现代小说与文学传统》,北京大学出版社,1992年版。

58. 杨经建:《家族文化与20世纪中国家族文学的母题形态》,岳麓书社,2005年版。

59. 梁晓萍:《明清家族小说的文化与叙事》,南开大学出版社,2008年版。

60. 肖明瀚:《大家族的没落——福克纳和巴金家庭小说比较研究》,广西师范大学出版社,1994年版。

61. 段江丽:《礼法与人情——明清家庭小说的家庭主题研究》,中华书局,2006年版。

62. 陈思和:《中国新文学整体观》,上海文艺出版社,1987年版。

63. 陈思和:《中国现当代文学名篇十五讲》,北京大学出版社,2003年版。

64. 陈思和、李存光编:《巴金研究集刊》卷三,三联书店,2008年版。

65. 陈思和、李存光编:《巴金研究集刊》卷二,三联书店,2007年版。

66. 陈思和、李存光编:《巴金研究集刊》卷一,文汇出版社,2005年版。

67. 周策纵:《五四运动:现代中国的思想革命》,江苏人民出版社,1996年版。

68. 吴光正:《中国古代小说的原型与母题》,社会科学文献出版社,2002年版。

69. 王建科:《元明家族叙事文学研究》,中国社会科学出版社,2004年版。

70. 金宏宇:《中国现代长篇小说名著版本校评》,人民文学出版社,2004年版。

71. 兰棣之:《现代文学经典:症候式分析》,人民文学出版社,2006年版。

72. 陈平原:《中国小说叙事模式的转变》,北京大学出版社,2003年版。

73. 李延年:《〈歧路灯〉研究》,中州古籍出版社,2002年版。

74. 宋淇:《红楼梦识要——宋淇红学论文集》,中华书局,2000年版。

75. 余英时:《中国思想传统的现代诠释》,江苏人民出版社,2003年版。

76. 赵园:《艰难的选择》,上海文艺出版社,2001年版。

77. 赵园:《论小说十家》,杭州,浙江文艺出版社,1987年版。

78. 黄子平:《"灰阑"中的叙述》,上海文艺出版社,2001年版。

79. 黄霖编:《〈金瓶梅〉资料汇编》,中华书局,1987 年版。

80. 冯文楼:《四大奇书的文本文化学阐释》,中国社会科学出版社,2003 年版。

81. 温儒敏编:《中西比较文学论集》,北京大学出版社,1988 年版。

82. 王国维:《王国维文学论著三种》,商务印书馆,2003 年版。

83. 龚鹏程:《游的精神文化史论》,河北教育出版社,2001 年版。

84. 杜芳琴、王政主编:《中国历史中的妇女与性别》,天津人民出版社,2004 年版。

85. 郑振铎:《中国文学研究》,人民文学出版社,2000 年版。

86. 李军:《"家"的寓言——当代文艺的身份与性别》,作家出版社,1996 年版。

87. [美] 浦安迪:《明代小说四大奇书》,沈亨寿译,三联书店,2006 年版。

88. [美] 马克梦:《吝啬鬼·泼妇·一夫多妻者——十八世纪中国小说中的性与男女关系》,王维东、杨彩霞译,人民文学出版社,2001 年版。

89. 钱理群:《钱理群文选——拒绝遗忘》,汕头大学出版社,1999 年版。

90. 钱理群:《中国现代文学三十年》,北京大学出版社,1998 年版。

91. 张福清编注:《女诫——女性的枷锁》,中央民族大学出版社,1996 年版。

92. 石晓枫：《两岸小说的少年家变》，台湾里仁书局，2006年版。

93. 季红真：《世纪性别》，时代文艺出版社，1997年版。

94. 陈炎主编，廖群著：《中国审美文化史》，山东画报出版社，2003年版。

95. 陈顺馨：《中国当代文学中的叙事与性别》，北京大学出版社，1995年版。

96. 夏志清：《中国现代小说史》，复旦大学出版社，2005年版。

97. 王蒙：《红楼启示录》，三联书店出版社，1991年版。

98. [美] 孙康宜：《文学经典的挑战》，百花洲文艺出版社，2002年版。

99. 李良松、郭洪涛：《出入命门——中医文化探津》，中国人民大学出版社，2007年版。

100. 李良松、郭洪涛：《中国传统文化与医学》，厦门大学出版社，1990年版。

101. 叶舒宪编：《文学与治疗》，社会科学文献出版社，1999年版。

102. [美] 林毓生：《中国意识的危机》，穆善培译，贵州人民出版社，1986年版。

103. 王德威：《落地的麦子不死——张爱玲与“张派”传人》，山东画报出版社，2004年版。

104. 王德威：《想象中国的方法》，三联书店，2003年版。

105. 王德威：《小说中国》，麦田出版有限公司，1993年版。

106. 王安忆：《重建象牙塔》，上海远东出版社，1997年版。

107. 谭光辉：《症状的症状：疾病隐喻与中国现代小说》，中国社会科学出版社，2007 年版。

108. 余凤高：《病魔退却的历程》，山东画报出版社，2001 年版。

109. 余凤高：《呻吟中的思索》，山东画报出版社，1999 年版。

110. 郜元宝：《鲁迅六讲》，北京大学出版社，2007 年版。

111. 钱穆：《中国文化史导论》，商务印书馆，1994 年版。

112. 周作人：《中国新文学的源流》，华东师范大学出版社，1995 年版。

113. 柯灵：《柯灵 60 年文选（1930—1992）》，上海文艺出版社，1998 年版。

114. 谈蓓芳：《中国文学古今演变论考》，上海古籍出版社，2006 年版。

115. 王一川：《中国现代性体验的发生》，北京师范大学出版社，2001 年版。

116. 刘思谦：《“挪拉”言说——中国现代女作家心路纪程》，上海文艺出版社，2003 年版。

117. 孟悦、戴锦华：《浮出历史地表》，中国人民大学出版社，2004 年版。

118. 许纪霖编：《二十世纪中国思想史论》，东方出版中心，2000 年版。

119. 朱眉叔：《红楼梦的背景与人物》，辽宁大学出版社，1986 年版。

120. 陈晓兰：《女性主义批评与文学诠释》，敦煌文艺出版社，1999 年版。

121. 李欧梵：《中国现代文学与现代性十讲》，复旦大学出版社，2002 年版。

122. 徐坤：《双调夜行船：九十年代的女性写作》，山西教育出版社，1999 年版。

123. 中华全国妇女联合会妇女运动历史研究室编：《五四时期妇女问题文选》，三联书店，1981 年版。

124. 陈平原、夏晓虹编：《二十世纪中国小说理论资料》，北京大学出版社，1989 年版。

125. 田本相：《曹禺传》，北京十月文艺出版社，1988 年版。

126. 陈思和：《人格的发展：巴金传》，上海人民出版社，1992 年版。

127. 陈思和、李辉：《巴金论稿》，人民文学出版社，1986 年版。

128. 陈思和、辜也平编：《新世纪的阐释》，福建教育出版社，2002 年版。

129. 李存光编：《巴金研究资料》，海峡文艺出版社，1985 年版。

130. 张立慧、李今编：《巴金研究在国外》，湖南文艺出版社，1986 年版。

131. 巴金：《巴金论创作》，上海文艺出版社，1983 年版。

132. 朱衍青：《路翎传》，大象出版社，2003 年版。

133. 张业松编：《路翎批评文集》，珠海出版社，1998 年版。

134. 张环等编：《路翎研究资料》，北京十月文艺出版社，1993 年版。

135. 陈子善编：《张爱玲的风气》，山东画报出版社，2004

年版。

136. 陈子善编：《作别张爱玲》，文汇出版社，1996 年版。

137. 张子静：《我的姊姊张爱玲》，学林出版社，1997 年版。

138. 唐文标：《张爱玲研究》，台北联经出版公司，1976 年版。

139. 林幸谦：《荒野中的女体——张爱玲女性主义批评》，广西师范大学出版社，2003 年版。

140. 王一心：《苏青传》，学林出版社，1999 年版。

141. 毛海莹：《寻访苏青》，上海文化出版社，2005 年版。

142. 老舍：《老舍自述》，山西教育出版社，2001 年版。

143. 老舍：《老舍生活与创作自述》，人民文学出版社，1982 年版。

144. 曾广灿、吴怀斌编：《老舍研究资料》，北京十月文艺出版社，1985 年版。

145. 宋炳辉编：《老舍印象》，学林出版社，1997 年版。

146. 徐扬杰：《中国家族制度史》，人民出版社，1992 年版。

147. 祝瑞开：《中国婚姻家庭史》，学林出版社，1999 年版。

148. 安德烈·比尔基埃：《家庭史》，三联书店，1998 年版。

149. 费勒克：《家族进化论》，上海文艺出版社，1990 年版。

150. 李卓：《中日家族制度比较研究》，人民出版社，2004 年版。

151. 魏英敏：《孝与家庭伦理》，大象出版社，1997 年版。

152. 陈顾远：《中国婚姻史》，商务印书馆，1937 年版。

153. 陶毅、明欣：《中国婚姻家庭制度史》，东方出版中心，1994 年版。

154. 许烺光：《宗族·种姓·俱乐部》，华夏出版社，1990

年版。

155. 杨知勇：《家族主义与中国文化》，云南大学出版社，2000年版。

156. 费孝通：《乡土中国》，北京出版社，2005年版。

157. 文崇一、萧新煌主编：《中国人：观念与行为》，江苏教育出版社，2006年版。

158. 赫伯特·马尔库塞：《现代文明与人的困境》，李小兵等译，三联书店，1989年版。

159. [美] 马泰·卡林内斯库：《现代性的五副面孔》，顾爱彬、李瑞华译，商务印书馆，2002年版。

160. 杜维明：《儒家传统的现代转化》，中国广播电视出版社，1992年版。

161. 张京媛：《新历史主义与文学批评》，北京大学出版社，1993年版。

162. [法] 加缪：《西西弗神话》，杜小真译，陕西师范大学出版社，2005年版。

163. [美] 刘易斯·科塞；《理念人——一项社会学的考察》，郭方译，中央编译出版社，2002年版。

164. 鲍晓兰编：《西方女性主义研究评介》，三联书店，1995年版。

165. 王岳川主编，张岩冰著：《女权主义文论》，山东教育出版社，1998年版。

166. 林树明：《女性主义文学批评在中国》，贵州人民出版社，1995年版。

167. [法] 西蒙·波伏娃：《女性的秘密》，晓宜、张亚莉等译，中国国际广播出版社，1988 年版。

168. [法] 西蒙娜・德・波伏娃：《第二性》，陶铁柱译，中国书籍出版社，1998 年版。

169. [美] 夏洛特等：《人本主义心理学导论》，陈宝铠译，华夏出版社，1990 年版。

170. 汪民安等编：《福柯的面孔》，文化艺术出版社，2001 年版。

171. [德] 格尔特雷特・雷娜特：《穿男人服装的女人》，张辛仪译，漓江出版社，2000 年版。

172. 恩格斯：《家庭、私有制和国家的起源》，《马克思恩格斯全集》第 21 卷，人民出版社，1965 年版。

173. 林石编：《疾病的隐喻》，花城出版社，2003 年版。

174. 刘小枫：《现代性社会理论绪论》，三联书店，1998 年版。

175. [美] 苏珊・桑格塔：《疾病的隐喻》，程巍译，上海译文出版社，2003 年版。

176. [美] 图姆斯：《病患的意义：医生和病人不同观点的现象学探讨》，邱鸿钟、陈蓉霞、李剑译，青岛出版社，2000 年版。

177. 林安梧：《中国宗教与意义治疗》，台湾明文书局股份有限公司，2001 年版。

178. 余英时：《士与中国文化》，上海人民出版社，2003 年版。

179. 黄金麟：《历史、身体、国家》，新星出版社，2006 年版。

180. [美] 卡伦・霍尔奈：《神经症与人的成长》，张承谟、贾海虹译，上海文艺出版社，1996 年版。

181. [法] 米歇尔・福柯：《疯癫与文明》，刘北成、杨远婴译，三联书店，2003 年版。

182. 谢观编：《中国医学大辞典》，台北商务印书馆，1984年版。

183. 弗洛伊德：《论艺术与文学》，国际文化出版公司，2007年版。

184. 章培恒：《中国文学古今演变研究的意义与效应》，《河北学刊》2006年第5期。

185. 裘新江：《庭院深深深几许》，《红楼梦学刊》2001年第2辑。

186. 张伟忠：《现代家族小说逆子形象论》，《东方论坛》1999年第1期。

187. 谢伟民：《文化转型期的悲剧人格——论现代长子形象的悲剧性及悲剧意义》，《中国现代文学研究丛刊》1989年第2期。

188. 邵宁宁：《牢笼抑或舟船》，《西北师大学报》(社科版)1999年第5期。

189. 赵德利：《论20世纪家族小说母题模式的流变》，《文艺争鸣》2002年第4期。

190. 梁鸿：《论中国20世纪小说家族主题的流变》，《郑州大学学报》(哲社版)2002年第6期。

191. 李玲：《天使型女性：男性自我拯救的道具》，《福建论坛》2003年第2期。

192. 乐黛云：《无名、失语中的女性梦幻》，《中国文化》1994年第10期。

193. 陈思和：《试论知识分子转型期的三种价值取向》，《上海文化》1993年创刊号。

194. 曹禧修：《“诊者”与“治者”的角色分离》，《文学评论》

2003 年第 6 期。

195. 高旭东：《鲁迅：在医者和患者之间》，《山东大学学报》1991 年第 1 期。

196. [美] 杰弗里・梅耶丝：《疾病与艺术》，顾闻译，《文艺理论研究》1999 年第 6 期。

197. 陈思和：《试论“五四”新文学运动的先锋性》，《复旦大学学报》（社科版），2005 年第 6 期。

198. 韩海浪：《家族研究中的几个概念问题》，《学海》2001 年第 3 期。

199. 刘嘉陵：《明清小说中的妒妇形象》，《社会科学辑刊》1996 年第 5 期。

200. 赵学勤：《传统家庭伦理与〈金瓶梅〉的“家宅反乱”》，《徐州师范学院学报》1992 年第 1 期。

201. 吴建国：《从明清小说看文人的家庭生活与人格危机》，《华东师范大学学报》（哲社版）1992 年第 2 期。

图书在版编目(CIP)数据

明清、现代家族小说流变研究/夏雪飞著. —上海：东方出版中心，2016.7

ISBN 978-7-5473-0963-6

Ⅰ.①明… Ⅱ.①夏… Ⅲ.①小说研究-中国 Ⅳ.①I207.4

中国版本图书馆CIP数据核字(2016)第098643号

明清、现代家族小说流变研究

出版发行：东方出版中心
地　　址：上海市仙霞路345号
电　　话：(021)62417400
邮政编码：200336
经　　销：全国新华书店
印　　刷：常熟新骅印刷有限公司
开　　本：890×1240毫米　1/32
字　　数：165千字
印　　张：7.5
版　　次：2016年7月第1版第1次印刷
ISBN 978-7-5473-0963-6
定　　价：38.00元

东方出版中心邮购部　电话：(021)52069798